Seoska učiteljica

Seoska učiteljica

Svetolik Ranković

Globland Books

Prižeglo jesenje sunce. Po brezama, što su kraj puta otomboljile svoje tanke i neobično duge prutaste grančice, ponameštale se dugorepe svrake i poneka vrana, opustile krila, otvorile kljunove, pa samo dahću. Trava se osušila, pa iz nje bije i treperi ona vrela izmaglica, što se viđa obično usred leta. Sav je vazduh njom ispunjen, i ona vas, ulazeći u pluća, davi i guši svojom vrelom nevidljivom prašinom. Jedva čekaš da ugledaš na livadi kakav moćni grm s razbacanim daleko u stranu granama, pod kojim ćeš naći dovoljno hladovine i odmora...

Putom, što vodi od železničke stanice k opštini orlovičkoj, kreće se tromo i umorno jedan putnik. Još izdaleka, po celoj njegovoj figuri, poznaćete da je to nešto neobično, a kad vam se približi, izgledaće vam njegova neobičnost veoma čudnovata. Eno ga, stade u hlad pod jednom brezom. Svrake zakreštaše, prhnuše i popadaše na obližnje drveće. Putnik stade, skide s glave prašnjavi šešir s opuštenim obodom, izvadi iz džepa prljavu maramu i obrisa njome oznojeno čelo, sa koga padahu krupne kaplje znoja.

Ovako umoran, obučen u neke prljave, zatvorene boje, pantalone i kaput, sa crnim širokim prugama ozgo naniže, stajaše on posmatrajući selo, koje se, okićeno voćnjacima, pružilo po drugoj kosi, a svojom širinom dopire do livada. Čobančad, videvši putnika u varoškom odelu, pođoše k njemu, ali prišavši blizu, stadoše. I oni se začudiše neobičnu izgledu njegovu.

Beše to čovek od svojih dvadeset i pet i šest godina, crne gusto obrasle brade, koja se od polovine naniže prelivaše u zatvorenožutu boju; visoka i otegnuta čela, dugih spljoštenih obraza, crnožutih strašljivih očiju, koje retko, vrlo retko, gledaju čoveka pravo, no većinom stoje pod oborenim kapcima. Celo lice mu imađaše izraz zaplašene, dugo gonjene, umorene zveri, koja se odjednom našla među svojima, nu ipak se okreće oko sebe bojažljivo. Pažljiv posmatrač opaziće iz očiju mu pravu sanjalačku dušu, koja živi više maštom no razumom. Telo mu beše nesrazmerno razvijeno: ruke dugačke, dopirahu do kolena, noge kratke sa navrnutim stopalama unutra; ceo mu stas beše neprirodno nakrivljen u stranu.

Putnik se još jedared obazre na selo, pa onda baci na zemlju neku vunenu struku sa svojih leđa i sede na nju. Tek tada, opazi čobane, koji ga pažljivo posmatrahu. On podiže glavu i mahnu rukom na njih:

— Ej, more... odite ovamo!

Deca se zgledaše; poneko se zasmeja glasno, zaklonivši glavu za leđa drugareva...

— Ima li koji đak među vama?

— Eve... ovaj — pružiše deca prst na jednoga.

— Odi, đače, ovamo; odi, ja sam učitelj.

Deca se začudiše. Videlo se da su sve drugo očekivala, samo ne to, da će im se ovaj prljavi, krivi putnik prikazati kao učitelj. Opet se neki zasmejaše, a jedan doviknu:

— Biješ li ti đake?

— Bijem nevaljalce, a dobru decu volim — odgovori učitelj i skrenu oči na đaka, koji mu prilažaše.

Njegov ozbiljan odgovor uveri decu da je to doista učitelj, pa se bojažljivo ukloniše na livadu.

— Živ bio — reče on đaku, koji mu priđe ruci. — Je li ovo Orlovica?

— Jeste, gospodine.

— Da li je škola daleko odavde?

Dete se obrte k selu, pruži ruku na jednu od bližih zgrada i reče:

— Eno je, vi'š ona... s visokim odžakom.

Putnik raspita dečka još o mnogim drugim stvarima, koje su ga interesovale; tako saznade da je novopostavljena učiteljica već prispela, da su odbornici sa kmetom danas kod škole, da određuju učiteljici kvartirinu, pošto ona nema stana u školskoj zgradi. Čuvši to, putnik se diže i požuri k školi, da bi zastao školski odbor na okupu.

„Učiteljica nema stana u školskoj zgradi", ponavljaše on detinje reči, koračajući lagano i nesigurno svojim kratkim nogama. On i sam ne zna zašto mu baš ta misao zastade u glavi, on ne pomišljaše ni na šta drugo, ali tek osećaše, da bi mu mnogo prijatnije bilo, kad bi i učiteljica stanovala u školi. „Ovako... nezgodno: sami oboje!" Posle stade da misli o školskom odboru i oseti da ga obuzima njegova obična bojažljivost. Bi mu to neprijatno; on se namršti i ubrza korake.

„Kad će me to jednom proći!", uzdahnu on. „Šta su oni, obični seljaci!... Šta imam da se tu... Ali znam da ću zadrhtati kad ih ugledam. Samo da ne bude ona tu, dok se malo sviknem na ljude, pa posle ćemo lako..."

„Rekoše da je mnogo lepa i mlada... Sad pravo iz škole", pomisli on i podiže napred svoje velike sanjive oči. Beše već ušao u selo, pa gledaše da ne izgubi iz vida školu, koja se, sa svojim visokim dimnjakom izdizaše malo u stranu od seoskog puta. Odjedared zalaja jedno pseto i iskoči iz dvorišta, za njim pojuri drugo, pa treće i oko umorna učitelja podiže se čitav urnebes. On, siromah, ionako beše zbunjen, čim opazi radoznala ženska lica koja ga posmatrahu, a sad već zaboravi i na svoju glavu... Srećom naiđe na njega neko momče, koje rastera pse i priđe mu s onim običnim izrazom lica, s kojim dočekujemo svakog nepoznatog namernika.

— Ško... škola gde je? — promuca učitelj oborenih očiju, osvrćući se oko sebe bojažljivo.

— Škola! — reče momče kao čudeći se što ovakav putnik pita za školu. — Evo je, brate... pravo na ovu kapiju.

Putnik ga ne sasluša dalje, no okrete pravo vratnicama i otvorivši ih uđe u školsko dvorište.

Pred školom seđahu, na jednoj klupi, nekoliko seljaka i malo podalje, na visokoj stolici, jedno lepo odeveno žensko čeljade. Čim se gost pojavi na vratnicama, oni ispred škole poizdizaše glave, i što im se ovaj više primicaše, njihova lica postajahu sve začuđenija.

„Kakvo li je ovo čudo?", kao da se pitahu njihova lica, ali oni ćutahu dok im se putnik ne približi. Njemu zaklecaše noge, stade da baca poglede u stranu i, ni sam ne zna kako, priđe lepoj mladoj devojci, skide šešir i ne gledeći je promrmlja vrlo brzo:

— Gojko Savić, učitelj.

— A... — oteže i zbuni se iznenađena devojka. — Vi ste, dakle... I ja sam ovde postavljena... Ljubica Petrovićeva.

— Ene, zar to novi učitelj! — viknu neko iza njihovih leđa.

Učitelj se okrete i preletevši okom sva lica klimnu glavom i promrmlja:

— Kako ste?...

— E, pa dobro nam doš'o, gospodine — reče jedan krupan dežmekast seljak, prilazeći učitelju i pružajući mu ruku. — Znate mi smo predsednik, a ovo nam je školski odbor.

Učitelj promrmlja nešto u sebi, što je ličilo na zvuk: — A-a-a...

Za predsednikom se diže jedan tanak suvonjav mladić, žutih zavijenih brčića, zelenih očiju, nad kojima je nakrivljen crn mekan šešir. Celo njegovo držanje odavaše običnog seoskog leventu, koji ne radi teže poslove, a živi bolje od seljaka. Vazda je odeven kao da će na sabor, puši duvan gospodski na muštiklu „od pene", nosi češće cipele i kupovni štap. Čim se Gojko predstavio kao učitelj, na licu ovoga seljaka opazila se živa radost, koju on nije ni sakrivao. Prilazeći učitelju, on prethodno skrenu učiteljičin pogled na sebe, osmehnu se na nju veselo i učtivo, kao svaki novi poznanik, koji se želi što bolje preporučiti. Njegov pogled kao da govoraše: „Eto ti... sama vidiš da nas okolnosti zbližuju." Zatim pruži ruku učitelju i taman da progovori (beše već razvukao usne u ironičan osmeh), a predsednik produži:

— Ovo je opštinsko zlo... znate — ćata.

Učitelj još više obori glavu, namršti se i pruži ruku. Ćata opet htede nešto reći, ali se nekako pri rukovanju zapetlja, pa se ćuteći vrati na svoje mesto. Učitelj se rukova sa odbornicima i taman da se izmakne, a predsednik mu svrnu pažnju na jednog suvonjavog čičicu, koji držaše visoku stolicu i čekaše red da se pozdravi sa učiteljem.

— Ovo vi je vamilijaz, a može vi i kuvati. On je gospodin-Dragoljubu, što ode sad od nas, sve gotovio.

Učitelj baci struku na stolicu, posadi se na nju umorno i stade brisati znojavo lice. Svi opet posedaše i nastade kratko ćutanje. Svi gledahu učitelja, a on, da bi ma šta radio, produži brisati se i onamo gde je sve bilo suvo. Kmet se iskašlja, onako iz učtivosti, tek nek se štogod kaže, da se ne ćuti, a odbornici mu ponajlak pomagahu. Najzad se kmet počeša iza uha, a to je već značilo da će se ćutanje prekinuti.

— Ehe, jä... dođoste i vi. Samo, prostićete, jeste poneli kakvu objavicu sa sobom? — reče kmet i lice mu dobi neki poluzvaničan, poluučtiv izraz.

Učitelj, spreman za ove pojave, koje se drugima vrlo retko dešavaju, izvadi iz kaputa jednu hartiju i pruži je kmetu. Ćata prihvati, razvi i pročita glasno objavu, kojom se Gojko Savić, privremeni učitelj i upravitelj škole orlovičke, upućuje na svoju dužnost.

Opet se produži razgovor. Učitelj opazi da mu drugarica neprestano ćuti, pa stade misliti kako bi joj progovorio koju reč.

Prvo se usudi da je pogleda, jer malopre to nije smeo učiniti. Podiže oči na nju i — prođe ga prijatna jeza svega... Onakvih očiju on još ne vide; behu to crne sjajne oči, iz kojih večito bije živi oganj. I kad celo lice dobije pritvoran skroman izraz, ove žive oči govore drukčije, veselije, đavolastije... I kad kakav svenuo starac pogleda u ove čudne oči, razvuče mu se brk u stranu i on začuđeno mahne glavom i u sebi prošapće: „Časni je ubio!...”

Glava joj beše obrasla gustom crnom kosom, a lice veoma razvijeno, koščato, zbog čega ne silažaše sa njega stalan izraz grubosti, ali on ipak ne uništavaše opšti utisak primamljivosti. Stas joj beše lepo razvijen, ali je ona sama kvarila njegov izgled svojim večito pogurenim leđima.

Gojko se susrete sa njenim jasnim svetlim pogledom i obori oči. Baš je bio u pameti sklopio celu rečenicu kojom je mislio da joj se obrati, ali sad zaboravi sve, pa se stade nervozno okretati oko sebe. Predsednik prekide ćutanje:

— Pa eto, gospodine, mi počeli da se pogađamo sa učiteljicom za kvartirinu. Ona je pogodila sobu kod ovog Janka za četiri dinara mesečno, a mi joj dajemo još po dva dinara, te svega šest.

— Molim vas — prekide ga učiteljica — mogla sam ja možebiti naći stan i džabe, pa zar onda i vi da mi ne platite ništa? Ja imam po zakonu pravo na dobro ozidane dve sobe, kujnu, podrum i dan oranja zemlje... Vi mi to nabavite, pa ja vam ne tražim ni pare.

— Tako je, tako je — ubrza obradovan učitelj, što mu se da ta prilika da joj ma šta rekne.

— Ama čekaj, gospodine — stade kmet izvijati slatko i rečito. — Grehota je da ona globi naše selo, kad mi i 'nako nismo tražili dva učitelja. Kako nam je do sad mogao jedan otaljavati!... E ali revizor letos dogovori se sa pređašnjim odborom — a mi smo, znaš odskora izabrani — pa tako...

— Sirotinja smo, gospodine... Nema se otkud. Dacije su velike, podaviše nas — produži jedan odbornik. — Čudim se kako ćemo i toliko spečaliti.

Otpoče se pravo vašarsko pogađanje, najpre molbom i lepim, pa kad to ne pomože, odbor udari u pretnju.

— Neka te plaća, brate, ko te je tražio i postavio, a mi niti smo te tražili niti nam trebaš — uzviknu jedan odbornik.

Tada učiteljica, koja je došla pre tri dana i upoznala se sa glavnim okolnostima, saopšti Gojku da ni on nema stana, nego će morati stanovati u jednom sobičku, što je podignut u dvorištu školskom... Pređašnji je učitelj, reče mu ona, primao naknadu u deset dinara mesečno za stan i baštu. Gojko ode te razgleda svoj novi stan, pa se vrati sa odlučnim zahtevom: da se njemu odredi naknada u deset, a učiteljici dvadeset dinara mesečno.

Nastade pravi lom. Kletve, pretnje, pa bogme pomalo i psovke, onako kroz zube, sve se to prosu pred ovo dvoje jadnika, koji dođoše da založe svu svoju snagu za dobro i napredak orlovičke omladine. Ali svemu ima kraja, pa i ovoj pogodbi. Narediše da učiteljica prima dvanaest dinara mesečno a učitelj četrdeset dinara odsekom na godinu. Zavedoše rešenja u protokol, dogovoriše se da se sutra izvrši upis novih učenika u prvi razred, pa se odbornici raziđoše. Baš tada uđoše u dvorište kola sa učiteljevim stvarima. Učiteljica zastade u nedoumici: valjalo je prozboriti još koju reč sa novim drugom, ali se on suviše revnosno zaneo oko svojih stvari, te i ona ode. Čiča Stojan, školski poslužitelj, skidajući stvari s kola, objašnjavaše nešto učitelju:

— Nemoj ti njima, bratiću, niz dlaku: oni će tebe oma' zubima. Nego ti njima prvi pokaži zube. Je s' vid'o našu učiteljku kako je žustra!... Tako je to, bratiću moj!... Zube ti lolama! A gle, nemaš duševa! Ništa, naći će čiča Stojan senca... miriše kâ duša da zaspiš k'o janje. Jes' bratiću!...

II

„A kako sam ga ja zamišljala!", govoraše učiteljica u sebi, vraćajući se svome stanu. Razočarana je u svima svojim pretpostavkama i nadama, koje je snovala još u školskoj klupi. Bože moj, kako se to sve sjajno zamišljalo!... Znate već šta može misliti zdravo i veselo šesnaestogodišnje devojče. I selo joj je u tim snovima izgledalo drukčije, svetlije, i ljudi su bili meki, dobri, poslušni... sve se to pred njom ugibalo, sve je smatralo za najveću sreću na koga se ona osmehne, sve se to radovalo, što ih je ona usrećila svojim dolaskom... A ono, gle: umalo je ne odjuriše. „Nismo te, vele, ni zvali..."

„Pa on bar da je drukčiji!..." Da je onakav, kako je ona zamišljala svoga neženjena kolegu, ne bi joj teško padale ostale nezgode. Ta ona je odrasla u sirotinji: otac joj u jednom obližnjem selu špekuliše, prodaje seljanima so i opanke, kupuje od njih kože jagnjeće, vunu, voće i sve drugo što ima dosta mušterija u varoši a ne zahteva veliki kapital. Tako se s mukom školovala u Beogradu, pa sad došla ovde, da ne bude ocu na teretu, a bogme i da potraži svoju sreću... Tolike učiteljice udate, upravo sve u celom srezu, sve su sa učiteljima. Pa kako lepo žive! I ona je, eto, mislila da će i nju ta sudbina stići odmah prve godine, ali vidi se nije suđeno. Kud je takav, pa još privremeni!... Ali ne mari; vidi se da će biti mekši od voska: ona će moći postupati po svojoj volji; on joj bar neće biti na smetnji.

— Čestitam, gospođice, novo društvo — viknu neko iza njenih leđa. — A, žestoka posla! Mladić i po!

Ona se osvrte i spazi ćatu gde joj se primiče. Bi joj vrlo neprijatno: ona je već opazila neke njegove značajne poglede i htela je odmah udaljiti ga sasvim od sebe, ali se setila očevih saveta: da je ćata velika sila u opštini i da treba uvek sa njim lepo postupati. Ona je sad razumela o kome ćata govori, ali odmah pomisli: neće li biti i nezgodno i opasno, da ga pusti na takvu blizinu k sebi, a još više joj pade teško, nego se ovaj prostak podsmeva njenom drugu, te mu odgovori dosta oporo:

— Ne znam šta vi govorite.

— Ehe... pa onaj krivi. Vaš novi učitelj...

— Ne mogu svi ljudi biti fini i uglađeni: nekom je Bog dao pamet, a nekom, mesto pameti, zalizanu glavu... — reče ona ironično, ne prikrivajući svoju misao, pa ubrza korake te ćata poče izostajati.

„Ako mi se još i ovaj navrze na glavu, imaću muke. Tu mi niko ne pomože: odmah će pojuriti u ministarstvo tužbe, dostave... Haj-haj da gorka hleba!... Ali opet valjda će Bog pomoći. Nisam ja ni prva ni poslednja na ovom putu... Ali on... uh, sve bi drugo lako, samo da je on drukčiji.” Tako misleći stiže u svoj stan. Beše to prosta seoska kuća sa jednom velikom sobom i „kućom”, a prema velikoj sobi beše pregrađena jedna manja, koju su ukućani zvali odžaklija, iako u njoj ne beše odžaka. Ovu odžakliju zauzela je Ljubica i već uredila u njoj svoj skromni nameštaj: nogare sa novom seoskom posteljom — šarenicama i guberom; sto, jedna pletena stolica, kovčeg sa rubinama, na prozoru bele platnene zavese; na duvaru obešena cela garderoba i pokrivena čistim zastiračem. Čim uđe u sobu, devojka se skide, pa obuče jednu šarenu seosku suknju, na leđa metnu jeleče, pa iziđe da spravi sebi što za večeru.

A Gojko posmatraše kako se čiča Stojan previja oko njegove postelje, kako je lepo razredio meko mirišljavo seno, prostro preko njega ponjavu, pa sad tapka rukama ozgo i gleda neće li se naći kakav trn ili deblja stabljika, da nc žulji noću gospodina. Radeći to, čiča jednako objašnjava svoj pokret, a poneki put baci oštru „primedbu" na današnji događaj.

— E, ti si se tu zguntorila... nećemo tako, bratiću, da mi noćas žuljiš gospodina. Jok. Umoran čovek, putovao ceo dan, pa treba lepo da se odmori. Tako je to, bratiću moj!... Četiri banke za celu godinu! I to su ljudi, lolčine jedne. Znam da će od naroda pokupiti svih dvanaest, kao za gospodin-Dragoljuba... E, trniću, nećemo tako. Pa šta ćemo kad ti noćas, bratiću, bocneš tako moga gospodina... Ček-ček, naći ću te ja. He moj bratiću, ako čiča Stojan ne vidi dobro, može ono rukama da te napipa... He, ali im on nije dao ni opepeliti: zubat beše, pa odmah za oči. „Šta vi tu, veli im on, mučite ovog jadnog starca. Kako će, kaže, da živi čovek sa dvanaest dinara mesečno, pobojte se Boga!" Te ti oni, bratiću moj, lepo meni popeše na četiri rublje. Sad kad bi ti umeo, moglo bi se još po rublje iskamčiti... A vi'š ova se daska izvitoperila, pa se klacka. Ne mari, naći će čiča iverčicu, pa će podmetnuti; tako je to, bratiću moj!...

— Možeš li spremiti što za večeru? — prekide mu učitelj dugi monolog.

— Za večeru? Kako ne, što god hoćeš, bratiću!... Samo ne znam šta bi.

— Ja imam hleba, doneo sam sa stvarima, a ti nabavi koje jaje, pa ćemo večerati.

— Hm, do sad smo kupovali od Smiljke, po sedam za groš. Daće valjad' i sad tako...

— Evo ti groš, pa kupi i spremi.

Čiča iziđe veseo, a Gojko se spusti i leže na svoju novu postelju...

„I ovde ono isto! Ista zaprega, isti posao, pa isti i ljudi... I ovde smanjuju dodatke, čim opaze da je čovek mekši. Ali eto i ona zlo prođe, a nije baš tako meka, ume dobro da govori. Badava, mora tako da ide, kad smo bačeni na milost ovim bezjacima!... Sreća te država daje platu; onako bi se lipsalo od gladi..."

„Još ništa ne videh, ni kakve su učionice, ni koliko imam đaka... Da li je spremljeno sve što treba za otvaranje prvog razreda?... Kako li će ona... Ah, šta ja sve oko nje, kad ona i ne misli na mene; to sam baš dobro video... Kako me je gledala... kao da sam... kako ću reći... ćorav ili sakat. More, znam ja: da ja nisam samo privremeni, da vi's kako bi obletala. A ovako, baš mi je teško. Eto, svršio sam više od nje: ona iz osnovne škole pravo u institut, pa za šest godina gotova, a ja — četiri gimnazije, celu učiteljsku školu, i samo još da mi bi izdržati učiteljski ispit, pa divota! Al' eto!... Al' opet, zar ne bi baš ona mogla naviknuti na mene! Navika je velika činjenica, tako učismo u psihologiji. Pa za prvo vreme ja ne bih što drugo ni očekivao...”

„A posle, Bože moj, kad bi se zalegla ljubav, ona prava ljubav, što je pesnici pevaju, što sav svet o njoj govori... pa ja i ona — muž i žena!... Razume se već: ja sam postao stalan, položio praktični ispit, pa gledam ko je srećniji od mene! He, ali...” I misli njegove odoše daleko, veoma „daleko”... On poče da se smeši, oči mu se zasvetliše radosnim sjajem, ruke se rasklapahu i sklapahu, kao da privlače koga, gornja usna se, zajedno s brkom, nervozno trzaše. On beše sav, sa celom svojom dušom, u drugom, lepšem svetu, u sjajnijem položaju, koji potpuno odgovaraše njegovim najtajnijim željama i pomislima... Dugo je vremena prošlo tako. Smrklo se odavno.

Vrata škripnuše. Gojko skoči.

— Ehe, bratiću moj, kažem ja njoj: daćeš ti meni, Smiljka! Jok, veli ona. More daćeš mi, luda ženo, pa makar se svu noć vukli po kući. Ne dam ti, kaže ona, pa da si još toliki... I drži bre, i povuci i potegni, dok jedva dade još jedno. Tako dobismo osam za groš!...

III

Učiteljica se žurno približavaše školi. Učinilo joj se da se odocnila, iako tek beše sunce ogrejalo. Danas je išla sa čistom i vedrom dušom, sa onim istim sjajnim idealnim mislima, kojima se najviše bavila u školi. Srce joj beše prepuno miline i neke jake mladačke žudnje za radom... Bujna mladost vri, život, pun sile i oduševljenja, kipi i traži gde da izlije svoju suvišnu snagu. Otud tolika volja za radom. Nestade jučeranjih sebičnih misli; duša oživе novim životom, kao i ovo sunce, što ogreja blagom podmlađenom svetlošću.

Ko se ne seća s kakvim je osećanjem išao prvi put na svoju novu dužnost!... Koliko je tu pomešano miline sa nekom polusmešnom zbiljom i važnošću. Drukčije i ne biva: pravo iz školske klupe, ispod roditeljskog i školskog tutorstva, odjednom postaješ gospodin, koji ima pod svojim tutorstvom mnoge mlade duše. Grudi se nadimaju od žudnje, srce kuca jače i veselije, a ti u sebi uzvikuješ: „Kamo rad? Daj da se radi!..."

Ulazeći u školsko dvorište, Ljubica opazi kako se Gojko nešto ustumarao pred svojom kućicom. Ona pomisli da se to i on žuri za poslom. Međutim Gojko je do sad spokojno šetao po travi, i tek kad je nju spazio, počeo je nemirno tumarati, kao da je u nekom poslu. Ona mu priđe slobodno, kao da su stari poznanici i smešeći se pozdravi ga:

— Dobro jutro! Kako u novom stanu?

— Dobro jutro želim. The... kad nije bolje...

— Vidi se da mi nismo za selo: treba sa njima biti drukčiji.

Gojko se usudi da je pogleda, ali se odmah trže i obori oči, jer oseti na sebi njen vatreni pogled.

— Videćete — nastavi ona — u školi nemaju ništa: u prvom razredu ni table, ni računaljke, ni stola, prosto ništa.

— Kod mene ni mape, ni metarskih mera, ni slika... Ali mi je najgore za mapu: ne znam kako ću bez nje.

— Crtajte na tabli.

— To već ionako moram... pojedine okruge, ali opet ne ide to tako... bez cele mape.

— Mi ćemo zamisliti da smo među divljacima, pa ćemo se domišljati od svake ruke — reče ona i zacenu se od smeha.

Gojka obuze prijatna toplina: milo mu što ona sama vezuje svoju sudbinu za njegovu, pa i on razvuče usta u širok veseo smeh. Pogleda je i bi mu veoma po volji njeno veselo, nasmejano lice. „O, pa mi ćemo ovde lepo i veselo živeti", pomisli on, ali ne smede iskazati svoju misao glasno.

— Jeste li odavno učitelj? — zapita ona i pogleda ga nekako đavolasto žmirkajući. On smotri taj pogled pa se još više zbuni, ali ipak odgovori:

— Tri godine, ovo je sad četvrta.

— Niste valjad' ispit položili, te ste još privremeni?

Gojko pocrvene i najvoleo bi da mogaše tog časa u zemlju propasti. Sad mu beše najtegobniji taj položaj, zbog koga je i inače trpeo dosta.

— Jest... bolest me smela. Dogodine ću imati pravo da se javim na praktični ispit.

— Gde vi je čiča Stojan? — obrte ona razgovor, videvši da mu to pada teško. — Kako vam se čini? Smešan čiča. Ne znam samo da li će moći raditi.

— Širet veliki — odgovori on i predahnu, kao da svali s pleća veliki teret. — Ode da kupi što za ručak... posle neće moći, kad počnemo rad.

— Jeste li gledali učionice? Kolicna je moja, a kmetovi spremili pedeset đaka. Neće moći svi stati.

— Staće... može i više — odgovori on i nasmeja se.

— Znam, ali to ne valja; ne odgovara zahtevima higijene ni nauke...

— Ha-ha-ha... — nasmeja se Gojko glasno. — U Orlovici, a i po ostalim selima, još nemaju ni pojma o higijeni. Treba vlast da ih nauči... Bez sile ne ide...

Uđoše u školu, prvo u Gojkovu učionicu. Soba beše prostrana, ali rđavo okrenuta, te ne dopiraše unutra dovoljno svetlosti. Skamije stare, rađene još pre dvadeset pet godina; svaka se iskrivila, rasklamitala... Ljubica sede na prednju klupu i odmah se razleže škripanje, puckanje suve daske.

— Oho, imaćete dobru muziku na predavanju — reče ona i diže se sa klupe. — Uh, mračno, nezgodno!... U takvoj sobi ne mili mi se nikakav rad.

— Vaša je mnogo svetlija i veselija.

— Jeste; hajdemo sad tamo.

Izidoše oboje i prošavši kroz veliki prostran hodnik, uđoše u manju, svetlu, lepo okrečenu sobicu. Ljubica iđaše napred poskakujući, a kad otvori vrata od svoje učionice nasmeja se veselo i stade pevuckati neku pesmicu.

Pred školom se začu razgovor; pored prozora promakne poneki stariji đak. Ljudi počeše dolaziti.

Posle pola časa zasede ceo školski odbor u školi i poče da upisuje nove đake. U hodniku i dvorištu puno ljudi i žena i svako drži za ruku po jednog mališana. Predsednik prvo upisa svoga sina i jednog sinovca, jedan odbornik upisa svoje dete i zatim čiča Stojan stade da poziva jednog po jednog roditelja unutra. Uđe jedan sed starac, pogrbljen, bezub, zamagljenih očiju, uvede jednog vižljastog zaplašenog dečka, koji zveraše po sobi kao divljače.

— Pomaže vi Bog! — pozdravi se starac, skinuvši kapu i naslonivši se obema rukama na dugačak štap, koji mu dopiraše do same brade.

— Šta je to, kmete Ćiro, i vi ljudi! Prošlog ljeta pustite mi ovo dete da me nadgleda ovako starog i da me što posluša, a sad ga opet tražite. Ne grešite se, ljudi!

— Takvi je zakon, čiča Vuksane — odgovori mu predsednik — tako mora da bude. Do sad se upisivalo svake godine samo po desetinu novih đaka, pa se nisu ni uzimala deca iz inokosnih kuća, a sad nam treba novih pedeset. Evo učiteljice, vidiš, pa ona traži đake...

— Nosi ti, Vuksane, za to peškeš tvom sinovcu, starom kmetu — reče jedan odbornik. — On je to zapeo da prosveti naše selo, te nam natovario na vrat dva učitelja.

Starac se uzvrpolji, uzdahnu duboko, kao da mu otkidaju parčeta živa tela, pa kroz plač prošuška:

— Ovo mi je unuče jedina potpora; to su mi i oči i ruke, pa da mi njega uzmete.

— Dete nek ostane, a ti čiča idi kući — reče kmet i mahnu rukom na Stojana.

Gojko neprestano prevrće upisnicu, razgleda potpise raznih revizora i kad naiđe na poneku slabu ocenu, namršti se i prevuče rukom preko duga čela, kao da odgoni kakvu napast od sebe. Kad kmet svrši pregovore s roditeljem dečjim, on zapiše u upisnicu ime i prezime detinje i drugo što treba, pa opet stane da prevrće.

A Ljubica se naslonila na prozor pa posmatra decu, koja će biti predmet njena rada i staranja. Svako se priljubilo uz oca ili majku, pa ni mrdnuti dalje, kao da se plaše kakve velike napasti. Tek poneki slobodniji odvojio se uz stare đake i sluša šta oni govore o novom učitelju. Ljubica priđe k stolu i naže se Gojku:

— Ja iziđoh malo među decu, a vi gledajte tu: ako naiđe kakvo kretenasto, nemojte ga upisivati — šapnu mu ona.

— Eto... vidite kako to ide — odgovori joj on, gledajući je pravo u oči, jer ona razgledaše upisnicu. — Gledaćemo...

Ona iziđe u dvorište. Prolazeći kroz hodnik, smišljala je kako će da vikne decu, da ih okupi oko sebe, ali čim stade u dvorištu, opkoliše je žene sa decom. Ona pocrvene i zbuni se, a žene počeše zapevati: stadoše bogoraditi da im ispiše dete, jer su inokosne, pa im nema ko pomagati u radu. Neke se zaklinju da im je to dete jedina muška glava i svečar u kući...

„Šta je to... šta hoće ove žene?... Da li ja to dobro čujem! Pa ovde gotovo svi dovode decu pod moranje. Je li to ta srpska žudnja za prosvetom, za „drugim očima”, o čemu se tako lepo govori u narodnim poslovicama?... Jadnice!...” Beše joj žao ovih glupih šireta — žena, jer ona ne poznavaše njihovo stanje ni namere. Ona im odgovori prijateljski:

— Vaši ljudi tamo upisuju... oni vas znaju najbolje, pa njih i molite.

Ona stupi među gomilicu đaka, koji ostaviše igru i okupiše se oko nje. Htede se ponašati sa njima drugarski, prijateljski, ali oseti da joj njena urođena grubost neće to dopustiti. Toliko se kidala zbog te svoje zle osobine, koja joj smetaše i kao devojci, a već utoliko više kao vaspitačici. Paštila se da se navikne na lepo ophođenje, na milostive, prijatne reči, ali pri najmanjoj nepovoljnosti, ona ipak plane i ispolji jasno svoju prostačku grubost.

— Igrate se, deco!... Šta ste se to igrali?

— Krpiguza — odgovori jedan smeliji dečak.

— Zar ne znate lončića?

— To je za one iz prvog razreda, a mi 'vako... krpiguza, jarca, vina i tako...

— Je li vas učio pređašnji gospodin koju igru?

— Jok, on samo u školi...

— Što lažeš, bre — prekide ovoga drugi mališan: zar nismo sa njim sigrali mete na Vilinoj kosi, kad smo ono išli?

— To je 'nako... kad nas je vodio u polje, a nije nas naročito učio.

Ljubica je mislila da počne sa njima koju igru, da zametne šalu i smeh, želela je da se upozna sa tom dečicom, da se zbliži sa njima. Znala je način kojim se to najbolje postiže i idući među decu mislila je odmah početi igru, ali eto, nešto joj ohladi nameru; ona sama ne zna otkud to dođe: tek odjednom je poduze hladovina i učini joj se da nema smisla sad to počinjati. Reći će joj se da hoće naročito da se pokaže pred ljudima. Neka, ima vremena i za to, kad ona ostane sama sa svojim mališanima. Ali ipak morade sebi priznati, da je najviše ohladi odgovor onog dečka, koji reče da su lončići za malu decu, a ne za onolike đake. Ona se opet vrati ženama, gde beše gomilica novoupisanih mališana. Odjednom je obuze milina gledajući ovu nejaku decu, koja se poveravaju njenoj brizi; ona bi ih sve odjednom izgrlila i izljubila, tako joj postadoše bliski i dragi ovi mali divljačići. Ona pomilova po glavi neke slobodnije đačiće; jedan se izmače ispod njene ruke i stade se plašljivo pribijati uz mater. Ona se namršti i grubo progovori:

— Što bežiš? Neću te pojesti.

— Divljačno je, gospođo, mnogo — stade ga pravdati njegova mati. — Nije ni izlazilo među ljude. Taman rekoh: da mi bude od pomoći, a ono...

Ljubica se okrete i razgledavši po dvorištu uđe u školu. „Sve jedno isto", pomisli ona prolazeći pored stola, za kojim se vrši upis i slušajući preklinjanja jednog mlađeg čoveka i molbe da mu se dete ne uzima u školu, jer to mu je najstariji, pa je taman stigao za poslugu.

„Kud god se okreneš, svud se škola smatra kao nekakva robija ili vojačina. I tu se ti nadaj povoljnom uspehu u radu!", mišljaše ona, stojeći pred prljavom isprskalom školskom tablom, koja je nekad bila sva crna, ali su je deca, mokrim krpama, u toku dugo godina, tako izribala, da se crnilo viđaše samo po krajevima. „Međutim ima dosta mesta gde sami seljani mole za nova odeljenja i sami rado dovode decu u školu, to sam slušala. Pa što je ovde ovako?"

Priđe joj Gojko, pa prvo liznu prst jezikom i prevuče njim preko table, potom se nasmeši i gledajući opet u tablu, zapita je:

— Kako vam se dopadaju novi đaci?

— Divljaci. Kao da nisu do sad videli čoveka. Ali šta je ovo te niko ne dovodi decu od svoje volje?

— Naučeni su. Do sad su učitelji upisivali samo po desetinu novih, tek da imaju i prvi razred... pa se svet naučio tako... Dogodine će biti lakše; a sad upisujemo i onu decu, koja su pre dve godine trebala biti upisana.

Kmet zovnu Gojka, a ona produži gledati na prozor. Čiča Stojan nešto tumaraše po dvorištu, vičući uzgred na nestašnu decu, koja mu poremetiše dosadanji mir i usamljenost.

— Šta li si sanjao noćas, bratiću? — reče uzgred jednom mališanu. — Ako si sanjao da te buve pecaju, biće batina. Tako je to, bratiću moj!...

Upis se već završuje. Deci se naređuje da sutra dođu svi u školu. Gojko i Ljubica se dogovoriše da posle podne pregledaju sa kmetom učionice i da sastave spisak sviju potrebnih stvari, koje se moraju odmah nabaviti.

IV

— Prvo ćemo kod gospođice — reče ćata Bogosav, koji je došao s kmetom da mu pomogne sastaviti spisak, kako on reče, a u samoj stvari: da malo napari oči na lepoj učiteljici. — Kod nje je nova škola, pa treba pregledati i zapisati sve što je potrebno da se nabavi.

Gojko iđaše napred, namršten i uznemiren; obuzelo ga nekakvo neraspoloženje, čim je ugledao Bogosava. Čudi mu se: šta će on ovde, kad se njega školske stvari nimalo ne tiču, a zna da školski odbor ima delovođu — njega, Gojka. On ga čak smatra za toliko prosta i neotesana, da i ne gleda u njemu kakvog konkurenta pred Ljubicom, ali tek mu je krivo kad god ga vidi, a naročito kad stane da se uvija oko učiteljice.

— Zašto niste izradili sto i tablu, kad ste radili skamije? — zapita Ljubica kmeta.

— Izrađeno je to sve, sutra će se doneti. Nismo mogli sve odjednom da dignemo — reče kmet.

— Prirez nije bio pokupljen — dopuni ga Bogosav. — Znate, muka je sa tim prirezom: svet nema a ovamo treba. Tako će biti i s vašom kvartirinom.

— Bogme ja hoću da mi se tačno kvartirina izdaje, a vi nabavljajte otkud znate — reče Ljubica odsečno i malo pocrvene od ljutnje.

— Zdravlja, Bože! Lako ćemo, lako ćemo za to — reče kmet, gledajući okrečene duvarove.

— Prvo zapišite računaljku; bez nje ne mogu ništa raditi, a trebaće mi kroz mesec dana.

— Računalja... a šta mu je to? — pita je kmet, kao bajagi začuđen. Ljubica mu objasni; reče i koliko će koštati.

— Bog s tobom, gospođo, što će nam to! Kaži ti đaci nek ti donesu po torbicu oraja (sad se baš krljuštaju i mnogo su lepi za jelo), pa računaj sa njima koliko god hoćeš.

— Gospodin Dragoljub je — uplete se Bogosav — sek'o prutiće, pa ih puno naređa po astalu... Neki mu se lome, a neki ostaju celi. Sa njima je on jednako računao.

— More, znaš li onoga onomlanjskog, Svetislava. Uze od mene velike krompire (a behu mi rodili i raskrupnjali se za priču), pa naređa na štap ko vrapce... Dao sam mu pun džak... More dovije se čovek u nuždi, još kako!

— Meni nije nevolja da se tako dovijam — odseče se Ljubica. — Od mene će na ispitu da se zahteva sto čuda, a ja od vas zahtevam sve školske potrebe.

— Sirotinja smo, gospođo — stade kmet uvijati poluironično, smejući se u sebi i čudeći se smelosti ovog devojčeta. „'Natema je...", pomisli on, „a vi'š ovaj ne ume ni da obeli!" — Ne može narod da izdrži ovolike terete...

— A vi zatvorite školu. Javite ministru da ne možete izdržavati školski prirez, pa nek vam zatvori obadve škole.

— E, moja gospođo, ko bi onda smeo živ izići kapetanu pred oči!

Tako redom razgledaše sve šta bi kao trebalo nabaviti za prvi razred, pa pređoše kod Gojka. Za njegovu mapu opet beše dosta govora, iako kmet priznade, da mu je „levizor" zbog mape načinio „premedbu" i da mu je kapetan strogo naredio da još letos mapu nabavi. Ipak on pokušavaše ne bi li se to moglo i ove godine proći bez mape. Najviše ga je u tom uverenju držala ova okolnost:

— Kako je gospodin Dragoljub cele godine radio bez mape, pa opet dobio peticu!

I za decimalne mere on nađe zgodan odgovor:

— More, šta će ti onolika cimenta? Gledam u brezovičkoj školi vamilijaz sve sa njima za'ita vodu sa izvora, pa ispušta jednu po jednu u izvor i tamo propadnu. A u onu najveću učiteljka kupi pavlaku od koze. Jok, to mi nećemo!...

— Slike, veliš, a kakve to? Kurjaka, lisice... Ho, moj brate, da ti donesem kakvih hoćeš koža, pa k'o živo zvere!... Šta će ti kontrave!... — nastavi kmet i zasmeja se slatko.

— Ta nije kod nas škola od juče — dopuni ga ćata — znamo mi šta školi treba a šta je suvišno. Znate — obrte se on učiteljici i zausti nešto da kaže, al' ona planu i prekide ga:

— Molim vas, šta ćete vi ovde, ko ste vi?... Zašto se plećete u ono što ne razumete i što nije vaš posao!...

— Ja, znate... spisak potrebnih stva... stvari da sastavim — zamuca iznenađen i zastiđen kicoš. Beše pocrveneo od sramote, pa ne zna kud će oči.

Gojko prevalio svoje velike sanjive oči, pa ne može da se načudi, a Ljubica oštro odgovori:

— Školski odbor ima svoga delovođu, a vi u školi nemate nikakva posla.

— Molim oprostite... Ja, znate, 'nako... — stade mucati preneražen ćato. Jadno njegovo ranjeno srce!... Na prvom ljubavnom koraku morade naići na ovako uniženje...

Kmet i ćata odoše, čudeći se belaju što ih snađe, a učitelji ostadoše još u školi. Čiča Stojan, čim učiteljica iziđe iz škole, dočeka je veselo i sa živim odobravanjem:

— Tako, bratiću, Bog ti dao, tako! Jes' video, gospodine?... Kažem ja vama: po zubima lole, pa da vi'š kako će da vrte repom. More, pravo muško! Ona će i za čiču izvući još po rublje. Hoće, bratiću, slave mi!...

— Hajde da se prođemo malo — obrte se Ljubica Gojku. — Još mi glava vri od današnjih događaja.

Gojku se razvedri lice; sa najvećim zadovoljstvom uze on jedan leskovak, što stajaše prislonjen uz duvar, jer se uverio da ga mrze orlovički psi. Pa kao pravi kavaljer fijuknu prutom kroz vazduh i smešeći se reče:

— Da ponesemo oružje... Zli su im psi.

— Jeste. Juče vas umalo ne iscepaše. Ja gledam kroz tarabu kako ne umete da se branite — odgovori mu ona i zacenu se od smeha, sećajući se jučeranjeg prizora: kad psi saleteše jadnika sa sviju strana, a on se samo obrće i baca nogama u stranu, iako nosi štap u ruci.

— He, ono je bilo iznenada... bio sam zbunjen.

Oni prođoše kroz seoski sokak, po kome ležaše sitna, istucana, laka prašina, u koju upadahu noge do članaka. Okolo drveće beli se i tamni od sure, debele prašine, koja je u gustim slojevima popadala po lišću, po zrelu voću, po stablu i travi ispod njega. Oseća se zadah prašine, pomešan sa stočnim izmetom. Najedared sokak se pregradi gustim, neprovidnim, ogromnim oblakom prašine, koji se približavaše šetačima.

— Uh, kako ćemo sad? — viknu Ljubica.

— Ništa... proći ćemo — reče veseo Gojko koji je bio na desetom nebu od radosti: „izgrdila je ćatu, a mene sama zove u društvo”.

Odjednom ih poklopi oblak, uši im zagluhnuše od blejanja ovaca, a pored njihovih nogu snovahu ošišane, pognutih glava do zemlje, site i dobre ovce. Gusta sura prašina, koja se prema suncu prelivaše u neko crvenilo, stade ih štipati za oči, stade se uvlačiti u nos, u uši, stade padati za vrat, na glavu, po licu, svuda... Jedva iziđoše i dahnuše slobodno. Ali tamo daleko pred njima viđaše se drugi, još veći oblak, koji im se naglo približavaše. Oni svrnuše u jedno sokače i malo zatim nađoše se pod jednim humom, što se ponosno izdigao nad kosom, po kojoj se pružilo selo. Nabraše zrelih, sočnih, nabreklih od jedrine šljiva, pa se ispeše na hum.

Pogled sa huma na selo i okolinu beše čaroban, zanosan. Pod njima se zelene gusti zreli voćnjaci, treperi šarenilo po gradinama sa povrćem, viju se čardaklije po nekoj usamljenoj dunji ili šljivi, a iz te niske zelene gustine izdvojio se ponosno u visinu poneki brest, ili se izvio tanahni jablan... I kroz to jednostavno zelenilo crvene se krovovi kuća, bele se na njima dimnjaci, a iz njih se izvili daleko i pravo u visinu beličastosrebrni stubovi dima, koji se na ovom večernjem zatišju samo ljuljuškahu, dok se na velikoj visini ne rasture i raziđu po vazduhu... Nad selom se nose glasovi stoke koja se vraća s paše, pasa i dece koja ih dočekuju, petlova i druge živine koja se sprema za legalo; sve se to spojilo u jedan samobitni, naročiti zvuk, koji se nosi preko voćnjaka i kuća, prodire kroz guste oblake prašine, što su se ponegde podigli, pa se prema suncu prelivaju i svetle nekom ljubičastom bojom — nosi se taj večernji zvuk i bruji daleko širinom, čak tamo do kraja potesa, kuda vijuga, zelenom dolinom, srebrnasta uska rečica...

A tamo dalje, iza potesa, dokle ti god oko dopire, pružila se čas talasasta čas ravna polja, po kojima su naizmence razasuti potesi, sela i šume, i tako sve do kraja vidokruga. Po potesima se žute požnjevene strnjike, ili se zelene podotavljene livade po sniskim lukama, ili se crne preorane i zasejane njive... Iznad sela se, tamo u daljini podigla tanka probojna izmaglica, a tamo još dalje se, u gustoj magli, gordo i veličanstveno dižu moćne ogromne planine, deleći se u sve više i sve dalje krugove, koji su umotani u sve gušću tamu, dok se tako u toj neprovidnoj tami sasvim ne izgube iz očiju...

I sve to što se pruža pred očima naših došljaka obasjalo je rumeno sunce poslednjim zracima svoga zalaska, prsnula je vatrena svetlost po tom nedoglednom prostranstvu i obojila ga čudnim, raznim bojama, te sve treperi, sija se i preliva pod jasnim nebesnim svodom, koji se, i sam osvetljen žarkom rumenom svetlošću, nadneo nad ovim kitnjastim prostranstvom, pa ga, kao ono svemoćni duh, zadiše svojom veličanstvenom beskrajnom večnošću...

Ljubica i Gojko stajahu nemi, začuđeni pred ovim retkim prizorom, oči im lutahu s jednog kraja na drugi, a po licu se razlilo ushićeno čuđenje. Oboje osećahu kako im se duh otresa ovog svakodnevnog sitničarstva, pa teži nekud dalje i više, tamo u nedogled, onoj beskrajnoj večnoj istini...

— O, kako je divno! — uzviknu Ljubica posle dužeg ćutanja i posmatranja. — Ovde treba često da izlazimo sa decom.

— Jeste... da... naročito je meni za zemljopis...

— Hoćete šljiva? — reče ona posle dugog ćutanja i gledanja, pa mu pruži iz ruke nekoliko komada.

— A, hvala!... — reče on, pa uze šljive, iako je i sam dosta nabrao i nosio ih u džepu. Ali zar da se ne koristi ovom prilikom i ne uzme pravo iz njene ruke zrele plodove? O, kakvu toplotu oseti u njenoj ruci, kako su meki, kako li nežni oni jedri punački dlanovi!... I to on oseti samo za jedan mig, dok uze šljive sa njene ruke.

Nu Gojko nađe da treba i njemu što reći, da je nezgodno ovo dugo ćutanje, pa se obrte saputnici:

— Vidite tamo daleko... tamo hej, gde se savija svod nebesni, vidite u gustoj magli dugačke planinske vence... od tih venaca dižu se bliže ovamo sniska brda i humovi. Pod njima teče moja šumna Morava...

— A, vi ste Moravac?

— Da — odgovori on, a iz očiju mu nestalo one sanjivosti, pa bije iz njih živi jasni oganj. On beše veoma zadovoljan, što mu ovako lepo ispadoše ovo nekoliko reči.

Ljubica ga pogleda pažljivo. „Ta on je krasan čovek, dobričina", reče ona u sebi, „ali šta ćeš mu kad je ovakav, jadnik. No ništa, bar ću sa te strane biti mirna, jer i njih ima svakojakih."

— Izvinite, molim vas, ali znate: nas novake sve interesuje — obrte mu se ona, gledajući u zemlju. — Kakve ste ocene dobili do sad?

— Sve odlične — odgovori on onim blagim tonom u kome nema nimalo hvalisavosti.

Ljubica ga pogleda sa nemim poštovanjem.

— Da li je mnogo teško postići takav uspeh?

— Pa nije lako… Treba raditi neprestano i s voljom. A sa samim prvim razredom treba svakad postići odličan uspeh; to nije mnogo teško.

— To znači da ja dogodine na ispitu treba da dobijem peticu?

— Pa… trebalo bi… — reče on, smešeći se i gledajući u daleke planinske vence. — Gledaćemo da dobijete… Ja ću vam biti na usluzi svakad, kad vi zaželite.

— Hvala vam unapred. Mi ove godine nismo ni praktikovali školski rad: nastavnik nam imao neke mnoge honorare, pa nije ni imao kad da nas vodi u vežbaonicu.

— To je rđavo, vrlo nezgodno!… — reče on mršteći se. — Vežbanje poslednje godine vredilo bi vam više od sve šestogodišnje teorije… Pustiti decu tako u svet!… — nastavi on gotovo više u sebi i na licu mu zaigra ljutnja.

— Ha, pa mi ćemo da omrknemo ovde — uzviknu ona, videvši da je sunce zašlo.

Oni se uputiše niz brdo, govoreći o poslu koji ih sutra očekuje.

V

Tek je sunce izgrejalo, a dvorište se napuni đacima. Gojko i Ljubica odvojiše svako svoju decu, pa odmah, tu na dvorištu, počeše razgovor sa njima. Oboje se samo upoznavahu sa decom, raspitivahu ih o njihovim kućama, o roditeljima, o tome kako su proveli leto. Ljubičini đaci većinom su do sad čuvali ovce i goveda, a među Gojkovim bilo ih je koji su i kopali, plastili, nalagali snoplje...

Ljubica se razgovaraše, ali se češće mrštila: poneki mališan okrene glavu i gleda šta rade oni u drugoj gomili. Neki se okrenuo sav k toj gomili, zavuk'o prstić u nos, pa gleda začuđeno ove nove i neobične za njega prizore. Ljubici se učini da se ovde ne mogu deca navići redu (a ona to htede postići odmah prvog dana), pa ih uvede u školu. Odredi mesto svakom detetu, kaza im kako se zovu njihova sedišta i taman poče da im kazuje kako se ulazi u školu, kako se sedi i ponaša u njoj, a napolju se razleže pesma: „Paun pase, trava raste; pajo, paune...” Deca poiskakaše iz klupa kao jarići, pa se okupiše oko prozora, a neki behu poumili i da iziđu napolje. U prvo vreme i Ljubica stade začuđena i posmatraše kako se vije i talasa veliko dečje kolo, a u sredini stoji Gojko sasvim drukčiji, dostojanstveniji, pa pokazuje nešto jednom dečku, koji je seo u sredini kola.

„Bog ga video, kad ih pre nauči pesmi!”, pomisli Ljubica. „Vidi se da je nisu znali do sad: eno još ih uči kako se to igra.” Zatim se okrete svojim nestašcima i strogim tonom vrati ih na svoja mesta. Deca se uplašiše od njenog strogog izraza i tona, pa se svako ukrutilo, gleda je pravo u oči i ne trepće. Ona vide da je pogrešila, ali oseti da ne vredi sad ispravljati pogrešku, pošto će do podne učiniti još nekoliko, možda i većih — ona to zna.

— Kako se zoveš ti, mali, što se jednako obrćeš? — zapita ona jedno đače, koje joj pade u oči kao nestašno. Sva deca iz toga kruga, u koji je ona gledala, stadoše bojažljivo pogledati čas na nju čas jedno na drugo, čudeći se kome se to ona obrnula.

— Ti, mali, ti... ti! — pruži ona ruku na opaženog nestaška i gledaše ga strogim jasnim pogledom.

— Je l' ja? — reče mališan sedeći i dalje i gledajući začuđenim pogledom čas desno čas levo oko sebe. Njegov pogled kao da htede reći: „ama varaš se ti, biće da je to koji drugi štogod pogrešio; a vidiš, ja sedim miran kâ svetac.”

— Ustani!... — viknu ona oštro, pa se odmah zatim trže i uze blag ton. — Kad god ja što kažem kome đaku, on odmah treba da ustane, pa da mi stojeći odgovara.

Dosadi joj se ova napregnutost mozga; ovo što se neprekidno mora misliti. Ona izvede decu na dvorište, pusti ih da se protrče a sama se stade brisati maramom i duvati usnama, kao da je neki veliki teret nosila. I Gojko pusti svoje đake, pa joj priđe, smešeći se:

— Šta... ne ide vam sve kao podmazano?

— Man'te se... Kad bih znala da će ovako ići cele godine, bacila bih sve još sad.

— He... a niste još ništa ni počeli. Polako!... svaki je početak težak.

— Ali, molim vas, ko može da se ne ljuti kad vidi ovako malo dete, a prepredeno i širet k'o i čiča Stojan. Ja ga opominjem što je nemirno, a ono se osvrće na drugove, kao da i ono traži ko je to nemiran.

— Ha-ha-ha... Pa to su najobičnije pojave u školi; to već ne sme nikako da vas ljuti, jer će vam se ponavljati onoliko puta koliko imate časova rada u školi.

— Mora, bratiću!... — nastavi Stojan sa kućnjeg praga. — Zamahni na pseto, ono će se kriti da ga ne udariš, a nekmoli dete. Tako je, bratiću moj!

— Ono vidi da ja neću da ga udarim, pa što se krije!

— He, bratiću, kad bi ono znalo šta ti misliš. Nego ono k'o veli: daj da bacim krivicu na drugog, ako se može; bolje neka bride tuđa leđa nego moja. A za mene što veliš, gospođo — grešiš se mnogo: ja sam ti jedna puka prostačina i ne znam ti za politiku baš nimalo. Ja, bratiću moj, samo znam da slušam moju gospodu i da im budem veran, a meni neće biti rđavo od njihne strane. Tako je to, bratiću moj.

Gojko i Ljubica se zgledaše i nasmejaše.

Posle podne taman počeše rad, a uđe Stojan i javi s praga:

— Evo ide učitelj brezovički.

Iziđoše oboje, malo iznenađeni a i zbunjeni: u selu su posete vrlo retke, pa zato one vazda izazivaju neku nervoznu bojazan što se remeti ova stalna tišina, na koju se čovek navikao.

Na vratnice uđe visok, plav, suvonjav mladić u kratku kaputiću i nakrivljenom mekom šeširu na glavi. Iđaše kicoški, nekako podgravajući u hodu, ispravljene glave a pognutih leđa unapred. Odmah se moglo opaziti da je to otresit, živ, okretan mladić. Još s polovine dvorišta on progovori:

— Kažem ja: nije se on mogao promeniti — Gojko kao Gojko, ostao „mlada" k'o što je i u školi bio... Dakle nove kolege! Čast mi je... Velimir Krstić... — i on se učtivo rukova sa Ljubicom. Za to vreme Gojko veselo uzviknu:

— Velja, bogami!... Ja gledam, pa čisto ne verujem.

Oni se obojica zagrliše i poljubiše.

— Ja se čudim juče o kome to moj kmet govori: neće da mi kupi desetne mere zato što brezovička učiteljka skuplja skorup u najveću cimentu, a sa manjima famulus zahvata vodu...

— Gle ti paksijana kako mi oporočava moju očiglednu nastavu — nasmeja se gost, pa se obrte Ljubici. — Kako vam se svidi prvo mesto, je l' prvo?

— Da, sad počinjem.

— Kolegu ćete imati dobrog, za to vam jamčim. Mi smo ga u školi zvali „mladom", jer se sve nekog belaja stidi... Eno ga, vidite, zacrveneo se pa obara oči. Još da mu nije ove guste bradurine — zlo!

— Šta ćemo sad, čime da te častimo? — reče Gojko nudeći ga u isto vreme stolicom, koju je Stojan izneo. — Ja sam ti bećar — dodade on gledajući Ljubicu preko očiju.

— A što gledaš gospođicu — nasmeja se gost — kad ti ona ne može zlu pomoći.

Svi troje se nasmejaše i ućutaše.

— Pa gde si, bolan, do sad, ded' pričaj: gde si bio, šta si radio? — obrte se Velja Gojku.

— More... šta ja! Ovo mi je treće mesto, nego otkud ti ovde, kad si bio u Podrinju? Kad se pre oženi i čak steče kozu!

— Znaš... naša posla! I meni je ovo treće mesto. Samo mi neobično što me sad ne premestiše: naučio sam već da radim svake godine u drugoj školi, pa mi to izgleda kao pravilo, a ovo sad izuze-tak... A kad sam se oženio? Usput, brate, brodeći s Drine na Timok, ugrabih jedno devojče... Naša učiteljska posla! Sve radimo uzgred: i ženimo se, i sa'ranjujemo decu, i kućimo, i raskućavamo, i umiremo, sve onako uzgred, usput...

Ljubica ga uplašeno pogleda.

— Nije valjda baš tako svuda?... To bi bilo strašno zlo.

— E, gospođice, vi ste tek izišli iz školske klupe, a mi znamo kako se u skamijama ideališe. Polako... biće vremena da sve vidite i da se u svemu razočarate.

— Ali zaboga, valj'da niko ne dira one koji se ne mešaju u politiku?

— A zar mislite da se ovaj grešni kolega mešao, pa ipak mu je ovo treće mesto za tri godine. Je li, Gojko?

— Pa ti me znaš: kakav sam bio u školi, takav sam i ostao. A ti sigurno nisi postao mirniji?

— Ja — još luđi! Koga će da umiri ovo večito čergarenje, ovo teranje bez krivice i reda!... More, šta tu!... znaš li da čak osećam neko zadovoljstvo kad potrpam u kanate svoje prnje, pa ozgo usednem sa ženom i detetom, a za dušemu privežemo kozu, pa teraj!... A vama se, vidim, ne dopada takvo uživanje? Ništa, udajte se za Gojka, on je miran čovek; valjda će se ovde staniti stalno — reče gost i lukavo pogleda na nove kolege.

Ljubica, iznenađena ovom smelošću, pocrvene, ali ne smede pokazati znaka ljutnje, da ne uvredi ovako otresita gosta; a Gojko, videvši ovo naglo crvenilo na Ljubičinu licu, obori oči, ali mu lice zasija velikom radošću. „Eto, kažem ja: samo polako, pa ko zna šta još može biti!...", pomisli on i pogleda kradom Velju, pa opazivši na sebi njegov pogled, mahnu mu glavom kao preteći.

Ljubicu odjednom, posle ovih zloslutih reči Veljinih o teškom učiteljskom životu, obuze neka plašnja, u dušu se uvuče neka sumornost, i ona zadrhta.

„Šta ovo oni govore samo o zlu, kad je svet tako lep, sunce tako toplo i veselo greje, srce u grudima tako živo kuca i sve, sve je udešeno za lepo prijatno življenje!... Zar ja da ne prođem dobro, i moja budućnost zar da ne bude sjajna?... Ta ja sam mlada, lepa... ja moram biti srećna!" I pred njenim očima proleću sjajne, divne slike zamišljene budućnosti, ona se smeši tim slatkim sancima i u isto vreme čuje kako joj se drugovi gromko i veselo smeju.

„Kakvo zlo", misli ona dalje: „samo tek da se tako kaže. Zabrinuti i opterećeni zlom ljudi ne smeju se tako veselo, a njemu smeh ne silazi sa usta. More, slavan je život, slatko je živeti!..."

— Pa ne hvalite se, gospođice, početkom u radu. Zbilja, kako ide? Danas ste počeli.

— Ljutila sam se mnogo. Nisam još... — ona poumi da kaže: dorasla — naviknuta na taj posao.

Velimir joj stade govoriti o tom početnom poslu. Govorio je takvom sigurnošću i razumevanjem, kao da je desetine godina proveo na tom radu. Reč mu beše tečna, živa i oduševljena još priličnom dozom idealizma, koji se kod početnika dugo zadržava, nad kim se oni smeju iako su njime prožmani i zapojeni.

Za to vreme Gojko nešto živo pregovaraše sa Stojanom u svojoj sobici i posle kraćeg vremena javi se, kao rezultat pregovora, velika čaša, puna bistre hladne vode na hrapavoj, prljavoj i suvoj ruci famu-lusovoj; u drugoj držaše među prstima parče šećera, i to sve s velikom pažnjom podnese gostu.

— Izvoľte i prošćavajte... Mi smo ti, bratiću, znaš, bećari i sirot-inja. Što je dao Bog... Budite zadovoljni!...

— Gle, molim te, čuda! — reče mu Velimir, smešeći se. — A kad pre dobavi tu čašu i šećer iz komšiluka? Za vodu te ne pitam stoga, što znam da je imaš besplatno.

— E, nemoj baš tako, bratiću. Imamo i mi ponešto, iako smo sirotinja. Tako je to.

Gojko razvukao usta u širok sladak smeh, a glavu okrenuo u stranu.

I Ljubica se začudi, kad pre nađoše ovu zgodu za posluženje, a na Veljino pitanje i ona se slatko nasmeja.

— Je ľ ti ovo komšijska čaša? — obrte se gost Gojku, koji se još lupaše dlanovima po kolenu od silna smeha.

— Naša, bratiću — odgovori Stojan za svoga gospodina. — Naša... školska... a to ti je kâ da rečeš moja, gospodinova i gospođina. Nas smo troje tu... kao...

— Kao jedna porodica — dopuni ga učitelj.

— Tako, bratiću, tako... hvala je gospodu Bogu, koji je blagoslovio naš sastanak...

— E, zar već!?... — uzviknu Velja. Svi prsnuše u smeh i poskakaše sa stolica.

Gojko se tvrdo odluči da dobro pročasti Stojana, čim primi platu.

Ljubica se smejaše stoga što je mlada, što je veselo živeti i što je smeh najlepši ukras mladosti. Velimir se smejaše i radi sebe, što bejaše veoma raspoložen i naročito radi Gojka: da mu pomogne nameru, jer je već uvideo kud ovaj smera.

— E sad ako hoćete da se malo prođemo, i bar da me tom prilikom ispratite — reče gost.

— Zar nećete da nam vidite školu? — zapita Ljubica kao čudeći se.

— Bio sam u njoj i letos o ispitu i opet pre mesec dana kad smo merili vašu učionicu i poručivali skamije.

— A, na to smo vama obavezni za onako lepe skamije i druge potrebe? — reče Ljubica.

— Ni najmanje. Ja sam učestvovao zbog društva, a i zbog ručka, za koji sam znao da će se davati posle pregleda škole.

Oni se krenuše kroza selo. Putom se vodio govor samo o radu u školi. Velimir obeća da će doći k njima sa celom svojom školom, pa će tako zajednički držati ugledna predavanja, ali prethodno zahteva da oboje odu k njemu u goste i da provedu zajedno ceo nedeljni dan.

Ljubici se veoma svideo i ovaj pametan razgovor iz koga se uveri da i Gojko raspolaže dobrim i nemalim iskustvom u školskom radu; svide joj se i ovaj poziv Velimirov i ova lepa šetnja preko ravna požnjevena polja. „Šta oni govore o zlu kad je tako prijatno i zanimljivo provoditi vreme u radu sa malom decom!...", pomisli ona. „Neumna, nezgodna je ta večita borba sa kmetovima i odborom... I deca hoće čoveka lako da naljute, ali su sve to sitne stvari, koje ne truju čovečji život, ne smetaju mladosti da pliva u sreći i snovima, da se veseli životom i suncem... Nema nikakve bojazni!... Daj da se živi!..."

A Velimir se nagnuo Gojku pa mu šapće:

— Kamo ti nove, lepe haljine, nesrećniče!... Što se brukaš u tim dronjcima! Doteraj se malo, podšišaj se, potkreši tu bradurinu... Otvori oči, ako hoćeš da poigramo uz mesojeđe.

Gojku zasvetleše oči. On baci pogled na Ljubicu, koja iđaše napred putanjom, pa odgovori drugu šapućući:

— Baš sam to juče i sam mislio... Gledaću, čim primim platu. Znaš, dužan sam malo...

— Pa kad dođete k meni, razgovaraćemo nasamo o tome. Gledajte da dođete još ove nedelje, dok je lepo vreme.

— E sad nam možete pokazati kako ćemo naći put za vašu školu — reče Ljubica i stade.

Velja im objasni kuda će proći, pa se potom, progovorivši još nekoliko reči, rukovaše i rastadoše.

Gojko i Ljubica vraćahu se, puna srca, veseli i zadovoljni, kao što se obično vraćamo kad ispratimo koga gosta, s kim smo prijatno proveli nekoliko časova.

— Baš krasan čovek — reče Ljubica — veseo, otvoren, i tako lepo govori o našem poslu.

— A, Velja je i u školi bio veoma otresit. Znam da ćemo kod njega naći čitavu biblioteku.

Tako idući k selu pretresahu polako dobre strane svoga novog druga i prijatelja. Ova lepa večernja šetnja osvežila ih i ulila novu snagu u grudima, pa osetiše da im se razliva neka prijatna veselost u srcu; osetiše ono poznato zadovoljstvo od zdravlja, s kojim se kod mladeži vazda javlja neka žudnja za nečim veoma svetlim i maglovitim... Beše im žao da ostanu svako za sebe sami, pa iđahu zajedno ne znajući kud će; ućutaše i svako mišljaše za sebe...

„I otkud je baš tako težak život?", stade Ljubica misliti. „Teško je neradnicima i onima koji bi hteli samo da zapovedaju, a meni, što?... šta ima da mi bude teško. Mojoj deci ja zapovedam, a druge starije moram slušati; nije vajde. Svaki ima ponekog starijeg, koga sluša, pa tako i ja... Nego nije to. Opet oni misle o nečem drugom, o čemu neće da govore preda mnom... opazila sam to. Ali šta?... Svejedno, ma šta bilo, nije tako strašno... A ovaj Gojko baš je dobar čovek i... odličan... jest, baš odličan učitelj, to kaže i gospodin Velja. Moram mu govoriti nek se javi za ispit. A što?... Zar se mene što tiču njegove stvari?", zapita se ona bojažljivo, anališući sa zebnjom svoja osećanja, ali se odmah umiri. Nekakav đavolast, detinji osmeh pređe joj preko usana i ona baci pogled na Gojka, onako ukoso, ne osvrćući glave k njemu.

A Gojko se pognuo, pa meri očima svaki svoj korak. Tek poneki put skrene oko u stranu, te više oseti no ugleda tanahnu figuru devojačku uza se. I on se dao u neke misli, od kojih mu se guste veđe čas navuku i natmure kao ilinski oblak, a čas se razvedre i razvuku u veseo blažen izraz... „Ala bi to bio život, Bože!... ali ko sme o tome misliti... Nije to za mene, za ovakog hm... kako da kažem... povučenog, jest baš tunjavog... Tunjav sam, nije vajde." I on kao sa nekom zluradom žestinom ponavljaše ovaj izraz, koji mu odjednom postade tako plastičan i živ, i što je najglavnije odgovaraše potpuno — kako on mišljaše — njegovom stanju. „Tunjav! zaista jesam. A što, zar ja ne bih mogao biti onako okretan i živahan, kao Velja? Ne može da se smiri na jednom mestu, vrti se na stolici, igra mu, čini mi se, svaki mišić na telu. Mislim baš da bih mogao, kad bih se odlučio. Što, zar je to teško: vrd... vrd tamo-amo, pa ništa.... Ali ne ide, badava, znam ja sebe. I on se skoro glasno nasmeja, jer predstavi sebe kako bi izgledao, kad bi odjednom stao obletati oko Ljubice i udvarati joj se kao kakav okretan kavaljer. Ova mu se misao, pored svoje smešne strane, ipak svide i on već zamisli sebe obučena u najfinije odelo, stade zamišljati neke naročite manire, za koje držaše da mogu jako uticati na devojku. I odjednom, usred tih sanjarija, on se trže. „Šta je ovo... šta ovo ja mislim i činim? Zar to ja činim odistine... ja, koji do sad ne smedoh pogledati u žensko!... Bežah od njih kao od đavola, kao da će me jedan pogled njihov satrti. Šta je ovo?!... Hm... to je nešto novo, što do sad nije bilo, to se sad nešto počinje, mora biti... Ali šta?" I njega opet stadoše pretresati nekakve tople, prijatne struje, koje poticahu otud odnekud od srca...

— A, evo mog stana — uzviknu Ljubica, dignuvši glavu. — Da je ranije pa da svratite, ali je već mrak...

Gojko se trže i gotovo odskoči korak natrag.

— Kako... ne, ne, molim... Ima vremena, drugi put...

— E onda do viđenja. Laku noć! — reče ona i klimnu glavom koketno, pa se obrte i uđe kroz vratnice u svoje dvorište.

— Laku noć — reče on za njom, prihvatajući se šešira i gledajući kroz suton neobičnu siluetu, koja se udaljavaše od njega ispod punih kitnjastih šljivovih drveta.

— Eh — uzdahnu on i okrete lagano koračajući k svome samohranom i neveselom stanu.

VI

Protekoše još tri dana. Ljubica sve više ulazi u posao i sve se više oduševljava radom. Istina ona počinje ujedno i sama opažati, a to je i Gojko napomenuo, da joj deca počinju bivati sve više utegnuta i povučena, nestaje sa njihovih lica one obične dečje živosti i ona počinju ličiti na vojnike u frontu. Ona zna šta je uzrok tome i oseća da ne može ništa učiniti da nestane ove pojave. Uzrok leži u njoj samoj, i on je tako tesno spojen sa njenim bićem, da se već više ne može otkloniti.

„Kako to", misli ona, gledajući na Gojkovu decu, „bar od njega sam življa i okretnija, a gle kako su naša deca!... Zar on sa onom njegovom pipavom mirnoćom može da stvori ovakav život... gle kako se živo i veselo razgovaraju! A ja... sa ovako živom prirodom, stvaram vojnike. Čudno!... Ali znam, to je sve ona prokleta moja surovost. Šta ću, ne mogu drukčije." I ona skloni svoju dečicu za školu, reče im da se tu igraju, pa se onda polako približi Gojku. On stajaše među decom, pa im govoraše nešto živo mašući rukama. Ona sa čuđenjem posmatraše kako onaj spleteni Gojko stoji pred decom, kako im živo i veselo priča, sa usta mu nikako osmeh ne silazi. A dečje oči, upravljene na njega, gore, gore, kao žeravice...

„Bože kako je ovo lepo! Što i ja ne bih mogla ovako. Baš ću da ogledam... ne, ne da ogledam, nego da i ja okrenem ovako, sasvim da okrenem... Što, gle samo kako to on polako, smešeći se... Zar ja ne bih mogla tako?..."

Gojko po dečjim pogledima oseti da ona stoji iza njega, pa odjednom prekide rad i priđe joj, gledajući preda se zbunjeno, ali mu još u očima igraše ona vesela vatra, koja ga grejaše u poslu.

— Vi, odmor... da. He, vaši su mali, ne treba se sa njima mnogo žuriti.

— I ne žurim se. Nego gledam vas jednako, pa baš dođoh naročito da čujem... kako to vi... Nekako to vi radite drukčije, življe.

— Hm... kažem vam... — poče on otezati, pa u govoru baci pogled na sokak i prekide, zanemi. Ugleda seoskog pisara, a uz njega učini mu se da promiče pored prošća crvena policijska kapa. Uvek su mu policajci bili odvratni, a sad mu se ovaj što dolazi učini kao jastreb, koji se zaleće u mirnu i bezbrižnu pilež. I Gojko, kao sa nekim predosećajem, stade se nervozno okretati oko sebe, kao kvočka kad oseti opasnost, pa skuplja oko sebe piliće.

Ljubica pogleda za njegovim očima, pa videvši ko dolazi, namrgodi se i zauze neki odsudan, samo njoj svojstven položaj iščekivanja. Posle joj se učini veoma nezgodno da baš tako otvoreno pokaže, kako je ranije opazila goste, pa ih sad iščekuje. Stoga se obrte Gojkovoj deci, pa ih stade nešto zapitkivati, ali tako neumešno, da deca odmah opaziše zbog čega se ona obraća k njima, pa svaki čas pogledahu u stranu, otkud se približavahu gosti.

U dvorište uđe sreski pisar u novoj policijskoj uniformi, koja tek beše propisana. Novu oficirsku kapu nakrivio na desno uho, a sjajnu niklovanu sablju pustio te se vuče po zemlji i zvecka kad udari o kakav kamičak. Lice mu mladoliko, sasvim belo, nos pogrbljen, dugačak, a brkovi tanki žućkasti; po obrazima i bradi izrasle retke žućkaste dlake, koje se ne opažaju na prvi pogled. Oči mu plave, male, pa neobično svetlucaju ispod mesnatih kapaka; sa strane oko očiju koža se počela brčkati, te daje celom licu izraz skrivenog lukavstva. Sa lica mu bije ona poznata naduvena tupost, koja je svojstvena mnogim neškolovanim predstavnicima vlasti. On se približavaše slobodno, gotovo drsko, i na Gojkov učtiv pozdrav jedva klimnu glavom; zastade i sasluša Gojka, koji mu se predstavi, pa kao pravi general kad sasluša raport, klimnu glavom i okrete se učiteljici. Seoski ćata se zadovoljno i pakosno osmejkivaše, gledajući to u zbunjena Gojka, koji se odjednom nekako neobično naježi, uvuče glavu u ramena, pa nervozno zvera očima, čas u Ljubicu, kojoj se obrazi odjednom zacrveneše, kao da će sad iz njih krv briznuti.

Ljubica podiže glavu i pogleda pisara pravo u oči, ali se ovaj nimalo ne zbuni od tog pogleda, već joj priđe slobodno i onim policijsko porodičnim tonom reče joj, prilazeći:

— He-he... jesmo li se namestili?... Pera Ilić, pisar ovog sreza i platodavac učiteljski... Hm... da... čujemo mi tamo u srezu, dođoše nam posle i akta o vašem postavljenju... A ja ovde do opštine, kupim porezu, pa mi Bogosav reče da ste došli... Daj, velim da se upoznamo.

Ljubica se osvrtaše, zbunjena, pogledajući češće na Gojka, koji se smrznuo tu na mestu, pa ni da mrdne.

— O, molim... izvol'te — reče ona sa nekim malim izrazom koketerije. — Ama nemamo gde da vas uvedemo. Deco, dajte koju stolicu.

„Hm, pa to je on!... znam... I gle sad šta je!", reče Gojko u sebi. On poznade pisara. Seća ga se dobro kad je stupio u prvi razred gimnazije, zajedno sa njim, pa videvši da ne može ni iz jednog predmeta da istera veću ocenu od jedinice, nestade ga. Posle se viđao da služi kod jednog advokata, potom kod sekretara u načelstvu okružnom i odjednom se obrte kao prepisivač u istom nadleštvu. Od tada mu Gojko izgubi trag, i evo sad mu bi suđeno da ga vidi u punom sjaju gospodstva, u položaju od koga i sam pomalo zavisi.

Deca izneše stolice; odjednom se tu nađe i Stojan, koji ćuteći namesti stolice u hlad pa se izmače, gledajući pisara onako isto neobično, naježeno, kao i Gojko.

— Izvol'te, nemamo sve udobnosti kao kod kuće — reče Ljubica sedajući i smešeći se. Ona je već uhvatila na sebi dva značajna pogleda pisareva, pa je odmah obuze ona ženska žudnja za dopadanjem. Ujedno opazi Gojkovu natmurenu, zgrčenu figuru, pa odmah pomisli da njega sad grize ljubomora, te se sa osmehom obrte pisaru, pogledajući lukavo, ispod očiju, na Gojka.

— A već mlade učiteljice i u svojim kućama imaju velike udobnosti!... Ha-ha-ha... — nasmeja se pisar. — Znamo se dobro koliko smo teški. A, Bogosave, sedi — reče on ćati, koji se slatko smejao odgovoru njegovu.

— Golaverija smo, brate, svi pa to ti je — pridruži im se ćata ovim familijarnim tonom.

Ljubica planu i namršti se. Pisar to spazi, pa se obrte ćati:

— Baš si prava gejačka cepanica; nećeš se nikad istesati.

Ćata se stade vrpoljiti i čuditi šta je to pogrešio, a pisar se okrete Gojku:

— Izvol'te, gospodin učitelju u društvo!

— Zahvaljujem, moram na posao. Deco, u školu! — skomandova on, pa se opet zgrči i, onako namršten, oborene glave, uđe sa decom u školu.

Pisar pogleda za njim ironično, kao što obično gledamo kakve poluumnike, nasmeši se i mahnu glavom, pa se obrte učiteljici:

— Šta je ovo... he-he-he?... Kakav vam je ovo kolega?

— Odličan učitelj i veoma dobar drug — odgovori Ljubica ozbiljno i odlučno, pa videvši da se pisar sprema da izbaci neku pošalicu na Gojkov račun, prestiže ga i sama reče — Istina, nije uglađen ni... doteran, kao što bi trebalo, ali je dobar čovek.

Pisar za to vreme neprestano pogledaše ćatu, dok se ovaj jedva seti, pa se odjednom diže.

— A nama ostade onaj dnevnik onako... Da idem da ga zaključim — reče on smešeći se.

— Idi molim te, ali nemoj sumirati bez mene. Pričekajte me i spremite ručak.

— Ha, to se već razume. Kako!... — reče on i udalji se sa nekim značajnim osmehom na ustima.

Stojan, koji stajaše više učiteljice, isto onako naježen i zgrčen kao i Gojko, obrte se i ode u školu, mašući glavom nepoverljivo i šapućući u sebi: „Jà, bratiću, tako je to; vidim ja!...”

Gojko ga dočeka na vratima svoje učionice, namršten, a iz očiju mu se čitalo pitanje: „Šta je?”

— Ostadoše njih dvoje sami. Ovaj kresa okom, kresa, dok se Bogosav seti pa ode. I ja se sklonih, bratiću, od zla. Ne znaš ti kakva je ovo sila u srezu; i kapetan ga se boji; tako je to, bratiću moj. A ona ne zna, nego... Hej, što ti je ženska glava!... Ama bogami, gospodine, jednake su: i ove vaše učevne i one naše konđare. Je li njoj duga kosa!... Ehej-hej!...

Međutim napolju pisar otpočeo napad, po svima pravilima donžuanske taktike. Najpre se već obavestio o njenim roditeljima, o školovanju, o svemu, dok se tako malo upoznaše i zbližiše, pa onda poče poizdalje dobacivati pohvale njenoj lepoti, pameti, lepom položaju koji zauzima... Ljubica, koju sve više obuzimaše ženska sujeta, popuštaše pomalo od one prvašnje zbilje, pa se stade i ona upuštati u razgovor, koji je vodio samo cilju.

— Dopada mi se, znate, tako sa obrazovanom ženskom... razgovor je veoma prijatan. O čemu god hoćeš, sve te razume... pa i sam da se poučiš čemu. A ni mi vam nismo baš tako velike škole učili.

— Za vaš posao i nisu potrebna velika znanja. Tu je važna praktika...

— Jest, dobro ste rekli. Praktika, sveta praktika! Nisam ja uzalud praktikovao dvanaest godina, pa zato se sad ne bojim nijednog pravnika. Moje osudno rešenje ne obara se tako lako! A pravnici šta mi znaju? Ne znaju rad na jednom običnom registru, a već onako...

thi!... — reče on, mahnu rukom po vazduhu i nasmeja se glasno, pa onda nastavi:

— A vi, to je već drugo... vama trebaju mnoge škole. Bez toga ne može da se radi vaš posao kako valja. Nego znate šta: upišite i mene u prvi razred; ja bih baš voleo da učim kod vas... Tako da sedim u skamiji, pa samo vas da gledam i slušam.

Ljubica pocrvene iznenada, saže glavu i pogleda ga onako ispod očiju.

— Kad ne bi trebalo da se jede i živi — odgovori ona smešeći se. — Ali treba zarađivati hleb.

— Hleb?... — ponovi on — kakav hleb! Zar još i o tome da se brinemo. Recite samo kolika nam suma treba da bezbrižno proživimo. Sve da vam spremim.

— Ha-ha-ha... — okrete Ljubica u šalu. — Koga li ste naumili zaklati, da se tako brzo obogatite! Neka, molim vas: tako mladi, pa da idete na robiju...

— Za vas je slatko i na smrt poći — uzviknu on, smešeći se.

To već beše mnogo. Na tako otvoren razgovor Ljubica ne beše navikla. Ona čedna detinja osećanja, koja se ulevaju u dušu još majčinom hranom, počeše se buniti, ali ih postepeno ućutka i zagluši ženska taština. Ipak osećaše neku prijatnost od ovih smelih reči, iako je dobro znala da su to samo reči, da se to govori u drugom smislu. Ko će razumeti žensku dušu!...

Posle pređe razgovor na platu. Pisar s nekom naročitom intonacijom ispriča, kako se plata vrlo, vrlo neuredno izdaje, kako učitelji moraju po nekoliko puta dolaziti k njemu uzalud, ali ona, gospođica Ljubica, ne mora se za to brinuti. On će njoj sam donositi platu, sve će olakšice on njoj činiti... Zatim se vešto navede razgovor na neke učitelje i jednu učiteljicu. Gospodin Pera otvoreno izjavi, da je on već učinio što treba, da dvojica učitelja budu premešteni a učiteljica otpuštena. Posle ovog saopštenja, pisar se diže. On nađe da je ovo za prvi mah kao početak, dosta; a posle već, ići će sve svojim redom... S naročitom namerom on prekide razgovor baš na ovom mestu...

— Kamo vam onaj kolega — reče on, dižući se. — Baš će sit da se naradi. Ho-ho-ho...

Ljubica se sad tek seti posla, seti se da je još davno decu ostavila iza škole, pa o njima niko ne vodi računa. Ona se nervozno diže i rukova sa pisarem, pravdajući se uzgred:

— Ah, izvinite, molim vas. Jadna moja deca... ostavila sam ih onako. Ne znam sad ni gde su.

I ona brzo, ne osvrćući se više, ode onamo gde je decu ostavila. Naročito je prenerazi svršetak razgovora sa pisarem, pa htede sad odjednom da uguši sećanje na njega. Stoga se odmah, živo, s nekom grozničavom žurbom predade poslu. Ali je odmah prekide glas Stojanov:

— Gospodin kazao skoro će podne... Da pustiš decu kući.

Ona opazi da je Stojan gleda nekako ukoso, nekako neobično, ljutito. I to joj pade teško. Otpusti decu kućama, pa zastade pred čičom i pogleda ga slobodno, pravo u oči.

— Boga ti, ko je ovo... kakav je ovaj pisar?

— He, bratiću, pa gospodin Pera... znam ga.

— Pitam te onako... kakav je čovek? On nešto mnogo preti učiteljima.

— Preti, jä. Šta ćeš mu — sila je velika. On ti je pravi gazda u srezu, kapetana ne verma ni ovoliko... A zao je, bratiću moj, kao... kao... Šta tu, šta on može učiteljima! Gledaj ti samo svoj posao, pa se ne boj nikoga. Tako je to, bratiću, jä... A on učiteljima ništa ne može. Ne može ništa, kad ti kažem. To jedno, što ih vorta s platom, ali tako ti je svud, po svima srezovima.

A Ljubica samo oseća kako joj nešto jako bije u temenu i u glavi vri, vri kao u kotlu... Ona se hvata mislima za pojedine reči Stojanove, ali u glavi opet vri, a srce se sve više steže od nekog nejasnog zloslutnog straha. Šta je to, od čega se plaši, ne sme da zna, ne sme da misli o tome, ali joj se to izvilo pred očima, pa joj potresa svaki živac. Upravo ona ne može još da odredi u kolikoj je meri to strašno i je li baš strašno; i sve joj se čini da tu ima dosta i prijatnoga... Ali zasad ona je uzbuđena jako i rada bi ma čime zabaviti se, nu čime bi?...

— Šta radi gospodin učitelj?

— Sa decom, veselnik. Šta će... da se skloni od zla; bolje mu je. Sad će i on izići. Kažem ti ja, bratiću, ne boj se ti. Njemu baš nemoj zube pokazivati, onome znaš... nego onako niz dlaku... Laži ga polako dok ne uhvatiš za vrat, pa onda o zemlju. Jà, bratiću, tako je to. A ti se ne boj, što se tiče...

— More šta ti je, koga imam da se bojim... I šta mi ko može!

Ona se uputi u školu. Vrata na Gojkovoj učionici behu otvorena, a on, onako isto namršten, hodaše živo preko škole. Kad opazi nju, on se obrte deci, naredi im da se spreme, pa ih pusti kući.

Ljubica stajaše u hodniku dok deca polako iziđoše iz škole. Za decom iziđe Gojko, gledajući pred noge. Oboma beše nezgodno da se pogledaju, a znaju da se ne mogu ćuteći mimoići. Gojko oseća kako ga izdaje prisebnost, i on već uviđa da će proći ovako ako ga ona ne zaustavi. To je bez sumnje i Ljubica uvidela, pa mu priđe.

— Zar i vi puštate — reče mu ona otvoreno, onako kako su i jutros razgovarali.

— Podne je — odgovori on, gledajući čas u zemlju, čas na vratnice, kuda prolažahu đaci, pa se opet polako krenu. Ljubica pođe za njim.

— Hoćete li da idemo posle podne u Brezovac. Da pustimo decu rano, pa da idemo.

Gojko se iznenadi; ovakav predlog nije očekivao, a bi mu po volji. Htede da se upusti u razgovor i da je pita što za pisara, pa uvide da je to nezgodno. Svejedno, ionako će doznati od Stojana koliko mu treba da zna.

— Dobro — odgovori on. — Možemo... samo ranije...

Posle podne iđahu niz potes, jedno pored drugog, učitelj i učiteljica, ali oboje behu sumorni, zabrinuti. Iđahu ćuteći, ali oboje upravili oči u neodređenu daljinu, pa se dali u duboke misli. Neka teška slutnja obladala je njima od jutros, pritisla im dušu, stegla srce, pa ih tako drži, mori ih bez prestanka.

„Šta on hoće?", razmišlja Ljubica o celom događaju. „Nisam ga dobro ni razumela. Upravo, on mi nije još ništa ni kazao, nego sve onako... poizdalje. Čas govori nekakve odveć neobične komplimente... Hajde već to... ne mari. Može biti da je to baš u redu, nego ja nisam naučila na takav razgovor; nisam bivala u društvu. To već nije ništa. Ali posle šta ono govoraše o nekakvom nakitu, ukrasu, šta li. Pa o plati... i to već nije ništa. Nije ni teško ići u srez. Pa o onim učiteljima... A ona učiteljica, veli, biće otpuštena... Ah..." Ljubici se steže srce od neke zebnje i opet je pritište onaj teški magloviti sumor, što davi, ispija polako...

„I zar sve odjednom da propadne, sva muka moja!... Taman se došlo do mete; taman da odmorim roditelje, da se odmorim i sama od onog sirotovanja i gle!... Zar to može biti! Zar bi Bog dopustio? I zašto, zašto... Šta hoće on... šta mu to ostade neiskazano, nedovršeno? A znam, osećam da će se to drugom ili trećom prilikom sve iskazati. Pa onda?... O, ta valjda i Bog gleda sa neba na sirotinju!..." Ona se strese od te maglovite zebnje, pogleda na Gojka, koji iđaše gledajući pred noge, duboko zanesen u misli, pa se i sama opet zanese mislima.

„Čudnovata je, baš!...", premišlja Gojko deseti put jednu istu misao. „Ovamo sedi sa njim celo jutro, smeje se, šali se i sve onako... što ne valja. Ostavila decu samu... Vidiš, za to bih je mogao uzeti na odgovor. Ali, eh!...", i on mahnu rukom po vazduhu, uviđajući i sam da on nikad ne bi imao smelosti da to učini. Sva je uteha u tome, što on saznaje, da bi imao pravo, pa čak i dužnost da to učini. Ali se to sve završi onim stereotipnim i malodušnim uzvikom: eh!...

„I niko je ne prisiljava da sedi sa njim. Što, zar ne može ona ustati i reći: izvinite, ili već tamo... moram na rad, čekaju me deca. Kako sam ja! A ona jok... nego sa njim tamo-amo, pa celo jutro. I šta su imali toliko da govore? Ludorije!... A ovamo sad gledaj je! Ide kao ubijena... i odmah sam poznao da joj nije bilo po volji. I Stojan tako veli. Pa dobro, što je sedela kad joj to nije bilo po volji? Čudnovato!... I ove su ti ženskinje baš...” On opet mahnu rukom, razgleda pred sobom pa se opet zamisli...

Velja beše na radu kad oni stigoše. Zamoliše ga da ne prekida posao, a oni se namestiše na dnu škole, iza đaka. Radio je sa prvim razredom, drugi pisaše, a treći i četvrti računaju na tablicama. Ljubica se veoma začudi kad vide da učitelj već predaje o slovima. Na tabli stajaše velikim, jasnim, lepim slovima, napisano „so”. Učitelj se s dosta veštine ali i muke staraše, da navikne dečje uho razlikovanju ova dva glasa. Ljubica gotovo ne diše; sva se pretvorila u trajnu, žudnu pažnju. Da joj je da ne propusti nijedan pokret učiteljev. A on radi živo, umešno, s voljom... Tek ipak vidi se da ne radi bez naprezanja. Sva malopređašnja briga odjednom se skide, nestade je, a nju obuze plamen žudnje za radom. Ona se preobrazi: oči se veselo zasvetleše, obrazi se zarumeneše; ona se sva predala tome poslu, koji je i njen... Tu su joj sve misli, cela duša... Deca odgovaraju: poneko već shvatilo dobro celu majstoriju i odgovara pravilno. Ljubica sve više svetli očima. Ali poneko ustane, pa sve naopačke... Ljubica se mršti, lupne nogom, upravo vrhom noge o pod; vidi se rado bi skočila i pritrčala detetu. Ko zna šta bi mu uradila od srdžbe!...

A Velja se smeši veselo, kao da je to i očekivao, kao da je sve u redu, te nije moglo drukčije ni biti... On opaža kako se Ljubica mršti i muči, pa baš naročito bira takvu decu. Obaveštava ih, pomaže im, upravo uči ih da misle, ali su to deca neuka, divlja, pa ne može sve da ide kao po loju...

— E dosta, izađite sad malo napolje — reče Velja deci, pa se uputi k svojim gostima.

— Kako... Zar vi već radite sa slovima? — upita ga Ljubica začuđeno.

Velja se smeška neprimetno, i sam pravi začuđeno lice, kao bajagi čudi se pitanju.

— Juče sam počeo — odgovara on naivno. — Zašto se vi kao čudite?

— Pa, znate... nama su predavali — poče ona zbunjeno — priprema traje najmanje mesec do...

— Ha, metodika... — prekide je učitelj. — E bogme ovamo ćete morati mnogo štošta protiv metodike, jer i naša vrhovna uprava radi većinom protiv metodike, pa moramo i mi. Šta, zar ja da izgubim dva meseca sa ovom derladijom uzalud; a šta će za to vreme da mi rade ostali razredi?... Jok, ja sam to sa njima naredio sve za četiri-pet dana: sto, stolica, klupa, tabla itd. A sad je već vreme da se počne raditi. I jeste li videli kako ide slavno: polovina već znaju da razlikuju oba glasa! A tek smo počeli, od juče...

— Dakle vi ste zadovljni današnjim odgovorima? — upita ona bojažljivo, kao da ga ne uvredi pitanjem.

— Ha-ha-ha... te još kako! Pitajte Gojka kako on misli.

— Da, slavno ide! — odgovori Gojko odlučno.

— Vidim ja kako se vi mrštite... U jedno vreme pomislih sad ćete skočiti, pa naročito biram nerazvijeniju decu. E, druže dragi, ne jedu se lubenice, dok se kopač dobro ne oznoji... Nego izvolite meni, u naš dom...

Ljubica i Gojko izjaviše želju da slušaju dalje rad, pa po svršetku posla da pređu u stan. Velja pozva decu, pa nastavi rad. Uze da pregleda izrađene zadatke na tablicama. U tome mu pomogoše i gosti. Posle zaželeše da on drži jedno predavanje. I to im učini po volji: uze drugi razred i poče poznavanje prirode. Predavao je vrlo lepo, lako i živo; i Gojku se zasvetleše oči. U radu provedoše još ceo čas.

Velja pusti decu, pa se kroz prostran hodnik uputi sa gostima u svoj stan. Dočeka ih jedna slabunjava, sitna plavuša, pozdravi se vrlo usrdno, pa odmah ode k stolu, na kome stajaše poslužavnik sa vodom i slatkim od trešanja. Razgovor se vodi samo o školskom radu.

Ljubica je naročito došla da čuje koju reč o pisaru, da vidi šta je to: treba li da se boji čega, ili će joj i Velja kazati ono isto što i Stojan. Ali sad joj je veoma nezgodno da počinje razgovor pred učiteljkom. Zna ona žene, pa neka im je najsvetiji izraz na licu... „Najbolje će biti", pomisli ona, „da govorim sa njim u povratku, sad kad pođemo. Znam da će nas ispratiti daleko, a još ako mu ne pođe žena, možemo govoriti glasno, sa Gojkom zajedno. Ako li ona pođe, moram se izdvojiti sa Veljom."

Kad siđe sunce blizu brega, gosti se digoše da idu. Velja se spremi da ih isprati, a učiteljka mora ostati kod deteta, koje je danas nešto u vatri.

Velja iđaše neobično veselo; obuzelo ga ono prijatno raspoloženje, koje nastupa posle duga uspešna rada, pa sad ne može dovoljno da se nagovori. Stade se hvaliti svojim drugim razredom, jer to su samo njegovi đaci, i pričati s kakvim će uživanjem da radi ove godine sa njima. Ljubica, koja ga vrlo rado slušaše, morade ga prekinuti.

— E sad vi nama da date jedan savet, jer zato smo upravo i došli — reče ona, pa im ispriča svoj jutrošnji razgovor s pisarem, izostavljajući naravno sve ono, što nije potrebno da oni znaju.

Velja se još od prvih reči njenih uozbilji, a kad sasluša šta je pisar spremio onim drugovima, on planu gnevom i uzviknu:

— Životinja!... dakle i to on zna... A kakva je to krasna devojka i odlična učiteljica. Pre dve godine svršila je školu. Sirota, nigde nikog nema, a vrlo lepa. Čuo sam ja još proletos da on obleće oko nje, pa eto...

— Šta mislite, da li će zaista biti otpuštena? Tu je i Prosvetni savet, zaboga; valjda se to ne lomi baš tako lako!... — zapita Ljubica uzbuđenim, uzdrhtalim glasom.

— Eh, Savet!... — odgovori Velja sa nekom gorčinom u glasu. — Teško nama! Oduzeli su nam i taj jedini zaklon: da nam je bar hleb obezbeđen, kad radimo posao valjano. Pa eto, dali su nas na milost i nemilost nesavesnim, besnim ljudima... da nam beščaste porodice, drugove... A mi da ćutimo kao ribe, da se ne smemo mrdnuti — uzviknu on sa teškim bolom, pa onako u ljutini hitnu grančicu, koju nošaše u rukama, daleko od sebe. Ućutaše za časak svi troje, pa iđahu bledi, namršteni, teško dišući. Kad se malo pribra, Velja opet progovori:

— Otpustiće je, dabogme!... Čuo sam ja kako je on bio okupio predsednika da je optuže zbog nemoralnog vladanja... Nju, jednu od najpoštenijih učiteljica!... Eto i vama odgovora na pitanje. Sad vidite šta vas čeka, pa birajte; to zavisi od vas... tu vam mi ne možemo dati nikakva saveta.

— A kako bi bilo da ja tražim premeštaj u drugi srez? Da to učinim sad odmah, dok još nema opasnosti.

— Nema ni nedelja dana kako ste došli na ovo mesto, pa već da tražite premeštaj, i to još bez uzroka! Jer šta biste mogli navesti za razlog?... To ne može biti, verujte mi.

— Gotovo meni se najviše svidi savet našeg Stojana — progovori Gojko, osmehnuvši se malko, ali mu sa lica ne silažaše ona ljuta gorčina i bol, što teče iz samog srca. — On joj veli da radi svoj posao, da se ne plaši ničega. A za pisara, kako ono... — zape on, pa se opet nasmeja: beše mu nezgodno ponoviti izraz Stojanov „niz dlaku", pa to on prepriča drugim rečima. Beše veoma uzbuđen, te jedva izgovori ovo malo reči.

— I meni se svidi taj savet — odgovori Velja. — More, vi imate pametnog famulusa, vere mi! Tako, tako je najbolje. Pa ako vidimo da će i vas ovako da bruka, onda ćete dati ostavku. Drugog izlaza nema.

Zatim Velja stade pričati o onoj dvojici što im se sprema premeštaj, pa došavši tako u razgovoru do orlovičkog potesa, oprosti se sa gostima, obeća da će ih skoro pohoditi i vrati se.

Ljubica i Gojko produžiše put ćuteći. Beše im nezgodno nastavljati dosadašnji razgovor, a o drugom čemu nisu hteli govoriti.

Siđoše u rečicu, pored koje se zelene podotavljene livade. Zadahnu ih miris sveže, zelene trave, po kojoj su već počele da se kupe rosne kapljice. Voda se tiho slevaše preko kamičaka, žutoreći lagano, tajanstveno, kao da se i ona, umorna, sprema na počinak. Suton se približava, a vazduh postaje gušći, tamniji. Cela se priroda umirila, pa se samo još oseća njeno gigantsko drhtanje, kao poslednji uzdah pred teškim snom... Sve to navlači živa čoveka na beskrajne sanjarije.

Naši putnici naiđoše na oborenu kladu na samoj obali, pa, gotovo ne sporazumevajući se, posedaše na nju. Proleti slepi miš i zapara tanahnim krilima pored samih njihovih očiju; projuri tiho, bez šuma, vodeni kos, vraćajući se noćištu; zažubori rečica, zašapuću kapljice što se slevaju s kamenja, a suton se njiha i navlači sve više, uspavljujući brižnu glavu prijatnim zanosnim snovima...

No Ljubica ne sanja prijatne snove. Tužno je oborila glavu nad rekom, pa slušajući žubor i šapat bistre vode, čini joj se da sa tim zloslutim žuborom otiču i njeni najmiliji snovi mladosti, njeni najdraži ideali... Sve, što je tako dugo stvarala u snovima, čime je najradije dušu mladu napajala, počinje se ružiti, rasturati... I ona vidi da će nestati svega i da će posle nastupiti crno i gorko razočaranje; da će nestati snova i nastupiti oštra, surova java... I ona počinje osećati veliki, težak bol, jer gubi najveće blago mladosti — lepe zanosne snove... I kroz nemi suton, sa tihim žuborom reke, pomeša se bolno, tužno jecanje... I ode niz vodu, tihim lahorom, ovaj tužni dvopev tanahne bistre reke i mlade, nesrećne devojke...

A Gojko zanemeo, smrzao se, pa ne diše. Oseća samo kako mu se grudi stežu, a srce lupa burno, živo. Ne sme da se pokrene, da mrdne ma čime... Samo gleda, gleda u ovu pognutu figuru, koja se u sutonu nejasno ocrtava, i čini mu se da svaki njen uzdah odnosi sobom po jedan deo njegova teškog bola, a na duši mu ostavlja tiho, prijateljsko saučešće u tuzi svoga druga, i još nekakvo osećanje, veoma prijatno i drago, od koga mu i srce življe kuca, ali se on stara da ga zasad uguši, jer mu danas i u ovakvim okolnostima nije mesto. Samo tihi, lagani uzdasi pokadšto odaju njegovo nemo prisustvo. A oko njega sve jedno isto: suton, žubor, jecanje...

Odjednom se oboje trgoše, ustadoše i pođoše dalje. Mesec izgrejao, pa treperi svojom nežnom srebrnastom svetlošću. Zrikavci otpočeli svoj posao, pa i cela okolina bruji od njihove monotone pesme, koja uleva u dušu neku sanjivu zebnju. Tamo, na vrbama, kratkim i sumornim glasom, javlja se ćuk. A iz sela se nosi, sve lakše i lakše, nejasno, tiho brujanje. Dolazi noć...

Kad već uđoše u selo, Gojko se ponudi da otprati Ljubicu do njena stana.

— Neka, molim vas, nemojte... Blizu je, sama ću — odgovori ona odlučno, pa se pozdravi sa njim i okrete svojim pravcem.

— Dobro, laku noć! — odgovori Gojko malo uvređenim glasom i ostade dugo na tom mestu, gledajući za njom.

Prilazeći svojim vratnicama, Ljubica opazi čoveka, koji se držaše jednom rukom za plot. On se krenu prema njoj povodeći se, a iz grudi mu se razleže hrapav, promukao glas.

— Aha... tako li je! U ovo doba... Molićemo za mecko izjasnjenja. Ribice...

Ljubica odmah vide da je to pijan čovek, pa brzo pojuri vratnicama, ali neznanko beše bliži pa podupre leđima ulazak.

— Stoj... Hodi kod bate...

Ljubica poznade ćatin glas, pa planu svojom odvažnom, plahovitom srdžbom.

— Ha, pijanice jedna, ti li si to? Marš s puta... — dreknu ona, pa gurnu pijana Bogosava iz sve snage... On se povede, povede i sroza se u prašinu, a ona protrča kroz vratnice i odmah zakači ključaonicu. Drhtaše kao u strahovitoj groznici, srce joj lupaše živo, mahnito, jedva se stade pribirati. Zakašlja se, jer je stade nešto gušiti u grudima.

Bogosav, čuvši kašalj, stade se dizati iz prašine.

— Čekni de ti Peru pisara, ček!... On će tebe 'nako znaš... ka pogaču od belije, sve oko ruke...

Ljubica pobeže u kuću, zaključa se u svojoj sobi, pade na svoju devojačku postelju i gorko zajeca...

„Bože, šta je ovo? Je li ovo moja služba, moj udeo? Zar se ovako počinje? Zar je ovakav ceo život!...”

VII

Ljubica se sva predala školi, svojoj deci. U neprekidnom, zamornom radu tražila je utehe; u poslu je ugušivala onaj stalni strah od nekakve nesreće, koji je obuze ovih dana. Beše veoma zadovoljna svojim radom; kad god iziđe sa decom na odmor, iz očiju joj sija zadovoljstvo, ali se brzo navuku oblaci na njeno ravno, nisko čelo... Misli, te crne misli nikako da je ostave, no joj zagorčavaju svaki trenutak, svaki pokret.

„Što mi ne da Bog mira", misli ona, „da se bar sita naradim sa svojom decom? Sad vidim kako veliko zadovoljstvo i utehu čovek nalazi u radu. To je veliki dar božji, samo kad je čovek i s druge strane zadovoljan. O... a ja sam tako malo želela!... Samo da imam dobra druga, pa ovako u tišini da radimo oboje sa ovim mališanima, da radimo mnogo, neumorno... I kad nam zatreba odmora, da ga nađemo u našem gnezdu... Ta to su tako male, tako ništavne želje, pa i to se ne da!..."

I opet se preda radu grozničavo, žudno, sa nekom čudnom odlučnošću. Gojko je obilazi na radu po nekoliko puta dnevno, pomaže je savetima i naposletku poče da drži predavanja njenoj deci. Radi se ozbiljno i svojski... Jedno jutro reče im Stojan da je otpuštena ona učiteljica, o kojoj su ranije govorili. Bogosav, veli, sinoć došao iz sreza, pa doneo taj glas.

Oboje se zaprepastiše. Iako su neprestano o tome govorili i mislili, ipak im se činilo, da neće biti tako pokvarenih ljudi, koji će taj zločin izvršiti. A ono gle!... Oboje se ćuteći pogledaše, pa odoše u svoje učionice i počeše rad. Ljubica oseća da neće moći danas ništa uraditi. Misli ne mogu da se zaustave na jednom predmetu, no samo proleću, uvećavajući još više crnu slutnju, koja joj obuzela dušu. Odjednom, usred rada, učini joj se da čuje sa dvorišta neobično zveckanje, baš kao da je sablja. Pogleda na prozor, a tamo stoji Pera pisar, lupkajući kamdžijom po svojim dugim čizmama. Reče nešto Stojanu, koji dođe pred njega, pa stade razgledati zrele šljive i birati jednu po jednu. Stojan uđe u školu bled, zbunjen.

— Zove te gospodin Pera — šapnu on Ljubici uplašenim glasom. — Časkom, veli...

— Kaži da ne mogu sad prekidati posao — odgovori ona odlučno, a iz očiju joj sevnuše neobične munje. — Kroz pola časa izići ću na odmor.

— Baš bi bolje bilo da iziđeš — nastavi čiča veoma tihim glasom, u kome se čujaše molba. — Ne znaš ti, bratiću, ove...

Ljubica mahnu glavom odlučno, ljutito, i čiča iziđe pokunjene glave. Ona drhtaše sva, kao u groznici, ne znajući ni sama da li je to iz straha, ili ljutnje, ili jakog uzbuđenja. Neko zakuca na vratima tiho, lagano. Ona ne odgovori, ali obrte glavu i posmatraše kako se vrata lagano otvaraju i kroz njih prolazi ona poznata strašna figura. Ponosno podignute glave, vlasno i smelo posmatraše ona posetioca, koji se, ulazeći u školu, nekako neobično previo, smanjio se, i postao nekako smiren, tih, rekao bih čak ponizan. Sa nekim učtivim, finim smešenjem prilazi on stolu, pruža ruku, izvinjava se, moli za dopuštenje da posedi malo u školi... milo mu posmatrati ovaj zanimljivi rad.

Odjednom se stade razbijati magla, koja se beše uhvatila oko Ljubice, i ona, s najvećim čuđenjem stade posmatrati gosta. Šta je ovo... je li ovo onaj isti, pređašnji čovek? Ne, nije, nije... Ovo je sve drugo... drugi izraz, ponašanje, ton govora, sve, sve drugo. Ona klimnu glavom, nešto promrmlja, i više očima no govorom pokaza mu mesto gde će sesti. Gost se namesti vrlo oprezno, starajući se da ne poremeti ovu tišinu, koja vladaše u školi. Sede i stade razgledati decu.

Ljubica priđe bliže deci, reče im da gledaju samo na nju, pa poče rad. Osećaše kako joj se obrazi čas zažare čas ohladne. Ali se stade pribirati, jer napreže volju, te se sva predade poslu. Postajaše sve raspoloženija i rad iđaše sve bolje i življe. Posle pola časa pusti decu i, brišući maramom oznojeno i zažareno lice, priđe k pisaru, koji već beše ustao i vrlo učtivo prihvati njen pozdrav. Iziđoše oboje napolje i sedoše u hlad.

— Oprostite, molim vas — poče pisar vrlo učtivo — što sam vas zvao malopre. Zaboravio sam da se vaš posao ne sme prekidati. Ja, znate, naučio na našu kancelariju, gde vrata ne miruju ni pet minuta. — On poćuta malo, kao da premišlja o nečemu, pa odjednom, malo otežući reči i zastajući na nekim izrazima, nastavi:

— Ja sam došao od kuće naročito zbog vas. Čim sam čuo sinoć... o koječemu, odmah sam rešio da moram ići ovamo, da se obavestim sa vama i da se izvinim...

Ljubica raširila oči, gleda i ne razume šta ovo on govori. Ona samo posmatra ovo učtivo i ozbiljno lice, koje se od onomad tako izmenilo, da ovaj čovek izgleda sad sasvim drugi. Nestalo i straha i zebnje, i ona se već počinje čuditi čega se to do sad plašila.

— Čuo sam, onaj ludak, Bogosav... šta je radio i kažu čak vam pretio mojim imenom. Čuo sam da ste se i vi uplašili od našeg onomadašnjeg razgovora i da ste se savetovali sa kolegama šta da radite. — On obori oči, a preko lica prelete mu oblačak ljutnje, nu on to vešto sakri, pa vrlo prijateljskim glasom nastavi.

— Baš mi je mnogo teško bilo što ste me pogrešno razumeli, upravo što me niste razumeli. Ja sam čovek osetljiv, i teško mi je kad ko, naročito takva ženskinja, o meni rđavo misli. Gospođice, ja imam rođenu sestru, koja je u vašem položaju... učiteljica, kao i vi...

I sad nastade dug, rečit monolog, u kome se izliše najodsudnija uveravanja o poštovanju, o bratskoj iskrenoj simpatiji, o tome kako je on gotov na sve usluge, prosto i jedino zbog njene samoće i sirotinje, jer zna da tako isto čami i njegova sestra, pa valjda će se naći dobra duša da i njoj pomogne... Čudi se kako je rđavo protumačila njegovo saopštenje o onoj učiteljici. To je nevaljala ženskinja, i ona je morala biti kažnjena. Pa opet uveravanja, kletve, i sve to nekim nežnim, učtivim, prijateljskim glasom, koji čak u izvesnim prilikama zadrhće. Pravi, najbolji drug, pa to vam je...

Ljubica gledaše, ne znajući već šta da misli; osećaše samo kako joj se kravi led oko srca, što se nahvatao za ovo nekoliko dana; osećaše kako je obuzima nekakvo prijatno raspoloženje prema svemu, pa čak i prema ovom pisaru. „Zbilja, krasan čovek. Kako je samo učtiv, prijatan, skroman. I baš može biti da sam ga onomad rđavo razumela. Čovek, bez sumnje, gledao malo da me zanima, pa ćaskao svašta, a ja odmah pomislila bogzna šta... Da li je tako?...” I ona ponovi u pameti njegov pređašnji razgovor, razmisli se o nekim izrazima, pa joj se sad ceo razgovor učini drukčiji, sasvim drukčiji. „A ko zna?...”, pomisli ona sa nekom sumnjom na duši, „možda je ovo pretvaranje...”

Da li mogu biti ljudi toliko dvolični?... I to ostade za nju nerazrešena zagonetka.

A pisar se tek sad oduševio svojom rečitošću, pa ne misli prestati. Mnogo lepih misli i uveravanja iznese pred Ljubicu i odjednom, pogledavši u časovnik, trže se.

— Zar vaš kolega ne radi danas? — zapita on osvrćući se.

— Radi, ne znam što već ne izlazi.

Pisar skoči i utrča u školu. Odmah potom stadoše izlaziti umorna deca, protežući se celom snagom, a za njima pokunjen, snužden pogleda, iziđe i Gojko sa pisarem.

— Ovaj bi i zaspao u školi, čekajući da ja odem — reče pisar smejući se. — Nego ću sad vas, gospodine učitelju, nešto da molim. Pošljite vašeg poslužitelja nek donese moje bisage iz sudnice i primite nas u vaš stan da se malo založimo i razgovorimo. Gospođica, držim, neće otkazati?

— Zahvaljujem... ali sam tako umorna, da bi mi sad odmor bio prijatniji od jela.

— Nećete nam, valjda, pokvariti društvo. Ima vremena i za odmor.

Gojko, onako sumoran, naređuje Stojanu da trči za bisage, a on se dade na posao: da malo uredi i dotera svoj žalosni stan. Prenerazi se kad vide da soba opet nije počišćena. Već peti dan je kako naređuje Stojanu da bar malo smahne ono seno sa poda, pa eto, stoji sve kao u svinjcu. Da uzme sad da on počisti, ne sme — dići će prašinu, opaziće ga. „Najbolje nek stoji ovako", pomisli on. „Oni znaju da ja nemam žene ni druge posluge." Potom namesti malo svoju postelju, privuče stočić bliže prozoru, pa iziđe. Stojan se vraćaše s bisagama, te svi uđoše u sobu.

Ljubica se namršti kad uđe, umalo ne zapuši nos rukom. Gojko to opazi, pa se obrte Stojanu.

— Je li more, ti. Otkad ja tebi vičem svako jutro da sobu čistiš i vetriš, a ti si mi napravio ovde čitav svinjac!... Ja... ja... — uzviknu on u ljutini, pa zape i odjednom prekide.

Ljubica i pisar tako isto izgrdiše čiču, pa posedaše za sto, koji se povijaše na sve četiri strane.

— Šta ću, starost je, bratiću!... Ne može se više kao nekad, dok se bilo mlado. A ja opet moju gospodu slušam kâ neke bogove i svaki im, što će reći, dovlet činim. Mi se slažemo lijepo; jes', bratiću... kâ neka prava vamilija.

Gojko obori glavu pa ućuta. Njega je vazda pobeđivala Stojanova rečitost, pa i sad on nemade šta odgovoriti, znajući unapred da će soba biti sve gora i sve nečistija, ako se on sam ne prihvati metle. Ali je to njega mrzelo, a nečistoću je mogao mirno snositi, samo da nije ovako iznenadnih poseta.

— Kad si star, prijatelju, i kad ne možeš da radiš, onda nisi više za službu — reče pisar, vadeći hladno pečenje, zastrug sa sirom i kajmakom, luk i nekoliko butelja piva. — Nego da kažem ja da uzmu drugog čoveka, koga mladića.

Stojanu zaigra obrijana i obrasla kratkom čekinjavom kosom brada; on zatrepta očima i odjednom ruknu u plač.

— Deset godina sam ovde, slatki bratiću... Nemam kud... da umrem ovde...

— Ostavite ga, molim vas — reče Ljubica, koja se veoma uzbuni od starčeva plača.

— Dobro, kad gospođica za tebe moli — odgovori pisar, pa stade nuditi nove prijatelje jelom i pićem.

— Ama kao da smo se ja i vi, gospodin učo, ranije poznavali... ili smo se negde viđali — nastavi pisar, nudeći Gojka pivom. — Vi ste mi tako poznati.

— Učili smo gimnaziju zajedno... Vi posle odoste nekud... u policiju.

— Ha, pa što se ne kažeš, brate!... Drugovi iz gimnazije, pa se čine da se ne poznaju. — Gospodin Pera s naročitim zadovoljstvom i čak nekom važnošću udari glasom na reči iz gimnazije... U njegovoj kondujiti stajaše da je svršio osnovnu školu; i on sam vazda se iskazivao protiv škole i školovanih ljudi, ali tek beše mu neobično drago, što se u ovoj prilici našao svedok njegovog gimnazijskog školovanja. A on je, moramo priznati, u dubini duše smatrao gimnaziju kao nešto veoma veliko, nepostižno, veće od svega... upravo o većim školama nije smeo ni misliti. — Pa ti si to mene — nastavi on — poznao odmah... i opet si ćutao!

— The... šta ću? Znam da me ne poznajete — odgovori Gojko gledajući u zemlju. „Ha, ova nesrećna zbunjenost", reče on u sebi, mršteći se. „Kud baš sad da mi dođe, kad treba da sam naj... najslobodniji!..." — Poznao sam vas odmah — nastavi on, pa se nakašlja, ne znajući šta bi još mogao reći.

— E pa dede, za srećna poznanstva! — podiže pisar čašu, dodirujući uzgred, vrlo lagano, Ljubičinu čašu, a sa Gojkom se kucnu drugarski.

Gojko ispi, pa odmah vide da se i Pera i Ljubica nešto smeše i gledaju njega. Baš će biti da se njemu smeju. To ga opet zbuni.

— Kakav si to drug, bolan... Nećeš sa koleginicom da se kucneš! — reče mu pisar.

— Zaboravih... — promrmlja zbunjen Gojko, krećući očima živo, kao da gledaše gde bi se mogao sakriti.

Posle ručka policajac odsede u razgovoru još čitav čas. Tu se razgovaralo prijateljski, sasvim drugarski, pretresale se uspomene iz mladosti, upravo ređali se nestašni postupci u školi i van nje, Ljubica sluša sa interesom ovaj razgovor, koji je u ponečem podseti na njenu mladost. I Gojko se čak raspoložio, pa dopuni razgovor ponekim svojim sećanjem.

— Sećate li se onoga... — reče on smešeći se — onoga u dugačkim košuljama... Trpkovića, što udari direktoru šamar... Nije ga poznao po noći.

— Aha, jest... htedoše, čini mi se, da ga isteraju.

— Jä, pa mu direktor oprosti. Sad je poručnik.

Najzad se pisar diže, oprosti se vrlo prijateljski sa Ljubicom i Gojkom, Ljubici opet ponovi nekolika izvinjenja, reče joj da bude potpuno bezbrižna, pa ode veselo.

Gojko se još smešio zadovoljno, sećajući se nekih sitnica iz đačkog života. Ljubica se doseti ovom smehu, pa čim stadoše napolju zapita ga:

— Vi ste jamačno lepo proveli detinjstvo i mladost? Vidim da se rado sećate mladosti...

— Mladosti?... — ponovi Gojko i zamisli se. — Ja je nisam imao, ni znao za nju... Ne, ne... ja nisam živeo u mladosti, niti znam šta je to.

Ljubica ga pogleda začuđeno; učini joj se da on ovo ne govori budan, no kao da sanja. Pogled mu beše upravljen u jednu tačku i ukočen, celo lice nekako neobično izmenjeno, sanjivo, zaneseno...

— Kako to? — reče ona tihim glasom, kao da se boji da ga ne probudi. — Svaki ko je preživeo mladost, mora znati za nju, sećati se pojedinih trenutaka i, razume se, to su najlepša sećanja... Eto, i vi se sećate nekih sitnica...

— A ja vam kažem da ne znam za mladost... Sećam se mnogih sitnica, jest... ali to je tuđi život, to sam ja samo posmatrao... Ali iz mog života nema ništa, jer ja nisam živeo, kao što ni sada ne živim. Nego... tek sad je drugo; opet sad bar ima nečega, a onda nije bilo ništa — izgovori on to, pa duboko uzdahnu i obrisa rukom čelo, po kome se nakupile kaplje znoja.

— Ja to ne razumem; ne znam kako... — reče Ljubica, tražeći zgodan izraz — kako to niste živeli?

— Kako?... — ponovi Gojko. — Od osnovne škole, pa do kraja školovanja odvojio sam se iz roditeljske kuće i brinuo se sam o sebi. Kakav mi je bio prvi dan školovanja, takav mi je bio i poslednji: sve jedno isto... sudovi, voda, cipele, trčkaranje do bakalnice, do kasapnice, a noću krpi se, peri se i uči... Sve tako, bez kraja!...

— Zar baš nikad niste znali za igru sa drugovima, šalu, zabave?...

— Nikad. Ja nisam za sve to vreme ništa osećao, ništa želeo; živeo sam... to jest nisam upravo ni živeo, nego onako...

— A detinjstvo? — stade ga zapitkivati zainteresovana Ljubica. — Valjda ste bar kao dete proživeli, u roditeljskoj kući, sa decom?...

— Jest, samo sam tada i živeo, više nikad — odgovori Gojko s nekim bolom, gotovo sa očajanjem, pa se opet zagleda nekud u daljinu, a pred očima stadoše mu proletati sećanja iz bezazlena detinjstva.

Kako da se ne seća! Zar bi se moglo to zaboraviti? Pa šta bi mu ostalo za utehu iz celog života, čega bi se imao sećati, da nije toga lepog doba, detinjstva... Zar da se ne seća onoga gnezda, u obliku jedne male, nakrivljene, nepokrivene sirotinjske daščarice, sa čijeg se praga vide šumni vali divotne Morave. Čim svane, oni svi, golotrbi i bosonogi mališani, njegova braća i sestre, poiskaču ispod prljavih, pocepanih ponjava, pa trči naniže, na reku. Pregledaju od sinoć zapete vrške i nameštene košare, pa ako ima lova, odmah se donosi ugarak, loži se vatra tu na obali i sprema se doručak. Roditelji im, puka sirotinja, žure se na rad, nadničenje, a oni po ceo dan oko vode, oko Morave hraniteljke, jer ona ih je i hranila i pojila, drugog čega nisu imali; ona ih je i negovala, kao dobra mati, prala ih, čistila, a blago sunce povijalo ih i sušilo svojim zracima... O, divna, šumna srpska Moravo!... Pa one bezazlene, srećne dečje igre! Pa naročito ono zadovoljstvo, koje se tada osećalo... I sad se živo seća toga osećanja, pa mu dušu obuzme slatka toplina. I sve tako lepo beše, dok ga jednog dana otac ne uze za ruku i odvede u okružnu varoš. „Mnogo nas je, reče mu otac, pa ne mogu sve da izhranim. Uzeće te gospodin Mladen, daće te u školu, a ti da ga slušaš kao Boga. Nemaš se kud vraćati." I on je ostao, počeo je preturati dan za danom, dok se jednom ne nađe sa listom hartije u rukama, koji mu je mogao dati hleba.

A za to vreme njegovo se milo gnezdašce rasturilo. Roditelji pomrli, sestre se razudale i svaka za sebe savila gnezdo, braća se rasturila po belu svetu i on sad zamišlja kako izgleda ono rajsko mesto, gde je poznao jedine dane sreće, milošte, zadovoljstva. Kućica se već davno srušila, po dvorištu izraslo trnje i korov; pletar, u koji je zatvarana jedina koza šuta, jamačno je odnesen ili je strulio tu na mestu; stazica do reke obrasla travom; vir, kod koga su se nameštale sprave za lov, zasut; sve srušeno, uništeno, pa vetar preko te puste gudure zviždi i šiba, a Morava ozdo, valjajući svoje mutne talase, huji i šumi penušeći se, ne osvrćući se na opustelo gnezdo. Hiljadama godina ona se talasa ovom dolinom; hiljade će još proći, a ona će isto ovako peniti se i šumiti, ne osvrćući se na čovečja gnezda, koja se pojave uz njene obale pa ih odjednom nestane... Sve će proći, svega će nestati, a Morava će se još ponosito i veličanstveno nositi preko ravna srpska polja...

Gojku kanu suza iz očiju, ali on ne smede podići ruku da se ubriše. Skrenu okom u stranu, pa opazi da se i Ljubica nekud daleko zagledala, oči se sjaje, ne miču se, a usne pokadšto grčevito zaigraju. I ona se, valjada, prenela u prošlost, ili se predala kakvom novom osećaju, pa snuje prijatne zanosne snove. Gojko se obrte k njoj, pa je stade posmatrati. Učini mu se da se iz same duše njegove pojavljuje neka sila, koja ga snažno goni u naručja toj devojci, oseća da ga nešto snažno privlači k njoj. I kad bi imao malo više smelosti, ko zna kakve bi se izjave odjednom razlile iz grudi. Ovako pak samo uzdahne i snuždeno obori glavu, osećajući nemoć i neodlučnost. On će čekati da se to nekako samo sobom udesi.

Deca već počeše dolaziti u školu, a oni oboje sanjahu...

VIII

Policajac veoma učestao sa svojim pohodama. Svaki drugi-treći dan svrne na časak u školu, posedi sa Ljubicom, porazgovara se, našali se i nasmeje, pa ode. Nikakve pretnje, nikakvih zahteva ne ču se više od njega. Ljubica se već tako navikla na njegove pohode, da ih u izvesne dane i sama očekuje, postale su joj čak prijatne. U ovoj seoskoj samoći čovek se raduje kad dobije priliku da s kim izmenja misli. U poslednje vreme pisar poče donositi poneku lepu ponudu: kutijicu finih šećerlema, južnoga voća, uveravajući kako su to neobično jeftine stvari u Beogradu, kuda on ide često te nosi porezu.

Ljubica se sve više navikavaše na pisareve ljubaznosti, i sad joj behu sasvim obični dosta smeli izrazi. Ona i sama dobacivaše Peri dvosmislene odgovore, razume se sve u šali, no tek beše sa njim potpuno slobodna. Sad se i sama smejala svojoj pređašnjoj bojazni i strahu, i pitala se: čega se imala bojati? Eto, već više od mesec dana čovek dolazi, i osim zadovoljstva i prijateljstva ona ne oseti ništa drugo pred njim.

Ali ukoliko Ljubica i pisar postajahu intimniji, utoliko se Gojko sve više stade povlačiti, dok se sasvim ne izdvoji iz njihova društva. Pre nedelju dana doneo im je sam pisar oboma platu, dok drugi učitelji još nisu ni mislili o tome. Gojko čak uze i nešto para unapred, pa odmah ode do Beograda, odenu se lepo i vrati se istoga dana, dosta izmenjen, naravno u svoju korist. Njegove nade dobiše još više maha, ali se odmah i presekoše. Sutradan desi mu se prilika da čuje smelu izjavu pisarevu i šaljiv odgovor Ljubičin. Gojko se sledi, i od tog dana nije se ni video ni progovorio sa njima. Sa Ljubicom, kad ima što poslovno, pregovara preko Stojana.

I Ljubica je sa svoje strane mnogo doprinela, da se hladnoća među njima uveća, a to samo zbog onog bezrazložnog ženskog inata. „Šta mi se on tu ljuti... kao da ima kakvo pravo nada mnom. Baš ću za inat da ga jedim, još više ću da se smejem sa pisarem, nek puca od jeda.”

Gojko ostade ozbiljan, večno namršten i povučen, izbegavaše svaku priliku da se ne sretne sa njom. Sad se već Ljubica odistine naljuti. Ovo njegovo stalno i odlučno držanje beše joj teže od svega: pisar dođe za časak-dva, pa ga posle nema po nekoliko dana, a ona ni s kim ni reči progovoriti. Teško!... Ona uviđaše da se među njima počinje otvoreno neprijateljstvo, koje se obično zove „učiteljska svađa”, o čem je mnogo rđavoga slušala. Ali ona ni prstom ne mrdnu da to spreči. Naprotiv, reši se na otvoren inat, nadajući se na moćnu zaštitu pisarevu.

Jedne subote uveče uđe Stojan u Ljubičin razred. Čiča beše na velikoj muci: od pre, dok se slagahu svi, beše mu lako zadovoljiti oboje, ali kako će sad? Gojka ne sme vređati, jer je upravitelj — može ga odjuriti; Ljubicu još gore... uz nju je pisar. A ovamo Gojko mu jednako izdaje nekakve oštre poruke za Ljubicu, pa stane na vrata i sluša hoće li čiča onako isto oštro izgovoriti, kako je on kazao. Eto i sada čiča zna pouzdano da Gojko sluša na vratima... naročito mu je kazao da ostavi vrata malo odškrinuta...

Čiča se, stavši pred Ljubicu, uozbilji, malo se nakašlja pa izgovori naredbu.

— Kazao gospodin upravitelj da će sutra svi đaci ići u crkvu. I vi da se spremite da idete sa vašom decom.

„Hvala Bogu, čini mi se ovako reče", odahnu čiča, jer ga je Gojko tri puta slišao, dok nije dobro naučio celu naredbu napamet. „Kazao sam, bratiću, i ono: gospodin upravitelj; viđu da on tako baš hoće."

— Kaži gospodinu da učiteljice ne moraju ići u crkvu, kad je ona udaljena. Deca će već doći, pa neka ih on vodi; ionako nije do sad bio u crkvi — odgovori ona žučno, a obrazi plamte, crvene se kao krv...

Kad Stojan ode pred Gojka, ovaj već pisaše nešto ljutito. Ruke mu drhtahu, a pero ga nikako ne slušaše, no izvijaše puno nepotrebnih crta.

— Čekaj — reče on, ne dižući glave i ne slušajući odgovor Stojanov. Izvadi iz stola delovodnik, zabeleži tamo nešto, stavi numeru na onu ispisanu hartiju, pa je dade Stojanu.

— Nosi. Neka pročita i nek se potpiše da joj je saopštena naredba.

Kad Ljubica uze hartiju i pročita sve, pa spazi čak i numeru, ona se ohladi. Odjednom oseti nad sobom svu težinu sile starijega, a neobičan joj beše ovaj oštar, zvaničan ton, koji se jasno raspoznavaše u naredbi. „Naređuje se učiteljici prvog razreda škole orlovičke, pored usmene naredbe, da sutra..." i tako dalje — stajaše napisano na toj hartiji. Dole potpis: „Upravitelj škole orlovičke...", a gore na vrhu velikim slovima: „Kraljevsko-srpska osnovna škola orlovička. Br. 34." Baš zvoni!... Ljubici naročito oduzeše smelost i upravo uplašiše je ovi neobični i, kako ona mišljaše, važni državni izrazi: Kraljevsko-srpska... Pa nije hteo da skrati: Kr. srp, kako se to ponekad radi, nego baš otegao celom širinom.

Ljubica pognu glavu, pa veoma poslušno i usrdno uze pero i potpisa kako joj je rečeno.

— Šta kaže? — zapita Gojko šapućući, kad mu Stojan predade hartiju.

— Šta će reći... Saže glavu ko jagnjence, pa potpisa. He, bratiću, sila je vlas'!... — reče čiča i nekako lukavo zasvetli očima.

Gojko se nasmeši zadovoljno, pobedonosno. Raspusti decu, pa se i sam uputi kroz selo, pravo ka brezovačkoj školi. Od skorog vremena on se o svemu savetovaše sa Veljom, jer uvide da ovaj ne samo pametno misli, no mnoge stvari unapred predviđa.

— O, beznadežni junoša — uzviknu Velja, videvši ga gde mu dolazi. — Šta je, pišti li ranjeno, iznevereno srce?... Znam, znam, dikane moj: teški su to boli. I ja sam ti tako nešto nekad bolovao, pa ništa... prođe, k'o ćureće bobice. Sad se smejem kad se toga setim. Nego šta ja... hajde sedi, molim te. Šta je novo kod vas?

Gojko se namesti na stolicu, htede se osmehnuti, onako radi učtivosti, ali mu se iz grudi ote težak uzdah. Sumorno pogleda oko sebe, mahnu rukom preko čela, pa turobno odgovori:

— Mani se, molim te... Život mi je zagorčao; ionako nisam nikad sreće video. I svaka nesreća mora da se razbije o moju glavu!...

— More ćuti, to je dobro ako još može da se razbije...

— Šta da radim, nauči me — nastavi Gojko očajnim glasom, pa mu ispriča događaje poslednjih dana. — Ja vidim — reče on — da mi se sprema velika nesreća... neće proći ni dve nedelje, a ja ću biti otpušten. Pa kud ću posle i šta ću?...

— Otpušten... he, moj cikale, ne ide to tako. Obezbeđen si ti od premeštaja i otpuštanja bolje nego ijedan od nas. Ja ti jamčim da nećeš biti ni premešten ni otpušten, dokle god ustraje taj roman Ljubičin... trebaš ti njima.

— Šta ti govoriš... kao da ne znaš onog zlikovca!

— Zato i govorim što ga znam... Mene i svakog drugog on bi odjurio, a tebe neće, jer si mu ti potreban... da mu ne smetaš.

— Kako to misliš?... ne znam.

— On će ti praviti druge pakosti, nema sumnje — nastavi Velja, izbegavajući odgovoriti na Gojkovo pitanje. — Jakom idu tvoje muke i nevolje, a pomoći ti se ne može. Jedino ti ostaje: da zažmuriš pa ništa da ne vidiš i da te se ništa ne tiče. Onda će i ona tebe ostaviti na miru... čak će ti pisar i usluge činiti. Vidiš, dao ti i akonto za ovaj mesec, a mi još nismo za prošli primili... Samo ako to možeš... — dopuni on posle kratkog ćutanja.

— A šta veliš za ovo večeras, jesam li pogrešio?

— Kako?... Naprotiv! to ti je dužnost.

Bilo je već dockan kad se Gojko diže i uputi k svome selu.

Sutradan Ljubica dođe rano u školu; i deca se brzo okupiše. Svako se lepo obuklo pa se bele čiste košuljice; na nogama većinom aleve čarape a na leđima jelečići. Ljubica se zagledala u decu, pa se tako i zamislila... stoji lepo obučena, sa šeširom na glavi i gleda, gleda bez cilja.

— Gospoja — prekida joj misli jedan mališan — ovaj pio vode jutros, pa... je l' da ne sme uzeti naforu?

— Ne sme... — odgovara ona mehanički, više ponavljajući detinje reči, ne znajući ni sama šta je rekla.

Pojavi se na pragu i Gojko, ali drukčiji, sasvim drukčiji. Na njemu lepo novo odelo, nov crn šešir, kosa ošišana, brada „štucovana", pa ni nalik na pređašnjeg Gojka. Istina, i sad se jasno opaža njegova karakteristična nesrazmera, ali ko se već navikao gledati ga takvog, njemu on sad izgleda sasvim otresit, pravi mladoženja.

Ljubica podiže glavu i pogleda ga za časak. Ironičan osmeh, pomešan sa preziranjem, zaigra na njenim usnama. Dohvati maramu, kao da se briše, pa ga opet pogleda i nasmeja se još jače. A Gojko, ozbiljan i namršten, sa nekim prutićem u ruci, razgledaše decu po dvorištu. Nekoliko njegovih đaka priđoše k njemu.

— Jesu li svi došli? — zapita decu.

— Došli su. Samo nisu oni što ne dolaze nikako — odgovoriše đaci.

— Uređujte se — skomandova on, pa siđe na drugi kraj, podalje od Ljubice, i stade uređivati decu.

I Ljubica odmah uredi svoje mališane. Sad je odjednom opet obuze neka milina, vrati se pređašnja ljubav prema ovoj deci, i njoj je neobično milo što stoji sa ovako čistom i uparađenom decom. Toliko puta je sa zavišću gledala kad varoške učiteljice idu sa decom u crkvu, pa je tada u sebi pomišljala, da će i ona dočekati taj srećni dan, kad će ovako isto sa svojim đacima ići. Pa eto, dođe i taj dan! Neumna, ona je sad neraspoložena zbog ovog Gojka, a možda i zbog drugog čega, ne zna ni sama... jest ima još nešto, jamačno ima... Ali jedan pogled na ove mališane dovoljan je da raskravi zaleđeno srce i dušu da razveseli.

Škola se krenu. Napred iđaše Ljubica sa svojom decom, veselo gledajući pred sobom, a naposletku, završujući red, natmuren i pokunjen, stupaše Gojko. Po potesu blista se bistra rosa, miriše svež jutrenji vazduh, preleću velika jata grlica, spremna za odlazak, a dole u trnjaku, jasnim i zvonkim glasom, čika kos... Milina, ne može čovek sit da se nadiše!...

Posle duga putovanja, stigoše crkvi. Služba već početa, te oni i ne odmoriše decu, nego ih uvedoše u crkvu i narediše u jednom kraju. Za pevnicom pevaše mesni učitelj, a oko njega stajahu i odgovarahu na jektenija desetina odraslijih đaka. Gojko stade za pevnicu, ali pošto ne imađaše glasa, morade ćutati.

Ljubica je pazila na decu i krstila se pobožno, onako ženski: znajući samo da se tako valja, ne razmišljajući nimalo radi čega to čini. I sad odjednom stade joj nalikovati ovaj trenutak na jedan časak iz njena detinjstva. Jest, seća se tako živo... Dovela je mati, sa mlađom sestricom, u crkvu. Stoje one tako u jednom kraju i ćute. Mati se krsti, a ona gleda u plamičak kandila, što treperi pred raspećem na vrhu ikonostasa. Učitelj otegao neku dugačku pesmu, pa sve seca glasom, uzvikujući na nekim mestima strahovito. Na sredini crkve, oko ikone, stoje čitavi bokori zrela i zelena bosiljka... miris od njega prostire se po svoj crkvi, i ona pomišlja da to miriše božja duša. I gle, to isto sada!... I plamičak pred raspećem, i učiteljeva heruvika sa onakvim istim secanjem i uzvikivanjem, i gomile bosiljka, miris i one iste misli... Ona se zanese, ne slušajući šta se radi oko nje.

Kad iziđoše u portu, po svršetku službe, drugovi se upoznaše. Mesni učitelj je stariji čovek, već u godinama, prijatna, simpatična izgleda. Skroman, tih, sa nekim naročitim, laganim i odmerenim manirima, koji se teku postepeno u životu i smatraju se kao veliki ukras čovekov.

— Da, da... čuli smo, odavno smo čuli, pa sve razgovaramo sa gospodin-sveštenikom... Sve se nadamo da dođete, da se vidimo.

Iziđe sveštenik. Začudo: i on beše isti učitelj... Onako isto govori, onakvi isti pokreti, osmeh, ama baš sve isto. I njegove prve reči behu skoro iste kao i učiteljeve. Gojko se jedva osmeli da izgovori opravdanje:

— Daleko mnogo... I posao veliki u početku... — Njegova obična zbunjenost, kad se sastaje s nepoznatim ljudima, obuze ga sad u velikoj meri. I popa i učitelj zgledaše se posle njegova odgovora... Učini im se veoma čudnovata i neobična ovolika zbunjenost kod odrasla čoveka. I Ljubica oborila glavu, pa ne zna kako da udesi lice: htela bi da izgleda prijatna, a oseća da joj to u ovom trenutku ne ide od ruke.

Učitelj pozva drugove k sebi u stan, tu odmah do crkve, i oni, ne smejući odreći, odoše, iako bi voleli da se krenu odmah sa decom.

— Izvol'te — govoraše popa, idući uz njih. — I dečica treba da se odmore dobro, dug je put, a i vi. Pa da se upoznamo... Ko zna kad ćete nam opet doći.

Gojko iđaše kao na šibu. Šta će on tamo, kad zna da neće umeti ni progovoriti. Istina, ovo su neki dobri ljudi, vidi se... ali tek...

— Jeste li bogoslov ili preperand? — zapita ga popa kad sedoše u sobi.

— Prep... da, jest... svršio sam Učiteljsku školu — promuca Gojko oborenih očiju, izbegavajući onu zapletenu tuđu reč. A i zgodnije mu beše da se ovako izrazi: neka znaju da je svršio celu Učiteljsku školu, iako je privremeni.

— Tako... jest, jest, vidim ja: niste dobar pjevčik. A čuste li kako klikće naš gospodin Akso?... Jest, ali on je bogoslov.

— Ta ono nije baš zbog toga, gospodin-svešteniče, nije zbog toga što... nije zbog škole. Ima i bogoslova koji rđavo pevaju.

— Ima, doista ima — odgovara pop, obarajući oči, jer i sam je veoma slab pevač. — Inomu solnce, inomu luna, inomu zvjezdi... kako li ono beše. Nije Bog dao svakomu sve darove.

Zatim oboje stadoše zapitkivati čas Gojka čas Ljubicu, te ovi moradoše stupiti u razgovor. Sede sa njima i učiteljka, pošto ih posluži, a to je vrlo otresita i razgovorna žena. Otvori se čitava debata, te čak i naše zaraćene strane moradoše popustiti i progovoriti poneku među sobom. Istina, Gojko pri tom bacaše iz očiju munje, a Ljubica se lukavo osmehivaše.

Povede se razgovor o učiteljima, o njihovim patnjama; pomenuše i jedno zlo: kad je više učitelja u mestu, pa se među njima otvori kavga.

— To je zlo, veliko zlo, moja gospodo — reče popa... — Umesto da su oni složni, pa da se udruženim silama brane, oni udare svako na svoju stranu, a to je kmetovima dobrodošlo.

Ljubica pogleda na Gojka, ali on gledaše oštro i ozbiljno, kao da se taj razgovor njega ništa ne tiče. „Vidim ja, nema tu mirnog rada!", pomisli ona. „Moraće jedno od nas dvoje putovati."

Najzad gosti se kretoše. Urediše decu, pa opet okrenuše niz potes. Sunce pomalo greje, ali se oseća oštrina u vazduhu. Taman da se lepo putuje.

IX

Ljubica se već nekoliko puta žalila pisaru na Gojka, a poslednji put dosta otvoreno izjavi, da bi dobro bilo kad bi on bio premešten. Pisar joj mnogo naobećava, ali o premeštaju ne reče ništa. Reče joj da svakog dana očekuje nekakav akt, koji će pokazati Gojku s kim ima posla. „Nek vidi šta mi možemo", reče on Ljubici, gledajući je značajno...

Već se navršuju dva meseca kako ona dođe u ovu školu, i šta ti nije za to vreme preturila preko glave! I sad joj odjednom dođe na pamet da se zapita: da li su njeni postupci za to vreme vazda bili umesni?... Ona se zagleda u daljinu i stade u mislima preturati dan za danom, sve što je u školi preživela; i što više mišljaše, sve veće je crvenilo po licu obuzimaše. Ona se strese, i odjednom prekide te misli.

„Šta ja radim... koješta!... Mlada sam, zdrava, pa zar da se ne smem ni s kim našaliti. Nije ovo manastir, nego svet, život, a ja hoću da živim!... Da živim!...", ponovi ona opet i odjednom oseti, kako se u njoj počinju rađati neke nove misli, suprotne ovima.

Srce joj opet poče zepsti, kao ono posle prve pohode pisareve; neraspoloženje i sumor ovladaše njome. Ali ona silom ugušivaše te nove misli, izbegavaše ih, osećajući unapred njihovu neprijatnost, iako se one još ne behu jasno ispoljile, nego se tek nagovestile.

Trže je iz tih misli zveckanje sablje. Pisar joj priđe, vesela lica. Ona se obradova njegovu dolasku, ne znajući ni sama zašto: da li zbog ove samoće i neprekidnoga ćutanja, ili je tu nešto drugo, što ona i od same sebe krije.

Pisar se pozdravi sa njom vrlo intimno, zadrža njenu ruku poduže u svojoj i gledaše je vatrenim, značajnim pogledom. I ona gledaše njega veselo i bezazleno, s jedva primetnim rumenilom, koje joj se razli po licu. Videla je da ima nešto povoljno da joj kaže, pa očekivaše da progovori, gledajući ga radoznalo.

— Došao je akt... sad ću da mu saopštim — reče on tihim glasom, gotovo šapatom.

— Šta... kakav akt? — zapita Ljubica uplašeno, jer joj je sama reč „akt" ulevala nekakav nejasan strah.

— Da uzme vaših devet đaka... da ima i on prvi razred. Hajdemo u školu, da vam saopštim. Ala će da zine!

Ljubica zbilja zinu od čuda. Još pre dve nedelje ona se nešto razgovarala sa njim o broju đaka, pa onako u šali pomenu, kako Gojko ima manje dece od nje, i smejući se reče: „Ništa, ja ću njemu pokloniti devetoricu, pa onda da imamo oboje po pedeset đaka". Ona je još i tada saznavala da bi to bilo nešto veoma neobično, nešto što se nigde i nikad ne događa: Gojko u tri razreda ima preko dvadeset predmeta, a ona samo jedan razred sa tri predmeta!... I još da mu se sad doda i prvi razred, a učiteljica inače nema veliki broj đaka!...

Ljubicom ovlada zebnja; stade je nešto gušiti u grudima; ona oseća da se ovoga časa izvršuje jedna nečuvena nepravda, jedno neopravdano nasilje nad slabim čovekom, koji je bez ikakve zaštite, kome ništa drugo ne ostaje, nego da sagne glavu i sluša... Ta on joj je ipak drug, to isto što i ona. Sutra se to može i njoj desiti.

— Molim vas... Gotovo da ne ulazim ja tamo — reče ona bledeći, kao u strahu.

— Zašto?... Zar da propustite ovako zanimljiv prizor! — odgovori pisar, pa je pusti napred, da ona prva uđe.

Gojko iđaše po školi zamišljen, a đaci mu nešto pisahu. Kad ugleda njih dvoje, on se trže i zadrhta: oseti da mu ne dolaze ni sa kakvim dobrom. Kroz glavu mu proleteše nekolika nagađanja munjevitom brzinom. „Otpušten... premešten (kamo sreće!)... kažnjen platom... ko zna!... Ali šta će ona ovde, kakva posla ima ona? Biće to drugo: jamačno me ona tužila, pa sad da nas saslušaju oboje. To će i biti! Ali zašto?...“

— Izvolite jedan akt iz Ministarstva — progovori pisar službenim policijskim tonom, pa onda, kao sa svoje strane, nastavi — Poneo sam ga uzgred, da ne šiljemo naročitom poštom.

Gojko primi hartiju, razvi je i stade čitati. Odjednom preblede sav, ruke mu se zatresoše, podiže oči i pogleda Ljubicu pravo, otvoreno, oči u oči. Strašan je bio taj pogled: šinuo je Ljubicu preko srca strašnije od gujina ujeda. Beše u njemu, u tome kratkom, nemom, otvorenom pogledu čitav bezdan prekora, čuđenja, sažaljenja... beše on rečitiji od svakoga govora. Ljubica se strese od neke hladnoće, koja je odjednom obuze; stade se okretati nemirno, a obrazi joj čas blede, čas crvene. Opet se u njoj podigoše oni osećaji, koje malopre ona sama ugušivaše, a nad svim osećajima istače se jasno jedan: žalost, saučešće prema Gojku. Ona stade žaliti ovoga nemog jadnika, koji ne zna ni za kakav protest. Siromah!...

Gojko stajaše tako nepomičan, prevrtaše hartiju, pa je odjednom savi, otvori delovodnik i metnu je unutra.

— Dobro... — reče on jasno, ne gledajući nikoga, pa se obrte đacima i stade pregledati njihove radove, kao da nikoga drugog u školi nema.

Pisar se promeškolji, pogleda u Ljubicu, pa sa njom polako iziđe iz škole. Gojko ne diže glave za njima. Odoše oboje u praznu učionicu. Tu su u poslednje vreme sedeli i provodili razgovor.

—Jadnik, žao mi ga opet! — reče Ljubica.

— A je li on vas žalio... ono pre, kad vam je poslao naredbu. Pa tolike druge vaše tužbe na njega. Neka ga, nek oseti ko je jači.

Ljubica se rado uhvati za tu misao. „Jest, zbilja! Koliko sam se ja onda uplašila i najedila, a on ništa... Jamačno se još u sebi smejao kako sam morala brzo poslušati.” Pri toj misli obuze je gnev. „Neka ga... nek vidi da i ja nisam baš...” Ona ne dovrši misao: oseti da joj padoše dve teške ruke na ramena, koje počeše stezati... Vatra joj planu iz grudi; struje mnogobrojne, munjevite jurnuše joj po celom telu, u temenu opet stade udarati neobično, ona ne razumevaše šta se to sa njom zbiva, beše zanesena... I kao kroz san čuje poznati glas:

— Bolan, pa nećeš da mi kažeš ni hvala. Ja za tebe toliko... sve ti činim... i tek sad ću da ti činim... Hoćeš sutra da ti donesem zlatan časovnik... dvadeset dukata sam ga platio... Onomad sam ga kupio za tebe... hoćeš... Bogami, što?... Svu ću te okititi zlatom i brilijantima, sreće mi! Hoćeš?...

I Ljubica oseća da se dve ruke sve više savijaju oko nje, a ona nema snage da se tome odupre. Prosto ne može da se mrdne, ne može jedne reči progovoriti. Obuzela je neka studen, skamenila se, nešto je zagušilo u grudima, pa ni mrdnuti se, ni progovoriti. Ali šta je ovo?... Nekakva toplina oko desnog obraza. To neko diše uz nju, oseća da je to disanje i vrlo toplo... Ali od tog mesta polaze sve jače struje niz telo, trzaju se mišići... A ona gleda nesvesno, vrelim mutnim pogledom, usne joj osušene, vrele, pa drhću kao u groznici... Disanje nečije sve bliže i toplije i odjednom... vrele usne sa oštrim brkovima padoše na njen usijan obraz i tako ostadoše... Kao munja šinu je nešto uz grudi, oseti da joj se povrati sva snaga, ona se izvi iz tih ruku i skoči... Prvi trenutak beše strahovit... pakleni gnev zagrme i zaklokota u njoj, ona podiže desnu ruku, izvi je u stranu i spremaše se da pljesne njome iz sve snage po tom tuđem obrazu, pa odjednom, kao posečena, klonu na stolicu, nasloni glavu na ruke i gorko, očajno zajeca...

Pisar se izmače, preplašen, zbunjen, iznenađen, podiže zažareno lice, koje odjednom poče bledeti, usne se iskriviše i zatresoše, celo mu telo zadrhta, naročitu slabost stade osećati u kolenima, u nogama, koje drhtahu neobično. On se jedva dokotura do prve klupe, pade na nju i duboko predahnu. Pogleda oko sebe, kao da se budi iz duboka sna...

„Što je to legla na sto? Gle, plače!... A-a-a!... znam!...” I on se stade pribirati. Odjednom skoči i iziđe u dvorište. Stade hodati tamo-amo, a pod nogama mu šušti opalo, žuto lišće; a nad njim se nošahu gusto zagasiti i beličasti oblaci, plivajući tiho preko nebesnoga svoda. Oštar, hladan vetar, pomešan sa vlažnom izmaglicom, stade ga šibati po licu. On protrlja oči i mahnu glavom u stranu, kao čovek koji je gađao zeca, pa ubio — kera... Tome se nije nadao... On, stari lisac, udesio je sve kako valja, i čini mu se da je već krajnje vreme za napad. Očekivao je potpunu poslušnost, a ono, eto!... Pa sad ti razumej žensko srce! I šta je ona mogla do sad misliti?... Ne, ne... izabrao je nezgodan trenutak, to je izvesno. A njima, ženama, tako ponekad dođu lutke u glavu... Čekaj, zna on šta će raditi... eto ga kroz dva-tri dana sa zlatnim časovnikom. „Evine su to kćeri, hej more!... Kad ugleda zlato... hm... nema razmišljanja. Sad neka je, nek se pribere.” I on ode, zveckajući sabljom naročito, nek čuje ona da on odlazi.

Gojko samo trči s prozora na prozor. Pogleda u učionicu, Ljubica se trese od plača, leđa grčevito odskaču; pogleda na dvorište — pisar natmureniji od gustih oblaka, korača nervozno i poneki put mahne glavom značajno. „Šta li je to?”, pita se on deseti put u čudu, i ne mogući se dosetiti ničemu, opet pritrčava, propinje se uz prozor i gleda. Sreća još te je opazio pisara da izlazi na dvorište, inače bi ga ovaj zatekao baš kako visi na prozoru i gleda začuđeno. Gojko se vrati u školu, pusti đake, pa stade hodati po dvorištu, stresajući se od hladnoće. Stojan mu sa praga od stana mahnu rukom.

— Vide li, bratiću? oni se nešto podževeljaše... More, ova naša hej... para vredi.

— Otkud ti znaš? — upita, začuđen, Gojko.

— I ja, znaš, stojao nodekana, na džamu, pa ti posle dođe... Ote mu se baš iz ruku!

Gojko uđe u sobu, sede i reče Stojanu da priča šta je video...

Prođe podne, Ljubica još leži na stolu; počeše deca dolaziti u školu, ona još leži, i vidi se samo kako joj široka leđa naglo odskaču od duboka disanja...

Kad se svrši školski rad, Ljubica iziđe za decom. Stade na pragu i duboko udahnu svež vazduh. Lice joj se izmenilo, kao da je spavala ceo dan; pogled joj mutan, nejasan, bunovan... Obrte se oko sebe, kao da nešto traži, zatim korači i uputi se za decom k svome stanu.

A Gojko brzo raspusti decu i ode žurno u Brezovac. „Bar ću dobro navići na ovaj put", pomisli on, idući kroz potes.

— Stoj — reče mu Velja, kad saznade za današnje događaje. — Pa to je čitav atentat na tvoj život.

— More mahni se šale, nego šta misliš?

— Hm... šta mislim? Sedi, ćuti i gledaj svoja posla, to ti je zasad, a posle... videćemo. Zasad, upamti dobro, da nisi ni prstom mrdnuo. Ćuti i čini se nevešt svemu.

— Dobro, to već hoću... mogu. Ali šta misliš o njima, šta će biti?

— He, sokole, nisam ja prorok. Tu se sad nešto krupno lomi... biće grmljavine i svega. A ti čuvaj svoja leđa, jer sad mogu najgore stradati.

Gojko ga pogleda plašljivo, a on hodaše po sobi, mršteći se i misleći.

— Đavolja posla! — nastavi Velja. — I kako ih ne bi sramota, makar one tamo u Ministarstvu!... Tri razreda, toliki rad... i evo ti sad još jedan razred, da bi se olakšalo zaludnoj učiteljici! Do sad se to nije dešavalo nikome.

Gojko se nakašlja, htede nešto reći, ali Velja nastavi ljutito:

— Najbolje još nek nam narede da im čuvamo decu, koja ih ima, a devojkama... šta?... I njima tako nešto... da im čistimo cipele, na primer...

Gojko uzdahnu, skrušen, bez nade, videći pred sobom sve crnje dane, sve veće zlo...

Ljubica se već pribirala, razmislila, umirila se, pa ide na rad kao i do sada. Šta će, kad joj je takva sudbina! Pognula glavu, pa radi za ono zlehudo parče hleba. Malo je razmišljala o poslednjim događajima: obuzela je nekakva apatija prema svemu, pa niti je što ljuti ni veseli. Svejedno, može propasti ceo svet i ona sa njim, to joj je pravo... Ustane ćuteći, gledajući polusvesno oko sebe, ide u školu i radi, sve sa nekim čudnim, sanjivim pogledom, koji jasno kazuje, da njena duša ne učestvuje u radu. Stojan je nešto zapita ili saopšti, a ona bunovno diže glavu i gleda ga čudno, neobično. Starac se strese od toga pogleda i izmiče se žurno ispred nje... Dođe jedno jutro i stade pred nju:

— Kazao gospodin upravitelj da mu pošljete onih devet đaka.

Ljubica diže glavu i pogleda ga začuđeno. „Šta hoće oni... o čemu to govore?... Kakvi đaci... kome oni trebaju?... Aha, znam... to je od onoga", i sa tim sećanjem na devetoricu đaka pojaviše se u njoj sećanje i na sve ono, što je u vezi sa tim. Ali je ona već navikla da ugušuje misli o tome.

— Kaži gospodinu nek iziđe u hodnik, pa nek dođe ovamo — reče ona tihim glasom.

Malo postaja, pa uđe Gojko u razred. Na licu mu ispisana živa radoznalost, ali se jasno čita na njemu i gorko sažaljenje, prekor... I opet rekao bi da i njegovo lice veli: „Šta ćemo, kad nam je takva sudbina!" On uđe, kao obično, gledajući u zemlju, ali kad stade pred nju, podiže oči i pogleda je za časak, samo za jedan trenutak, pa opet ih obori, nakašlja se malo i progovori kao istrke:

— Treba da se izvrši naredba Ministrova, odvojte mi devetoricu... koje vi hoćete.

— A moraju li se oni zasebno upisivati? — zapita Ljubica, gledajući ga nekako čudno i tužno.

— Razume se, u moju upisnicu.

— Evo vam spiska, pa uzmite ozgo ili ozdo redom... Što je najbolje.

— S kraja ćemo, ozdo. — Gojko prepisa imena na čistu hartiju i taman da počne prozivati decu glasno, Ljubica ga zaustavi.

— Neka dece kod mene... ja ionako radim samo to. Vi možda mislite... — zape ona, crveneći — ja nisam.... to nije bilo po mojoj želji. I sama vidim...

— Dobro, dobro... — ubrza Gojko, okrećući glavu desno i levo, ne znajući kako da se skloni od tih izjava, koje ga uzbuđuju.

— Onda tako... Ja ću ove upisati kod mene, a vi kako hoćete sa njima — reče on i iziđe brzo.

Ljubica nastavi rad, pa kad opazi da su joj deca zamorena, pusti ih na odmor. Tek što deca iziđoše i ona, ostavši sama u sobi, zamisli se, a vrata se otvoriše lagano, u školu uđe sredovečan čovek, obrijana lica, s velikim, usukanim crnim brkovima. On ulažaše pažljivo, kao da se bojao poremetiti koga u radu, ali kad opazi da je Ljubica sama, ostavi vrata i priđe joj slobodno.

Ljubica povede očima, čim se vrata otvoriše, i u prvo vreme gledaše isto onako bunovno, polusvesno, kao i do sada; ali odjednom joj zasvetli u očima živa radost, ona skoči veselo, uzviknuvši:

— Gle, tata!... Otkud ti po ovakvom vremenu?!... — pa ga poljubi u ruku i ponudi da sedne.

Stotinama pitanja i prekora upravi ona ocu, govoreći i pitajući brzo, ne znajući o čem će pre. Šta radi mati, sestre, piše li brat iz

Beograda, koji tamo uči gimnaziju, pa pitanja o kravi Zorki, njenoj ljubimici, o ružama i oleanderu koje je donela iz Beograda, o nekim susedima... i vazdan drugih stvari... Pa onda osu prekore što su je ovako ostavili, ni da joj pišu, ni da je obiđu, a ona čami ovde u tuđini, sama bez igde ikoga svoga. Otac joj odgovaraše na sva pitanja, ali onim istim svojim izrazima, s kojima se pogađa i cenjka za kože, šljive i drugo; a to se Ljubici sad učini veoma grubo i surovo, iako ona ne zna za drukčiji razgovor očev.

— Zdravi su, zdravi su... svi su zdravi — odgovaraše gazda Cvetko, kako ga zvahu seljaci. — Svi su te pozdravili. Majka ti rekla... — i sad se stadoše ređati poruke od majke, sestara i dođe govor na brata.

— Mika piše, često piše... zbog njega sam ti i došao. Ti mu sama reče da ostavi posluživanje, pa sad eto... treba ugovor ispuniti. Već su dva meseca, dosta je čekanja.

— Znaš da zbog prve plate primam oba ova meseca po pola...

— A kvartirina?

— Nisam još ništa primila... Kažu da nemaju. Ako hoćeš da odemo zajedno do sudnice, da vidimo.

— Kako ne, kako ne!... Zato sam i došao. Dete piše: iscepalo se, obosilo, a zima — eto je!... Nema šta ni da jede, a ja ne mogu više da dajem... Nema više nikakve zarade. Ove cene da te Bog sačuva: danas jedna, sutra — druga. Još da nije ovih koža, ne bi se imalo šta jesti.

To već behu obični Cvetkovi razgovori, ali Ljubica obrati naročitu pažnju na saopštenja o bratu. I ona je dobivala od njega pisma, u kojima moli za pomoć, jer nema šta jesti, ali je opet živo interesovao očev govor o tome, kao da je to sve novo za nju.

Odoše u sudnicu, ali se vratiše u stan Ljubičin bez uspeha. Kmet ih odbi odlučno, čudeći se što mu dosađuju u nevreme. On je, veli, kazao jedared da će dati učiteljima nešto para tamo o Božiću, dok pokupi školski prirez za ovu godinu, a sad kupi samo državnu porezu.

— Zlo, moj brate, zlo! — reče gazda Cvetko, uzdišući. — Radi, muči se, pa opet ništa!... Ja sam mislio čak i za nas štogod da odvojiš. Stanka još ide bosa...

Ljubica zadrhta. To joj je najmlađa i najmilija sestrica.

— Bosa!... — uzviknu ona — po ovakvoj lapavici. Zaboga, tata, šta radite?...

— Zar ti ne znaš naše stanje — odgovori Cvetko prekorno, lomeći velika parčeta pogače i zalažući to sa po malo sira. — Pogledaj mene, vidiš... sto zakrpa, a na opancima deset podloga.

— Evo ti dinar da kupiš Stanki opanke odmah, a ja makar i ne jela za dan-dva. Majka nek dođe sad u nedelju; daću joj para izvesno, možda celu tromesečnu kvartirinu... Udesiću ja to — dovrši ona zagušenim glasom; usne joj zadrhtaše, a grlo joj se steže... Opet joj u očima blesnu onaj apatični izraz i brzo ga nestade...

Ode joj otac, kupivši uzgred tu u jednoj kući dve ovčje kože. Vajdica je i to: zaradiće na njima tri-četiri groša.

Ljubica ostade skrušena, slomljena, bez misli, pritisnuta nekim teškim, grozničavim zanosom. Niti joj srce za čim žuđaše, niti joj se u duši rađahu kakvi osećaji, samo mutan pogled bluđaše po daleku nedogledu, pokazujući jasno da je duša uspavana, da je srce obuzeto tvrdom ledenom korom. Nalaktila se tako na sto, stisla glavu obema rukama kao kleštima, pa gleda besmisleno kroz mutan prozor. Šta ovo bi?... Kud ode onolika ljubav ka životu? Kako nestade onih lepih i zanosnih ideala o radu, o skromnom gnezdu i tihoj sreći? Da li se to sve odjednom ugasi pod prvom navalom gromovite bure života, ili se samo nahvatao puhor po živoj žeravici, koja će planuti još jačim žarom, čim duhne lagani povetarac?... Mladost je silna; ona lako prenosi sve nezgode, a u starosti je najmilije sećanje na ove dane borbe, kad se mlada snaga nosila sa nedaćama i borila se živo, odvažno, sa samopregorevanjem...

Posle dva dana dođe pisar. Uđe u školu oprezno, pažljivo, bojeći se da ni vazduh ne uzmuti više nego što mora. Deca behu izišla na odmor; on je izvesno to i očekivao, pa da dođe u školu. Ljubica podiže oči na njega, ali se odmah trže, pocrvene i zbuni se. I on beše zbunjen, upravo u dvoumici, ne znajući da li da ide napred ili da malo zastane. Ona se diže i opet ga pogleda. Jest, to je ono lice... s kojim su vezani oni osećaji; i gle, sad je opet drukčije: mnogo običnije, poznatije, kao da se sad tek jasno ispoljila svaka crta na njemu. I kao da ga sad tek dobro poznaje, i ono joj se čini tako obično, kao da je mnoge godine provela gledajući u njega.

Ljubica mu pruži ruku, gledajući u stranu. On joj pritrča veselo, sa izrazom neobične sreće na licu i kao malo stideći se, saznavajući svoju krivicu. U ovakvu stanju bilo je teško govoriti ma o čem, stoga Ljubica odmah pređe na stvar.

— Baš dobro što dođoste. Iščekujem vas od juče jednako...

— Zar?... — prekide je on. — A ja bio u Beogradu, nekim malim poslom... — reče on, i začudi se sam zašto je morao to slagati.

— Bio mi onomad otac, pa ne mogosmo da dobijemo kvartirinu iz opštine... — nastavi ona, pa odjednom zastade, ne znajući da li da mu sve kaže: nezgodno joj pominjati sirotovanje svoje rodbine. Ali se nešto morade reći. — Imam da primim za dva meseca i još sam mislila da uzmem unapred i za ovaj, a oni ne dadu... Pa sam htela vas moliti da im vi kažete, vas će poslušati.

— Znam, kazaše mi sad u sudnici... O, brate, što ste dopustili da se tako mučite bez nevolje! Izvolite, koliko vam treba novaca... — I on izvadi veliki novčanik sa gomilom naslaganih banknota. — Ja ću s kmetovima to sad regulisati.

Ljubica stade računati, pa onda izvadi iz stola čistu hartiju.

— Pa, ako ćete mi dati za tri meseca... da napišem priznanicu.

— Šta će priz... Ah, da, da... — trže se odjednom policajac — treba za opštinu — reče on, pa se osmehnu levim brkom. — Znate šta! — uzviknu on — uračunajte sve do kraja godine, da se ne mučite sa ovim ludacima. Ja ću to sa njima začas narediti.

Ljubica izračuna i napisa priznanicu, pa mu pokaza:

— Da li će biti dobro ovako? — zapita ona bojažljivo.

— Vrlo dobro, vrlo dobro — odgovori on gledajući samo cifru, na koliko je glasila priznanica, pa nemarno zabaci hartiju u džep, a Ljubici izbroja i dade koliko je trebalo. Sve se to izvrši nekim poluposlovnim tonom, kao da izdaje običnu platu, a njemu dođe da zaigra od uzbuđenja.

— Baš vam hvala! Ne znate kako ste mi dobro ovim učinili — progovori Ljubica, jer ne bi lepo bilo da mu se ne zahvali na usluzi.

— Molim vas, ne treba reči da trošite. Kad god vam što treba... samo kažite.

Na tako prijateljske reči, Ljubica podiže glavu i zahvali mu se prijatnim osmehom. On se beše spremio da ide, ali pogledavši Ljubicu, odjednom sede uz nju i stade joj govoriti razne besmislice, šaleći se njenom neumešnoću i smejući se njenoj plašnji u službenim poslovima. Razgovor postajaše sve življi i zanimljiviji, Ljubica se raspoloži, pa stade prazna soba zvoniti od njenoga veselog, jasnog smeha.

Pisar se odjednom promeni u licu; vidi se da se sprema za nekakvu izjavu, pa ga počelo obuzimati veliko uzbuđenje. Usne mu prebledeše, zadrhtaše, on poče nekim promenjenim glasom, iz koga zvoni najžudnija molba i pokornost, polušaptati, zamuckujući:

— Pa nemoj, bolan, tako više da se mučite... — Glas mu veoma zadrhta i on zastade, pa kao da proguta nešto što mu dođe uz grudi do grla. Ljubica ga gledaše sve začuđenije i zbunjenije, pocrvene i stade disati ubrzano... Obuze i nju uzbuđenje. — Vi ne znate i ne verujete... a ja bih za vas... sve, i dušu moju i budućnost i sve, sve bih vam dao...

Ljubica se unezveri, opet je stade obuzimati zebnja, ali dosadašnje uzbuđenje beše veće, te nadvlada, i ona opet obori glavu, stidljivo i plašljivo, a grudi se podizahu i spuštahu burno, sve jače i jače. On je uze za ruku, pa obema svojim rukama steže tu mekanu, vredu ručicu.

— Ja bih sve za vas... — nastavi on u još većem uzbuđenju i drhtavici — samo da vi niste onakvi... Svu ću vas obasuti brilijantima... Svega, svega što vam duša zaželi, sve ćete imati.

Ljubica se već počela trzati nervozno. On se požuri govorom, da bi zaglušio njenu zebnju.

— Eto, kupio sam časovnik, kakav nijedna devojka u Beogradu nije ponela... Da dođem sutra da donesem, hoćete li?... Sve, sve... hoćete?...

On već jedva vladaše jezikom. Ljubica disaše sve jače, a glavu stidljivo oborila, pa slobodnu levu ruku samo prenosi preko čela, a desna sve više drhće u njegovim rukama. U glavi nema da se javi nijedna misao: kao da je progutala veliku dozu opijuma, pa joj to steglo, pritislo mozak, i ona pada u sve veće bunilo. Samo oseća neku prijatnu toplinu, koju ponekad smeni laka zebnja, pa opet zanos, bunilo i toplina...

— Aha, poneo sam ga... evo!... — I pisar, drhćući rukama i tresući vilicama, stade vaditi iz džepa neku malu kutijicu. Izvadi je, ali ne može da pritisne dugme, da je otvori. Ruke mu vrdaju, a u prstu nema ni toliko snage. Ljubica digla glavu, pa gleda besmisleno kako se trese kutijica u pisarevim rukama i kako se on muči da je otvori. Dođe joj to vrlo smešno i ona već htede da se nasmeje glasno, a Pera otvori kapak, položi dragocenost pred nju na sto, pa se malo izmače.

Ona pogleda i odjednom, kao elektrisana, raširi oči, a u njima zasvetli najpre čuđenje i strah... Kao da se pita: šta je ovo, čije je? Ko sme ovo uzeti u svoju ruku?... Pa odjednom kao da saznade šta je to, u očima joj zasja divlja, neopisana radost, ona nekim neobičnim pokretom zgrabi kutijicu obema rukama, a oči joj stadoše na ukrasu kao prikovane...

Beše to zbilja neobično umetnički izrađen zlatan časovnik, posut sitnim ljuskama briljantskim, sa malim, kratkim i tankim lančićem ukusne izrade. Ona ga izvadi iz kutije, pa stade obrtati i razgledati, a oči joj ne trepću, i čini se ona sama ne diše. Izgledaše kao dete, kad dobije tako retku i neočekivanu igračku, o kojoj dotle nije moglo ni sanjati. Sva se predala radosti, koju ne umeše ni prikriti, niti se trudaše za to. Pisar postaja samo dva-tri trenutka, pribra se od uzbuđenja, ali ga sad obuze radost. On se približi Ljubici, naže se malo k njoj i prošapta joj:

— Sutra ću vam doneti brilijantsku granu... Sva gori kao vatra. Hoćete?... Da dođem, a?... Ali neću, ako me vi ne zovete...

Ljubica se nasmeši usiljeno, usne joj se ukočile, pa ne može ni da progovori ni da se nasmeje, a htela bi da kaže bar jednu reč, da zahvali.

— U deset časova tačno pustite decu kući; časovnik vam dobro radi, pa ću ja doći... a?... — Ona klimnu glavom i opet se neodređeno nasmeši. Pera dohvati njenu ruku, podrža je malo, pa se saže i poljubi je... Nju opet prođoše trnci, a pisar brzo uze kapu i, pozdravivši je u hodu, iziđe iz sobe.

Ona skoči sa stolice, držeći ukras u rukama, pritrča prozoru, pa videvši da pisar iziđe iz dvorišta, vrati se na pređašnje mesto i zagleda se u svoj časovnik...

Toliko puta je, dok svršavaše školu, idući glavnim ulicama beogradskim, zastajala pred zlatarskim izlozima i ostajala tako kao prikovana po pola časa i više. I sada, evo, stoji kao opčarana i jednako obrće i posmatra časovnik zažarenim očima. Prikači ga na grudi da vidi kako stoji, ali muka: nema u školi ogledala!... Otvori ga i gleda kako radi, pa opet zatvori i gleda. Naročito joj se svidi lanac, sa lepim ukrasom na kraju, nalik na zvezdu, pa ga razgledaše pažljivo. I opet ona ni o čem drugom ne misli: nema više ni brige ni zebnje; oseća da je sve u redu i dobro, ali ne misli o tom; zna da u džepu ima dosta banknota, da će taj novac obradovati i pomoći brata, oca, sve... ali su joj sad i oni daleki. Sad ima nešto preče, bliže... ovo sjajno, lepo zlato, koje joj ugušuje sve brige, otklanja onu dosadnu zebnju i stvara u duši raspoloženje, sreću...

XI

Ljubica se toliko izmučila, toliku borbu duševnu izdržala za ovo kratko vreme, da već beše malaksala, u njoj i ne beše više snage za dalju borbu, za otpor. Ona se grozničavo hvatala za ma kakav povod ili slučaj, koji bi je mogao malo raspoložiti i ugušiti joj u duši one strašne crne misli, od kojih se živo srce ledi, a snaga se mlada topi i vene... Da se samo pobegne od tih strašnih dana i još strašnijih noći, kad se samo gomilaju misli za mislima, sve crnje i strašnije, a ona se pretura u živom plamenu, koji joj obuzeo telo, steže rukama vrelu glavu, a misli se samo roje, roje... Da se sve to uguši, zaboravi, pa da se živi ko i do sad!...

Ustala je vesela, spremila se, prikačila časovnik na grudi, pošto ga je prvo dugo obrtala i posmatrala; već mu je proučila i razgledala svaku šaru, zapazila svaku osobinu, ali joj još nije počeo postajati običan, kao što to biva kad dugo razgledamo kakvu stvar, naročito ukras. Krenula se u školu. Vreme bejaše oštro, hladno... Po celom nebesnom svodu navučen je sumoran pokrivač zagasite tamne boje, iz koga neprestano sipi ona sitna, vlažna, dosadna izmaglica, koja ukvasi čoveka gore od pljuska, a traje danima, nedeljama... Sokak se raskaljao, pa nigde ne možeš nogom zgaziti od blata. Dohvatiš se rukom za plot, da bi prekoračio baru, a ruka klizi po mokrom i hladnom drvetu; streseš se od te nezgode, a za vrat ti padne čitav pljusak sa kakve otomboljene šljivove grane, koja se presamitila preko prošća. Od nevolje udariš sredinom, pa posred blata...

Kad iziđe Ljubica iz kaljava sokaka i stupi u prostrano školsko dvorište, obuze je nekakva slutnja, i ona zastade. Predahnu od umorna hoda i zagleda se u daljinu... Oseti da je obuzima strah, baš pravi strah; ali to od čega dolazi strah daleko je, ono se ne vidi, ne pojavljuje se... I snaga je izdade... Ona stade uzvereno gledati oko sebe... „Da li da ide u školu?...” To je sad fatalan korak, jer tamo će biti sve svršeno. Može se i vratiti. Zašto ne!... Napisaće Gojku da je bolesna, i onda ništa... Nema ničega! Onda će se i ono strašno, nepoznato, ukloniti...

Ali istoga časa ona kao u snu oseti, da se taj fatalni dan ne može više izbegavati, ne znajući ni sama zašto... Ona se oseti kao da se nagnula nad provalijom, nagla se i već gubi ravnotežu... ozdo iz crna bezdana vuče je neka sila i ona ne može da joj se odupre, ona i ne pokušava da se vrati, jer oseća da to ne može biti, i svu je obuzima očajanje, užas... ali ipak ona se kreće napred i ulazi u školu.

Kad otpoče rad, pribra se malo i vrati joj se obična njena smelost. Samo joj jedna misao o tom dođe u glavu: valjda će se i sad umeti izvući... kako je do sad!... Ona se istina raspoloži od te misli i poče raditi lepo, bez velikoga uzbuđenja, ali tek oko nje obletaše sav dosadašnji strah i zebnja, ona ga jasno osećaše u svojoj blizini, ali se staraše da radom uguši sve te misli, da se otrese toga bunila i da bude prisebna. To joj najzad pođe za rukom...

Kad Gojko, oko deset časova, opazi da je Ljubica pustila svoju decu kući i on pusti svoje đake, pa se zavuče u svoje prljavo sopče, u kome beše sena i đubreta dovoljno. On i Stojan slagahu se dobro, a posledica te sloge beše nečistota, koja se morala trpeti, i jeftine namirnice, koje su još više učvrstile njihovo prijateljstvo. Oni su sad vrlo intimni, među njima nema nikakve zasebne tajne, dogovaraju se ozbiljno i poverljivo o svemu. Juče su, na primer, čim je Stojan saopštio Gojku novost o časovniku, odlučili da ovo dana pripaze na Ljubicu bolje.

— Nisi mogao da doznaš od ćate, onako... da ga prevariš: hoće li danas dolaziti? — Gojko nikoga ne pomenu, ali se znalo o kom govori.

— Ne zna, bratiću, ništa ne zna. Smrzao se i on kâ žaba na ledu, pa ne zna u koga će da gleda. Nešto i kod njih ima, ustumarali se kâ goveda pred olujom.

— E?... — začudi se Gojko, i podiže glavu.

Utom se otvoriše vratnice na dvorištu. Stojan priđe prozoru, pa odmah odskoči.

— Eto ga!

Gojko skoči s kreveta, obrte se zbunjeno po sobi, pa videvši da ga ne očekuje nikakav posao, vrati se i leže na mesto. On ne htede ni pogledati kroz prozor, pored koga prođe veseo pisar, podignuvši glavu visoko i pogledajući žudno na jedan prozor od učionice. Čim policajac uđe u školu, Stojan istrča napolje. Gojko ostade sam u toploj zagušljivoj sobi, gledajući nesvesno u dugačke pukotine, koje su se otegle po tavanu i prevrtaše svoje stare, nepreturene, misli...

„Da li je toliko lakomislena, da je mogu zaneti zlatne stvari?... Da li će se opet odupreti besnoj sili? A on!... Uh!...” U Gojku zakipi i zagrmi čitav pakao gneva; kroz celo mu telo projuri neka snažna struja, koja ga preobrazi: on postade odlučan, živ... Ko bi ga sad video, ne bi poznao u njemu onoga zbunjenog, plašljivog jadnika. „Da ga iskasapim svega!... Čelo onako da uzmem nož, pa pravo u grudi — neću u levu stranu, nek se duže muči. Pa onda maznem preko nosa: fik! a nos u travu... On vrišti, kuka... Stoj, gospodine Pero, da znaš kako je beščastiti učiteljske porodice!... Pa onda jedno uvo, pa drugo, pa gledaj ga onako čupava kako se previja, a krv šiklja... Pa onda zabodi jednom u trbuh i reci: ovo ti je, gospodine pisare, za onaj prvi razred...”

„Ne, ne... to ne valja. Drugo... Stoji on onako... naslonio ruku na Ljubičino rame, a ja uđem pa ga zgrabim obema rukama, podignem u vis, pa bup o pod!... Ti li se nađe, crvenkapiću, da beščastiš ovo sveto mesto, u koje nisi dostojan ni da uđeš! uzviknem mu ja, a Ljubica drhće, drhće... pa mi priđe i moli da je izvedem iz škole, a ja se tek onda naljutim, pa skočim onome na leđa... pa gazi, gazi, udri štiklom u glavu, tuci, gnjavi..." I Gojko se opet malo pribere od gneva.

„Što to nema Stojana? Odavno je... Hm... Drži se ona... A ja postanem, na primer, Ministar policije... He-he..." I Gojko mrdnu brkom u stranu, osećajući da je i tu preterao, ali će ova misao najbolje da mu ublaži gnev. On se hvata nje još usrdnije. „Čuje on za tu promenu... već tamo, depeša... pa mu se odjednom odseku noge od straha... Drhće i čeka dan, dva... Treći dan dolaze tri čoveka u srez, javljaju se kapetanu. Komisija! Dajte ovamo Petra pisara... On se već sav ohladio. Daj ključeve!... Zapečate kasu, pa daj račune... Udri, udri, drži, pa kroz nekoliko dana gospodin pisar u zatvor... posle već bude osuđen na robiju i tako... jest, tamo umre... A ja oko Ljubice... tamo-ovamo, dok se venčamo... Posle već dobijemo bolje mesto, neko usamljeno selo, gde niko ne dolazi, pa..."

Stojan utrča; lice mu pomodrelo od duga stajanja na zimi, ali se u očima čita neka jaka misao, koja ga zanela i koja će bez sumnje stajati u vezi sa davnom, dalekom prošlošću... Starcu cvokoću zubi, nešto od zime, a možda, a možda i sa drugoga uzroka... On pogleda unezverena Gojka sa onim prostim iskrenim saučešćem i mahnu glavom ka vratima.

Gojko istrča, ali se posle nekoliko sekunada vrati, iskrivljenih vilica, strašnih, razrogačenih očiju... Nešto ga u grudima davi, steže i penje se naviše, noge mu klecaju, u glavi čitav haos... On otkači svoj kratak zimski kaputić, obuče ga veoma brzo, nabaci kapu na oči, pa projuri preko dvorišta, ne mareći hoće li ga ko opaziti sa prozora. Brzo stiže u Brezovac.

Velja taman seda za ručak, a Gojko upade u sobu, zaduvan, zanesen, gnevan, sa stotinu osećaja. Po uplašenu i neobična izgleda licu

Velja se doseti jadu, namršti se i kao da i njega obuze lako drhtanje, ali se on pribra brzo i pogleda se sa Gojkom pravo u oči.

— Jesi li ručao?

— More, kakav ručak!... — uzviknu Gojko ljutito i stade skidati kaput.

— Šta je, zaboga — zapita ga učiteljka, koja ga do sad gledaše kao pravo čudo.

— Šta je... umorio se čovek — viknu Velja, namršteno. — Sedi ovde... Sipaj, domaćice... Ah, daj prvo tanjire...

Posle ručka vođaše se među drugovima živ razgovor u učionici. Velja sedi kraj stola, držeći umočeno pero nad hartijom, a Gojko hoda preko škole i zastane, kad ga Velja što upita.

— Eto ti, brate... šta ćeš više!... Rečeno je sve. Ako oni gore imaju najmanje obraza i ljubavi prema školi... ne, makar ne imali prave ljubavi, ali makar poštovanja — onda će ti, brate, i pisar i tvoja slačajša prva ljubav ohladiti... Ovo se nigde u svetu ne dešava... A s tobom što bude: od premeštaja neće ništa gore.

— Da li da zavedem u delovodnik? — zapita Gojko, savijajući ispisanu hartiju i ostavljajući je u kaput.

— Razume se... Ali na adresi napiši „u ruke", da ne ode prvo onome dole... On njega i drži.

Gojko se pozdravi, pa ode žurno. Mislio je da ide večeras crkvi, subota je, pa da noći tamo, ali ga sad očekuje važniji posao. Čim dođe, zatvori se u učionicu i stade prepisivati onu hartiju, što je donese od Velje.

Napolju se smračilo, iako je još dosta rano. Navukla se po okolini gusta magla, pa rosi po mokroj, raskaljanoj zemlji, po drveću i zgradama, cedi se sa lišća i krovova u sitnim kapljicama i navlači na ljude onaj teški sumor i zlovolju, od koga se najveselije lice namršti. A ko već inače ima dovoljno uzroka za teško raspoloženje, on mora očajavati na ovakovu vremenu.

Ljubica iziđe iz škole tačno u podne. Silazeći niz kamene stepenice, ona se tako povođaše u stranu kao da će sad pasti; izdala je snaga, pa se jedva kreće. Na poslednjem kamenu stade i pogleda pred sobom tupo, nesvesno, kao što gleda bolesnik u vrućici. Duvaše oštar, vlažan vetar, i ona podiže obe ruke, pa mahnu njima preko lica, kao da se umiva ovom vlažnom izmaglicom, strese se od hladnoće, koja je odjednom obuze, pa žurnim korakom pređe dvorište i ode u svoj stan. Na vratima je dočeka domaćica:

— Ej, veselnice, skapala si od gladi. Da ti načinim časkom kajganu?

— Ne treba... ne mogu — promrmlja Ljubica, i onako bunovna, ne dižući očiju, prođe u svoju sobu.

— More, ti si bolesna? — otvori za njom vrata i proviri u sobu ova žena, gledajući je sa onim prostosrdačnim ženskim saučešćem.

— Ništa... ostavi me! Boli me glava — odgovori Ljubica, zatvarajući vrata. Skide sa sebe neku gornju haljinicu, izvadi časovnik i metnu ga na sto, izvuče iz džepa nekakvu crnu visoku kutiju od ukrasa i oturi je od sebe sa odvratnošću. Zatim se pruži po krevetu i ostade na njemu, nepomična, do mrkla mraka. Šta je činila za to vreme — ni sama ne zna: nije spavala, nije ništa mislila, ništa nije osećala, oko nje vladaše crn, gust mrak, koji je uništio svaku misao, svako osećanje, samo ostade pust, salomljen život, iznurena, isceđena snaga.

Kad se smrče sasvim, ona se ispravi i sede na krevet, pa stade gledati u mrak. Pred očima se neprestano ređahu nekakve neobične slike. Najpre se stadoše motati nekakvi crni koturovi, koje ona leno raspoznavaše, iako beše u gustom mraku, zatim se koturovi stadoše rastezati u dužinu, stvarajući sve veće, raznovrsne slike. Odjednom se na zidu, pravo pred njenim očima, rasvetli i pokaza veliki svetao krug, iz koga potom iziđe glava sa isplaženim jezikom, i njoj se učini da je to glava njene gazdarice iz Beograda, kod koje se hranila. Glava stade preletati po sobi, prilazeći joj ponekad tako blizu, kao da će je zakačiti. Ljubica posmatraše pažljivo svaki pokret, ne osećajući ništa i ne misleći ni o čem. Zgurila se, savila se u klupče, naslonila glavu na uzdignuta kolena, a oko njih obavila obe ruke pa gleda... Kad bi oko ponoći ona odjednom sklopi oči, spusti glavu na jastuk i zaspa...

Odjednom se rasvetli cela soba, ali to sad nije ona soba u kojoj zaspa, nego ona u Beogradu, u železničkoj ulici. Ona se diže sa kreveta, ustade i ugleda pred sobom Dragutina, jednog lepuškastog đaka Učiteljske škole, koji je stanovao u istoj kući i redovno je pratio u školu do abadžijske česme. Ona se začudi njegovoj pojavi, a on pruži ruke radosno.

— Hvala Bogu, kad te nađoh! Hajde!...

— Kuda ćemo? — pita ona, stežući njegove ledene ruke i gledajući ga onim đavolastim pogledom, kojim obično gledaju zaljubljene šiparice, kad se nađu sa predmetom svoje ljubavi.

— Zar još pitaš?... U crkvu... venčanje...

— Kako ću? nemam venčane haljine.

— Koješta! Još te nisu ostavile beogradske predrasude... Ti si obrazovana učiteljica!

— Dobro, čekaj da se obučem...

Ali Dragutin ne čeka, nego je uzima za ruke i vodi. Kad dođoše do praga, on se osvrte i pogleda je onako đački... Ona obori glavu stidljivo, a on je polako obgrli, pa je odjednom stade ljubiti tako strasno, besno... a ona mu vraćaše poljupce, topeći se od miline... „To je ljubav... mi se ljubimo, je li?", tepaše mu ona, a on je pritiskivaše na grudi sve jače i jače, uveravajući je plamenim rečima o večnoj ljubavi... Tako nekako dođoše crkvi, i ona vidi sebe u beloj sjajnoj haljini, sa vencem na glavi, a pored nje pokunjio se njen budući muž, Gojko učitelj, pa zvera oko sebe... Tu se opet nekako smrači i neki ljudi stadoše lupati na školskim vratnicama. Ona proviri na vrata i taman da vikne Stojana, a pred nju stade Velja učitelj, nasmeja se veselo, pa je zapita:

— Dokle ćeš ti, more, da me varaš tako? Znaš li ti šta je ljubav!...

— Šta ćete? — pita ga ona u čudu.

— Da se venčamo, zar nisi obećala!

I ona zna da mu je obećala venčati se sa njim, iako ima živu ženu, i taman da mu izjavi sad pristanak, a iza njihovih leđa viknu Stojan:

— Ne može, bratiću, meni je obećala!

Ona vide da Velja hoće da ubije Stojana, pa pobeže u školu; tu je opet obuze mrak i ona produži spavanje...

Izjutra se probudi s jakom nesvesticom i glavoboljom, ustade te se umi, pa htede skloniti one ukrase sa stola. Ostavi časovnik u fioku i ponese tamo i onu drugu kutiju, pa odjednom zastade i otvori je. Iz crnoga pliša, čime je obložena kutija iznutra, zasija skupocena zlatna grana, posuta krupnim kamenjem. To beše doista redak i veličanstven nakit. Zastadoše joj oči na njemu dugo... Ona ga pridenu u kosu, pa priđe ogledalu, da vidi kako stoji u kosi. Izvrsno!... Ona spusti oči i pogleda u svoje lice... Kao da je bolovala čitavu nedelju, tako se izmenila. Namršti se, pa ode k stolu i opet stade razgledati granu; oči joj svetle življe, a usne se osušile, pocrnele od vatre. I sad je obuzima drhtanje, a glava sve jače steže i zanosi. Ostavi stvari, pa opet leže.

Oko podne dođe joj mati. Ona se sva promeni, kad ugleda to milo joj lice, skoči s kreveta i obisnu majci oko vrata.

— Zar još nisi ustajala od spavanja? — oslovi je mati, videći je neobučenu.

— Ustala sam, pa me nešto glava boli. Sad je već prošlo. A ti, jesi li se namučila u putu?... Kamo vas do sad, zaboga! Tebe sam jednako pogledala.

Mati joj, Smiljka, izgledaše starija od oca joj. Iznurena, oslabela, lice se već dosta zbrčkalo, kosa uveliko počela sedeti, a ona se pogrbila, previla se onako isto kao i Ljubica, samo u još većoj meri.

Ručaše zajedno, narazgovaraše se i za ručkom i posle o svemu, pa onda Ljubica, na materin zahtev, stade pričati o sebi, o radu u školi, kako sve ide lepo, o „tom učitelju" što je sa njom reče da je malo onako... kao lud, a neki put je dobar čovek. Za sad ne govori sa njim. Mati, kao i svaka žena, rada je saznati uzrok toga neprijateljstva, a Ljubica, da bi je zadovoljila, priča joj ponešto o pisaru, izbegavajući mnoge stvari a ponešto izmišljajući — kako to već umeju vešto mlade devojke.

Snaša Smiljka, bistra i pametna žena, odmah opazi da u govoru Ljubičinu ima nešto nejasno, da joj ona ne kazuje sve kako je. Samo se još nije mogla dosetiti svemu jadu. Ona podiže glavu, pa blago ali ozbiljno pogleda Ljubicu, pravo u oči... Naučila je ona davno, da iz očiju svoje dece čita njihove misli. Ljubica pocrvene, zadrhta, pa se odjednom baci na majčine grudi i zaplaka gorko, očajno, s teškim jecanjem...

— Maj... majko moja!... majko!... — vrisnu devojka i priljubi se uz te slabe, iznurene grudi, znajući da samo na njima može naći utehe, ako je još ima.

Smiljka se najpre prenerazi, uozbilji se i već beše gotova da prospe čitavu vatru gorkih prekora, da je posavetuje kako da se spase od zla, jer držaše da još nema ničega ozbiljnoga; ali čujući ovo očajno jecanje, meko žensko srce ne mogaše odoleti i njoj grunuše suze, priteže još jače na grudi svoju ljubimicu, kao da je tim pokretom zaklanja od sviju stradanja i nedaća, što su je opkolile.

— Jadnice!... jadno moje dete! Mučenice!... — šaputaše ona, lijući suze na tu gustu crnu kao gak kosu što se nemarno razbacala po njenim usahnulim grudima. Gorke su i teške ove suze jadovanke, ali je uticaj njihov blagotvoran: zaleđeno, okamenjeno srce počinje se kraviti, jer ga greje blaga toplina majčina saučešća.

Ceo dan provedoše dve sirotice u razgovoru. Uveče, posle skromne večere, legoše zajedno na Ljubičin krevet. O, da divne, retke sreće!... Čudne li lepote i radosti: priljubiti se tako uz majčine grudi, sakriti glavu u mraku na tim svenulim prsima, koje su te, nekad jedre i zdrave, othranile i podigle!...

Sklupčati se tako pod toplim pokrivačem uz to milo suho telo i ćutati, ćutati dugo, večno... ćutati i sećati se srećnoga i bezazlenog detinjstva... Ćutati, ćutati, ćutati... a toplina od majčinih grudi bije na tebe, zanosi te... O, slatko li je setiti se majčinih grudi, kad čovek pretura tešku borbu preko glave!...

Ljubica se sklupča i ućuta dok joj zaspa umorna mati. Ležeći uz njene tople grudi, ona se seti srećnoga detinjstva, kad behu samo njih dvoje dece, ona i brat, pa ležahu ovako isto uz majku, pod starim, iskrzanim i dronjavim guberom. Pod njima samo meko seno, pokriveno šarenicom, pa ipak beše tako slatko tu zaspati! Nisu imali ni svoje kuće. Prvo sećanje iz života joj jeste seoba. Kao da je juče bilo: smrklo se, a oni idu stranom, više seoskih kuća; majka nosi maloga brata, a nju vodi za ruku, otac nosi neke ponjave na leđima. Idu tako, a paščad zalajaše. „Kao cigani!", reče otac i nasmeja se. „Daće Bog, pa ćemo dogodine u našu kuću", odgovori mati, stežući njenu ručicu... Pa posle ono zanosno igranje u aptovini iza kuće: tada je mislila da će se isto tako igrati i kad bude velika kao mati, i čudila joj se što se i ona ne igra, kad je to tako slatko i veselo!... Pa seoba u svoju kuću, pa polazak u školu... Koliko se samo tu preživelo srećnih dana, kad je stekla nove, mnogobrojne drugare i drugarice i stala se sa njima igrati muških igara: oraha, krpiguza, lopova i mnogo drugih!... Posle nastupa mučno i teško školovanje u Beogradu. Nekoliko puta je pokušavala da pobegne kući, ali je znala šta je tamo čeka, pa je stezala srce i išla u svoju „tužionicu"... Na dnu dvorišta, gde je stanovala, beše baštica sa nekoliko gustih žbunića. Kad god joj naiđe njena obična tuga za kućom, ona se zavuče u žbunje, pa stane naricati isto onako, kao što je čula svoje seljanke da žale za pokojnikom. Posle se već navikla, a u višim razredima beše veoma zanimljivih stvari... Do

sad se redovno u pismima izveštavala o stoci, o susedima i vršnjak-
injama, a sad se ograničila samo na kratka izvešća o svome zdravlju i
radu i traženju novaca. Odatle se opet nastavljaju svetliji dani. Sad se
baca oko na mnoge strane, a ima se na čem, u prostranom Beogradu,
zaustaviti i zabaviti. Tu se ređaju mnogi „predmeti uzdisaja", dok ne
dođe na red Dragutin. Tada se zače prva i prava đačka ljubav, koja
je trajala i svršila se isto onako, kao što se sve slične „đačke bolesti"
svršuju.

Srećno detinjstvo, krasna mladosti, nećete se nikad vratiti!

Sad se sve promenilo. I kako to tako odjednom? Tek samo
naleteše oblaci, natušti se nebo i prosu se strašna bura... Sad joj je
i otac drukčiji, prostiji, ništavniji, a nekad je mislila da od njega
nema važnijeg lica u selu. Sad joj je i majka došla nekako prosta,
uboga, iako je još isto onako mila, kao što beše u detinjstvu. Sad je i
ona sama sasvim druga: do juče bedno ništavno đače, a sad državni
činovnik!... Htede ređati još druge promene na sebi, ali se odjednom
strese i navuče pokrivač na glavu... Starala se da više ne misli, dok je
ne prevari san...

Izjutra ustaše obe rano. Ona predade majci sav novac, što ga uze
od pisara, pa je isprati daleko iza sela, izljubiše se, isplakaše se opet, pa
se rastaše. Stajala je dugo na otvorenu polju, gledajući tužno za pogr-
bljenom staricom, koja se, oslanjajući se na dugačak štap, udaljavaše
sve više i više, dok se sasvim ne izgubi iz očiju.

XII

Prva pisareva pohoda potom ne učini na Ljubicu takav utisak kao poslednja. Ona iziđe iz učionice sa običnim izrazom na licu, noseći sobom nov dar Perin — skupocen broš za grudi. Tako se učestaše pohode, skoro svakoga dana, a u Ljubičinu stolu gomilahu se one crne kutije s nakitima.

Gojko izgledaše teško bolestan. Čas ga vidiš da se jedva vuče preko dvorišta, glavu tužno oborio, oči gledaju neveselo, stradalnički, a po celom licu razlila se ona sumorna melanholija, koja pridaje neobičan izraz čoveku. A drugi put vidiš kako mu se oči zaplamtele, celo lice obuzeto nekom nervoznom živošću, jednako nekud trči, nešto raspituje, dogovara se sa Stojanom.

Jednoga dana vejaše sneg. Cela se okolina beli, beli se sav vidokrug, uvijen u neku vlažnu izmaglicu; drva se previla do zemlje od jugovnoga snega što ih je pritiskao. Iako je dan, vladaše velika tišina u celom selu; tek ponegde zalaje besposlen pas, ili grakne vrana, tražeći hrane pod ovim gustim belim pokrivačem. Iz potesa doletaše nekakav neobičan za selo zvuk, koji postajaše sve jasniji i određeniji — behu to zvonca i praporci na konjima. Malo zatim dojuriše u besnoj trci dva dobra konja sa sankama, i stadoše pred školskim vratnicama. Stojan istrča da otvori vratnice i vidi te iznenadne goste, kad iz saonica iskoči pisar i prođe pored uplašenoga čiče, mašući svojom pletenom kamdžijom.

Prolazeći hodnikom školskim, pisar vide da se otvaraju vrata na Ljubičinoj učionici, pa koraknu brže i upade iznenada, bez kucanja, u Gojkovu školu. Gojko dovršivaše predavanje, pa videvši ovoga neučtiva gosta, zbuni se i uplaši, jer se mogao domisliti, da mu on ne bi uzalud ovakovu pohodu činio. Misao mu se prekide sama, on pocrvene, pa odmah zatim preblede, i taman se stade domišljati šta će sad da radi, na koju će stranu da gleda, šta će sa decom, a iza njega zagrme oštar zapovednički glas:

— Deco, idite kućama... brzo! Žurite se!

Gojko se osvrnu, pa s čuđenjem i nemim pitanjem pogleda pisara, ali ovaj gledaše samo kako se deca unezverila, pa čekaju šta će im Gojko reći i nijedno se još ne sprema za izlazak.

— Kažite deci nek izlaze! — zapovedi pisar s takvom oštrinom, da se nije moglo ni pomišljati na otpor.

Gojko se obrte deci, pa im reče blagim, umornim glasom, pritiskujući rukom vrelo čelo:

— Idite, deco, kući... Posle podne ranije...

Kad ostadoše sami u školi, pisar priđe k stolu i metnu na nj neke akte, razvi ih i obrte se Gojku.

— Jeste li vi ovo pisali? — uzviknu on, pokazujući prstom na Gojkov potpis. Beše sav pocrveneo od ljutine, usne mu se trzaju i skupljaju grčevito. — Ovo, sve ovo... tužbu Ministru prosvete... tamo o Ljubici, a?!... — dreknu on grozno i lupi drškom od kamdžije po aktima.

Gojko stajaše, preneražen, zelen i bled, razrogačenih očiju od straha, noge i ruke mu drhću, a na licu mu se, pored preplašenosti, jasno čita pređašnji izraz teškoga umora i gorkoga stradanja... On stajaše, ne mogući ni reči prozboriti. Samo mu unezverene oči preletahu sa pisareva lica na akte, na kamdžiju i na pod. Pisar mu priđe, zgrabi ga rukom za rame i privuče k stolu.

— Ovo... ko je ovo, a?... — dreknu još jače u neobuzdanoj jarosti.

— Ja... ja sam pisao — promuca Gojko, čudeći se čiji je to glas kojim on govori — tako se izmenio...

— A, ti li si?! — vrisnu policajac i zamahnu kamdžijom.

Gojko samo gleda tupo i nesvesno zaplašenim očima, na licu mu još jače zapečaćeno gorko stradanje, i kad pisar podiže ruku s kamdžijom, i on nesvesno podiže obe ruke prema očima, kao da mu je taj žalosni pokret sva odbrana, kojom raspolaže... Kamdžija fijuknu kroz vazduh, ošinu ga po glavi i plećima, pa se opet izdiže nad njegovom glavom.

Gojku se obrte svest... nešto se smrači oko njega, ništa se ne vidi, samo se iz mraka pomalja crveno zversko lice i više ništa... On izgleda kao osuđen na smrt, kad ga prvo tane pogodi... lice se odjedared kao iznenadi, začudi, obuze ga smrtno bledilo... Kamdžija ga opet ošinu preko lica, pa treća preko leđa... Gojko pojuri k vratima, ali ga pisar dočepa za rame.

— Stoj, smrdibubo!... Umeš da činiš pakosti, a posle bežiš kao strina... Evo kako se bojim tvoga šarabatanja, evo gledaj... Ministrov potpis... — I on doista pokaza akt s potpisom Ministra prosvete, pa ga onda pocepa na sitna parčeta. — Evo i tvoje tužbe, evo gle... — pa i nju svu isitni na parčad, baci te komadiće na pod, pa ih stade besno gaziti.

— Evo, evo gle... životinjo!... jesi video ko je Pera pisar!... I ti, smradu jedan... — i opet se izdiže kamdžija, ali Gojko jednim brzim skokom istrča iz škole i udari se iz sve snage o nešto crno, meko... ono se odjednom preturi i jauknu, a on se seti da je to bio Stojan, prisluškivao, pa ga preskoči i istrča iz škole. Ljubica stajaše na vratima učionice drhćući, sva preneražena. Stojan se dizaše, stenjući:

— Ej, bratiću jadni... obojica stradasmo!... Jā zle napasti, majko moja!...

Pisar, kako se bio zaleteo za Gojkom, istrča u hodnik i videvši Ljubicu, stade pred njom, drhćući sav od ljutine. Ona se namršti, videvši ga takva, što se ne izmače oku njegovu, pa odmah uze da joj objasni celu stvar.

— Smrdibuba jedna!... On se našao da se brine o moralu i svetinji školskoj!... Napisao čovek Ministru šta mi radimo u školi, pod ikonom sv. Save...

Ljubica se strese, preblede i dohvati se rukom za vrata. Ona je i zaboravila da starešine vode oštra računa o vladanju državnih službenika... „Gle, pa šta će sad biti?... da otpuste, na svagda... sa večitim žigom srama, bez povratka, bez opravdanja...” I tog trenutka postade joj Gojko crnji od đavola, strašniji od pakla... U njoj se porodi strašna, nečuvena mržnja prema ovom jadniku, mržnja osvetnička, strasna, beskrajna... a vilice se tresahu od straha.

— Pa... sad?... Šta ćemo?...

— Odi da vidiš... Pisar je dovede do vrata Gojkove učionice i pokaza parčeta hartije.

— Eno, tu je i tužba i akt Ministrov... Sve u parčeta!...

— Šta si radio?! — viknu preneražena Ljubica.

— Ha-ha... ti se plašiš?... Ama rekoh li ja tebi, da nam niko ništa ne može... Niko!... razumeš!... Poslaću odgovor Ministru u ime kapetanovo, i onda će onaj smrad biti kažnjen za lažnu dostavu... Da mu zakuka jednomesečna plata!... Kažem ti: dok ti je živ Pera pisar, ne brini... — I on iziđe brzo iz škole.

A Gojko seđaše na svom ubogom krevetu i plakaše gorko... Najpre je dotrčao ovamo kao sumanut, ulete u sobu i zaključa se, pa stade plašljivo osluškivati trči li ko za njim. Kad se uveri da ga onaj više ne goni, on razgleda po sobi nesvesno, stade kao da se nešto misli i odjednom pljusnuše suze iz očiju kao kiša, on se zagrcnu od jecanja...

— Zašto?!... zašto?!... Sve ovo, zašto?!... — uzvikivaše jadnik glasno. — Bože, ovoliko stradanje!...

— Zašto... zašto?!... — odjekivaše očajno pitanje stoti put po praznoj sobi, slivajući se sa gorkim jecanjem i teškim uzdasima...

Kad se isplaka, opet se zamisli i ostade dugo tako kao okamenjen... Misli lete, sve gorča za gorčom, a na duši se slažu neki strašni osećaji, koji bi sve uništili i pretvorili u prah... Besna, divlja, smrtna žudnja za osvetom zapenuši, izdiže se i zaklokota u njemu; on skoči, izmenjen, strašan kao zver, iskrivljenih vilica i razrogačenih krvavih očiju... Bespomoćno detinjsko stradanje i neka divljina behu ispisani na njegovu licu... Prva mu misao zastade na revolveru, koji on ne imađaše... Svejedno, dobar je i nož!... Ali on poima da se s nožem treba približiti baš uz njega, gledati pravo oči u oči i zabosti hladno gvožđe u meso... O, ta ga misao još više razjari... A posle gaziti, gaziti... dugo gaziti, do uništaja... Da, ali on to ne može izvršiti, oseća da ne može, zna da nema toliko smelosti. Opet je bolji revolver. Gruni u njega iz prikrajka, pa kad padne i stane izdisati, priđi mu nek te vidi, nek sazna otkud dođe tane i nek se još više muči i strada.

Posle stadoše misli preletati i zaustavljati se na raznim drugim sredstvima osvete. Sve beše ispitano, u mislima provereno, i sve se pokaza nepouzdano, ništavno, lepo samo kao misao, da teši onoga koji strada, ali neostvarljivo, jer nema ko to izvesti. Gojko priznade sam sebi da nije u stanju izvršiti nijednu od tih misli, da nema dovoljno smelosti i odlučnosti za to, i u duši mu još jače zakipe i gnev i zloba na sebe sama... Što se takav rodio? Zar bi sa drugima onaj smeo tako postupati?... Ne bi ni pokušao, jer zna šta bi ga snašlo... A vidiš, kod njega pokušao... bez razmišljanja... Uđe i pravo za kamdžiju... zna ga da je bezmoćan kao dete, jadnik!... Gori mu, strašno mu gori desni obraz, oseća sva mesta kojima se bol i vatra pružaju, onako dužinom... to je izvesno pruga, masnica preko celoga obraza, pa još ako je modra.... Kako će sad u školu, kako će izići pred decu, a naročito pred ljude, ako naiđu?... O, da teška srama! Pa još ako je i ona sve to slušala... kao Stojan, jamačno jeste. I sve zbog nje!...

I on još jače oseća svoju bezmoćnost i uviđa jasno da nikome ništa ne može učiniti, da je rođen samo za to, da strada i trpi i da svaki ima pravo pričiniti mu stradanje, samo ako mu to savest dopušta... Osećajući to sve jače i jače, zaplaka se gorko, očajnički i pade na uzglavlje...

Neko grunu vrata, pokušavajući da ih otvori, zatim se začu glas:

— Nije ovde, zatvoreno je, vidiš...

— Kucni, bratiću, nek te čuje.

Gojko poznade Veljin glas odmah. Skoči i pođe k vratima, pa odjednom zastade u nekakvoj dvoumici. Beše ga sramota, teška ga sramota obuze... Kakav će izgledati pred ovim iskrenim drugom ovako sa masnicom na obrazu!... Ali se osećaše usamljen, bez igde ikoga, bez pomoći i saučešća... on zna da bi se i sam predveče krenuo Velji, rizikujući da i njegova žena ugleda masnicu. Ovako je bolje; došao je kao naručen. I on pritrča k vratima i otvori ih.

Velja uđe ćuteći, osvrte se po sobi i duhnu nosem.

— Phi, kako možeš u ovom smradu?... soba pregrejana, a on gle!... — pa priđe k prozorima te ih otvori, pogledajući uzgred Gojka, koji stajaše snužden, zbunjen, gledajući tupo kako mu drug otvara prozore i kako spolja jurnu hladan, oštar vazduh.

— Šta radiš ovo, za ime Boga! — viknu Velja čudeći se, pa ga svojski napade za ovu nečistoću. Beše mu teško odmah preći na glavnu stvar, pa mu baš dođe ovaj slučaj kao naručen.

— Ti ćeš se naposletku sav raspasti, istrunućeš u ovom smradu i đubretu. A ti, kakav si momak! — obrte se potom Stojanu. — Kako te nije sramota da se čovek ovako muči kod tebe živa!...

— More, gospodine, ostavi to. Kome je sad do toga!... Mi stradamo, ovaj... i kako ću reći, onogaj... kao dva mučenika. Jutros nas gaze, bratiću, i tuku kao stoku, kao ovaj... Ih, šta tu!... Kralju, bratiću, pravo ti Kralju! — obrte se on Gojku. — Pa ti njemu lepo tu masnicu pred oči: je l' tako ti meneka, gospodaru? rekni mu, pa se zaplači. Jăkako, bratiću!... Čuj ti samo mene. Pa kad se on začudi i zapita kako i šta je, a ti opet: što me ubi i osramoti, gospodaru, zašto onogaj ti tako jednoga takoreći svoga činovnika i podajnika, a?... Pa kad se on sit načudi, a ti onda okreni: što posla onoga paksijana da me ubije, i mene i mog vamilijaza?... Baš mu reci i za mene, neka zna... što? — viknu čiča i pogleda Velju, koji se spremaše da ga zaustavi.

— Dobro, dobro!... Idi ti sad malo u školu, grej se, pa ćemo te zvati kad nam ustrebaš — prekide Velja njegov monolog, koji u ovakovu raspoloženju ne bi imao kraja.

— Šta je to, more, bilo? Stojan dotrča k meni kao lud... jedva me pusti da ručam. Vazdan mi izbrblja koječega... Je li ovo doista od kamdžije? — zapita on, prišavši bliže Gojku, razgledajući dugu, crvenu masnicu. Glas mu zadrhta od uzbuđenja.

Gojko mahnu rukom... odjednom zatrepta očima, zatresoše mu se vilice i opet se zaplaka, jecajući kao dete.

Velja se namršti i prođe preko sobe.

— Jesi li lud?... Plačeš kao dete, kad te drugi biju... Ej, grešniče!...

Kad se Gojko stiša, Velja ga stade zapitkivati, te na taj način saznade kako je tekla cela stvar i radi čega se sve započelo. Beše mu naročito krivo, što je Gojko, poslušavši njegov savet, dopao ovakve bede. Osećaše tu mnogo svoje krivice... „Šta smo znali drugo raditi?", razmišljaše on u sebi. „Zar da gledamo mirno kako se svetinja školska beščasti, a zovemo se učitelji i radimo u toj školi. Ništa!..." Pa onda nastavi glasno:

— Ništa drugo nisi mogao raditi. Valjda nećeš gledati ravnodušno tolika čuda u školi i zvati se upravitelj. Nisu te hteli čuti... stradao si za svetu stvar... Pa lepo, seti se Husa i drugih. A mi ćemo već njemu... ne brigaj ti, čekaj samo dok smislim...

— Ja mu ništa više neću — prekide ga Gojko živo. — Mene ostavi. A vi tamo ako hoćete... kako znate...

— Ne boj se, ostavićemo te na miru — odgovori Velja, ne gledajući ga i misleći o nečem uporno. Odjednom stade i kao da se nečem domislio, uzviknu:

— Ha, čekaj... Zasad je i ovo dobro, a posle već, dok se dogovorim sa našima, radićemo ozbiljnije. Skoro ćemo imati zbor za izbor uprave, pa ću tada... Zbilja, jesi li se ti upisao u Učiteljsko udruženje?

— Ne znam kome ću ovde da se obratim, a do sad sam bio.

— Dobro, ja ću te upisati... Ha, čekaj — reče on, pa otvori vrata i viknu Stojana. Kad se starac pomoli iz škole, on mu naredi da donese mastilo i hartiju, pa se vrati unutra.

Posle pola časa, on savi jedno pismo i dade ga Stojanu.

— Pisarevu... onoga, njegovu ženu ti poznaješ?

— Znam je kâ tebe; kako je ne bih znao...

— A zna li ona tebe?

— Mučno, bogme... Mi smo ti, bratiću, ovaj...

— Dobro, to je dobro što te ona ne zna. Da ideš sad odmah u srez, pa se prvo izvesti je li se vratio kući onaj... Ako se i vratio, biće u kancelariji. A ti treba vešto da se prikradeš i da predaš ovo pismo njegovoj gospođi, razumeš? Ne smeš joj kazati od koga je... Reci prođe železnicom jedan gospodin, pa mi dade dinar i zamoli me da vam ovo predam. Pa odmah treba da šmugneš ovamo, da te niko ne opazi. Razumeš li?...

— Kako ne bih razumeo, lijepi bratiću... Još mi bride i glava i leđa, koliko se isprebijah, pa da mi je ko gođ i njemu da što učini.

— E ne brigaj. Ako to izvršiš kako valja, i njega će drugi makar izgrepsti, ako ga ne može istući. Hajde sad požuri.

Stojan ode, a Velja stade opet hodati, premišljajući o raznim planovima, koji mu dolažahu u glavu. Sa Gojkom se već nije moglo ništa govoriti, on beše neprestano zanesen, kao izgubljen, posmatraše sve oko sebe sumorno, besmisleno, apatično... Velja vide da ovde nema više nikakva posla, pa se spremi za odlazak.

— Nikud nemoj iz sobe izlaziti, dok god ti to ne prođe — reče on Gojku. — Metni mokru krpu, pa drži tako neprestano... nek izvuče... Ha! — priseti se on nečemu pa zastade. — Jesi li ti baš video da je akt iz Ministarstva... Ministrov potpis?

— Razume se, i svoju tužbu poznao sam...

— Hm, dobro, dobro... — mahnu on glavom, pa se pozdravi sa Gojkom i ode.

XIII

Ljubica je sad neprestano pravila takav inat Gojku, da se ovaj već nije smeo pojaviti pred njom. Čim ga opazi, ona se bajagi obrne Stojanu, iako čiče tu nema:

— Ju, kako lepo izgleda, kad se muškarac zakiti po obrazu!... Hm-hm-hi...

A Gojko samo ide, pognute glave i namrštena čela, ne osvrćući se na zajedanja.

Drugom prilikom opet uvreba Gojka, iako se ovaj neprestano krio od nje, pa će mu uzviknuti:

— Svaka ti se muka brine o svetinji školskoj!...

Ona htede još nešto reći, ali Gojku prekipe. Podiže glavu i pogleda je oštro, na licu mu ispisano gorko stradanje i umor. Odgovori joj vrlo lagano i hladno, kao da ga to nekoliko reči staju velika napora:

— Moja je dužnost da gonim razvrat i nevaljalstvo iz škole, a što stariji pomažu nevaljalcima — njihov je greh...

Izgovorivši to, opet pognu glavu, pa prođe pored nje u školu, čudeći se svojoj prisebnosti i zahvaljujući slučaju što mu se jezik tako odreši.

Ljubica planu, vrisnu i osu grdnje na njega, ali on zatvori vrata za sobom i nastavi rad.

Pisar dolazi na konju svakoga dana. Već ga sramota svraćati sudnici tako često, pa ulazi s konjem pravo u školsko dvorište, veže ga negde u zaklon, pa ide veselo u školu, gde ga Ljubica očekuje, neki put vesela a neki put neraspoložena.

Jednoga hladnog, turobnog dana policajac dođe neobično veseo, a i Ljubica izišla do stepenica u doček. Znala je da joj nosi kakav nakit, to joj je juče nagovestio, pa stoga beše veoma predusretljiva prema njemu. Donese joj lepu i skupocenu grivnu; ona se veoma raspoloži, a pisar uživaše samo, gledajući je tako veselu. On se zbiljski za nju privezao; zavoleo je kako nikad do sad nije voleo, i da mu ne beše dece, pomišljao je ozbiljno da beži sa njom u Ameriku, ili u Tursku.

A Ljubica? Ni sama ona ne zna šta je osećala. Znala je samo toliko, da je ne veže za njega ljubav, jer ona ne osećaše ljubavi. Ta ona je toliko čitala, da je ljubav nešto mnogo svetlije, uzvišenije... Seća se svojih osećaja za vreme poznanstva sa Dragutinom. O, to behu neki svetli dani, srećni časovi... ona se topila samo od jednoga pogleda, bila je blažena kad se rukovala sa njim, osećala se srećnom, mnogo srećnom! I danas joj srce jače zakuca kad se seti tih dana, a duša se zanese u slatkim snovima...

Pisar i Ljubica veselo priželjkuju u toploj sobi, šapućući jedno drugomu o ljubavi i sreći, a u to vreme dojuriše sokakom jedna kola i zaustaviše se daleko od školskih vratnica. Iziđe iz njih jedna slabunjava, suha žena u varoškom odelu, otvori lagano i oprezno školske vratnice, prođe brzo preko dvorišta i uđe u hodnik. Stade da se pribere. Beše se veoma umorila i uzbudila. Priđe k vratima i oslušnu. Čuje se muški glas, pa odmah za njim detinji. „To je učitelj... onda će ovo biti", veli žena u sebi i prilazi drugim vratima. Ne čuje se ništa, ama baš ništa!... Stoj, neki pokret i zvuk... kao da se ljube?... Jest, poljupci!... i sluh se još više povinuje razdraženoj ženskoj uobrazilji, pa joj stvara tako jasnu predstavu, kao da ona sve to očima gleda. „Još ako budu zaključali vrata?... ej nezgode!... A onaj piše da se ne zaključavaju svakad..." Polako, kao senka, pritište bravu i gurnu...

vrata se lagano pokrenuše. Ona promoli glavu, pa najpre ne razgleda dobro; beše uzbuđena, pa joj samo sevaju nekakvi koturovi pred očima. Kad razgleda bolje, ona se najpre trže i ustuknu... nekakav strašan bol steže joj srce, ona htede vrisnuti, ali se pribra i opet proviri...

Njih dvoje sede na stolicama jedno uz drugo, zagrljeni, priljubljeni, opijeni strašću. I na jači zvuk mučno da bi ovoga trenutka svrnuli pažnju. On previo Ljubicu preko naslona, glava joj zaturena, pa pripao punačkom vratu i ljubi... Žena jurnu kroz vrata i stupajući na prstima, s podignutim rukama, iđaše kao mahnita... Ljubica, kako joj beše slobodna zaturena glava, ugleda je odmah i samo raširi oči... Sevnu joj u glavi da je to njegova žena, i ona već pretpostavljaše revolver u njenim rukama... Strah joj oduze snagu, ona ne mrdnu ni rukom, ni glavom, ničim... samo gleda besmisleno kako ova zamotana prilika prilazi sve bliže, kako joj gleda pravo u oči strašnim, zverskim pogledom, i opet ne može da se odvoji od njenih očiju, nego gleda, gleda, gleda...

„Sad će da plane... evo, tek što nije... Prvo će njega u leđa, pa u mene... Eno ga, jest, revolver... Mati... otac... Stanka... moja mladost!...”

Ali umesto revolvera padoše na pisareve obraze dve suhe koštunjave ruke sa oštrim noktima i zabodoše se duboko u meso... Razleže se vrisak po sobi... Pisar se izvi, i dok se on obrte da vidi kakvo je to čudo, one suhe ruke padoše na Ljubičine jabučice i za trenutak obli joj krv celo lice.

Pisar skoči i dohvati razjarenu ženu za ruke, ali poznavši je, odjednom pusti njene ruke i stade se osvrtati oko sebe, kao da je nešto izgubio... Ljubica sedi na stolici kao okamenjena, čak joj i glava ostala još malo zaturena, a ona samo gleda to uvijeno čudovište, koje joj je ovoga trenutka strašnije od svega na svetu... Srce joj stalo, čini joj se i da ne diše, i najbolje bi bilo kad bi sad odjedanput umrla, to bi najvolela. „I što ne puca... šta čeka vazdan!...”

Pisar se obrće, nešto muca, hteo bi da progovori, ali žena mu opet vrisnu pa osu čitav pljusak grdnje na oboje, naročito na Ljubicu. Palanački rečnik je za ovakve razgovore veoma bogat, te se i Ljubici dade prilika da čuje što novo i neobično, ali ona ne beše u stanju da razume sve što se oko nje zbiva. Neke strašne reči ujedaju je za samo srce i izazivlju crvenilo na licu, koje se već sve obojilo krvlju, ali ona ipak gleda tako, kao da se taj govor nje ne tiče, gleda preplašeno, začuđeno, unezvereno, pitajući se u sebi: kako to odjedanput uleti beda u njenu školu, da joj pomuti zadovoljstvo? I šta je to te se pisar tako spleo, zbunio?...

Pisarka ugleda otvorenu kutiju sa grivnom, dočepa je, sklopi i metnu u džep, pa ciknu pomamno:

— Ha, tako ti!... deca idu bosa, iscepana, a on kupuje svojoj... — i opet se prosu pljusak grdnje, dok se u tom nastupu ne upletoše njene ruke u kosu svoga muža... Pisar se odbrani, a ona kidisa na Ljubicu... Začu se samo jauk Ljubičin od bola, pa onda njen histeričan vrisak...

Pisar se prenu: vidi da ovako neće nikad biti kraja skandalu, pa dohvati ženu za ramena i izgura je napolje. Srećom, Stojan se ranije ukloni u stranu, te se ne ponovi onomadašnji slučaj. Gojko stajaše na vratima, bled, osećajući neku divlju radost i zadovoljstvo, a ne smejući to ničim pokazati. Čim se otvoriše vrata i na njima se pojavi pisarka, on šmugnu u svoj razred, pa se zaključa. Svrši se tragedija!...

Ljubica iziđe na vrata i stade, ne videći ništa oko sebe. Beše strašno pogledati je. Lice sve krvavo, kose razbarušene, počupane, vise čitavi bičevi iščupani iz korena.

— Stojane, daj mi vode da se operem — prošapta ona, videvši Stojana kako je gleda nemarno.

— A onaj ode, bratiću, još čupaviji i gori; zaboravi da se umije — reče on, smešeći se.

I Gojko iziđe u hodnik, pa pogledavši Ljubicu prezrivo, dobaci joj:

— Sad i sami jamačno uviđate, da sam imao prava brinuti se o svetinji škole.

Ljubica planu. U takvoj nesreći i stradanju nađe se još snage za teranje inata.

— I ovo je, znam, vaše maslo!... Platićete!... — reče ona, pa se ogrte i ode preko dvorišta.

— Eto nam sad nove bede — reče Gojko, plašeći se. — I kud me đavo navede da je diram!

— Nije trebalo — odgovori mu Stojan. — Kad god se anateme tuku, sklanjaj se ispred njih, da sačuvaš svoju glavu. Tako je to, bratiću moj!...

— Neka, dosta sam i ja patio, pa da gledam jedared i njeno stradanje.

— A ti, čini mi se, ne vide pisara?

— Ne. Što?

— Više je okrvavljen od nje. Zaboravio na to u zabuni, pa samo uskoči na konja i ode.

Gojku opet zasija radost na licu. Seti se Velje sa zahvalnošću. Istina, srce mu opet zebe od kakve nove bede, koja ga može snaći, i on već pretura u glavi razne kombinacije, ali mu ne dolazi na pamet ništa tako strašno.

XIV

U sudnici sede predsednik, ćata i trojica odbornika, pa nešto veoma živo i poverljivo pretresaju. Bogosav je u razgovoru, a već i inače, vazda glavno lice, pa se dao u objašnjavanje situacije prisutnima. Slušaoci izgledaju veoma brižni, pognuli glave, pa samo mahnu njima ponekad u stranu, počešu zatiljak i opet ćute i slušaju. A ćata se raspričao uveliko:

— Istina, i Nikolče sinoć dođe iz Beograda; i on je obišao neke... — i ćata imenova neke glavnije političke radnike. — Njemu svi rekoše da su to samo tek 'nako... prazni glasovi...

— Nadlaguje se svet, more — reče jedan odbornik.

— A 'nako veli... — nastavi ćata — Ministri su veseli, niko i ne sanja o promeni.

— Jok, odseče predsednik. Ja znam što znam: od danas za dve nedelje biće promene, pa mi odsecite uši, ako to ne bude... Poznajem ja po ovima ovde: čim se oni ustumaraju svaki čas u Beograd, pa se otud vraćaju veseli, odmah znam šta će biti.

— Istina jest, i po selu su se rastrčali — prihvati odbornik.

— More, selo... šta selo!... Selu je svejedno: bio mu na vratu ja ili onaj Đokić — odseče predsednik. — Nego ti, Bogosave, požuri sa onim zavođenjem naplata i rashoda, pa da svedemo račun. Ne sme se dulje čekati, jer kad dođu oni, pa zasednu, neće me minuti buvara.

— Šta ćemo sa školskim prirezom? — reče pisar malo tišim glasom. — One letošnje opravke i nabavke, to ti je sav izdatak. Ovi dvoje nisu primili kvartirine ni pare.

Kmet obori glavu neraspoloženo, kao krivac kad se uhvati na delu.

— To ćemo već ja i ti nasamo... videćemo. A dede da vidimo to sa učiteljem. Baš me tu Pera navlači na zlo, vidim... Da apsim, ni kriva ni dužna čoveka, i to sad baš, pred promenu. Mogu i odgovarati...

— Kome?... — prihvati pisar. — Eno dva svedoka čekaju. Sve će to da ide po zakonu, ne brini ti.

— Dobro... — oteže predsednik. — Ti već znaš kako mu to ide, pa samo gledaj da ne bude posle valinke.

Posle jednoga časa otpoče suđenje. Uvedoše uplašena Gojka i ćata mu stade postavljati pitanja. Optužuju ga za „oporočavanje vlasti”.

Gojko se još više zbuni; stade nešto mucati, odgovarati, ne znajući ni sam šta govori. Dovedoše dva svedoka i ispitaše ih. Gojko vide da tu nema šale, pa se pribra i stade se braniti, ali mu to ne pomože. Čak ne pomože ni to, što svedoci nikako ne mogu da se tačno sete dana, kad je Gojko grdio vlast, nego samo tvrde da je to bilo onomad... nekako tako... ovih dana. Posle pola časa za Gojkom se zatvoriše apsanska vrata i zarđala reza škripnu oštro...

Gojko se osvrtaše oko sebe unezvereno, drhćući od straha i uzbuđenja. Noge mu upadahu u nešto meko, sitno, on pogleda oko sebe, po podu beše samo stočno đubre. Ozgo sa krova zjapi široka badža, kroz koju prodire svetlost, nu osim nje ima i jedno okno, isečeno u brvnu, a ni brvna ne behu dobro sljubljena, te u njegovoj tamnici beše dovoljno svetlosti. Ne može još da se pribere od straha. Noge mu drhću, i on se jednako osvrće oko sebe, očekujući kakvo novo, još gore zlo.

„Šta je ovo?... ima li u svetu pravde i istine!... Dokle će ova stradanja i muke?... Bože, ima li te!...”, uzvikuje jadnik očajnički, pa seda na jedan veliki kamen, koji je valjada naročito radi toga i namešten uz brvna, oslanja se leđima uz drvo i podiže glavu, gledajući kroz badžu plavo slobodno nebo... Oči mu se prikovaše uz to čisto plavetnilo, i on se zanese, gledajući i misleći... Preleti poneki srebrnast oblačak, pronese se tiho, nečujno, preko nedogledne pučine i rasturi se tako u visini, pa opet nad badžom zatreperi čisto nebo, obasjano blagim zracima. Ali je ipak hladno, veoma hladno... Sneg se beli po okolini i oštra studen bije po licu. „Valjda me neće dugo držati?... Smrznuću se. A ako me ostave da prenoćim, a ovakova vedrina!...” I on je gotov da vikne iz svega glasa, ali se još uzdržava, jer ga je sramota od seljana, koji su se okupili pred sudnicom.

Noge mu veoma zebu... Ustade, pa poče brzo hodati, ali kad pruži korak, taman ima prostora da korači četiri puta. Ide unaokolo, ukršta sredinom, samo da se zgreje. Oseća i glad, glad u želucu, ali zna da ne bi mogao ništa u usta metnuti.

Posle podne, kad se raziđoše kmetovi i seljani, premestiše ga u sudnicu. Tamo, sa opštinskim pandurom sede on uz toplu peć, nasloni glavu na dlanove i ostade tako kao ukočen do mrkloga mraka; niti kud pogleda, niti se osvrte, ni progovori. Pandur ga najpre stade tešiti i pričati mu kako je svaka sila za vremena — a to je velika sreća, jer da je večna — zlo! I kakvih ti vlasti i kmetova on nije promenio pa ništa... oni se ređaju jedan za drugim i prolaze, a on sa svojom sakatom rukom polako vrši posao... On i ćata ne menjaju se. Posle udari u zapitkivanje, ali Gojko i ne mrdnu glavom, kao da je mrtav, kao da ne čuje i ne oseća šta se oko njega radi.

— Jesi li gladan, gospodine? Da idem da kažem Stojanu nek donese štogod za jelo?...

Opet ćutanje... Pandur mahnu glavom, osvrte se oko sebe i pogleda na prozor. Beše mrak. Taman on smišljaše da se krene do predsednika, a spolja ga zovnu oštar glas. On iziđe brzo, jer poznade predsednika.

— Pusti toga čoveka, nek ide kući. Neću da ga uzimam na svoju dušu — viknu kmet ljutito.

— Dobro... nego znaš... da se ćata što ne ljuti? — promuca pandur bojažljivo.

Kmet opsova krupno i ćatu i pandura, pa se odjednom nadviri u mračnu zgradu.

— Učitelju, idi kući sad, pa znaš onoga... molim te, sklanjaj se od onoga Pere za ovo koji dan. Neće ti on dugo tu vršljati, ne boj se. Pečeni smo i ja i on... Nego, znaš, pričuvaj se... nešto je na tebe mnogo ljutit.

Gojko ustade, ćuteći, prođe pored kmeta i ode u školu. Beše jaka pomrčina, ne vidi se ništa, ali on polako, pipajući oko plotova i spotičući se, dođe do svoga stana, koji beše osvetljen. Stojan ispade pred njega, i mašući živo rukama, stade vikati:

— Ima Boga, bratiću, kažem ja!... Umrla!... kâ svaka stoka, i bez sveće i bez ispovesti...

— Šta govoriš ti!... Ko je umro?... — dreknu Gojko razrogačenih očiju, stegnuvši starca za rame, gledajući zažarenim očima u njegovo lice, da bi otud još pre odgovora pročitao strašnu vest...

— Ona, bratiću, ona... učiteljka... Sad dotrča Stojino dete, i ja taman da pođem, a ti uđe. Preturi se, veli, odjednom, samo se požali da joj mrkne sves'... pa pljus!...

Gojko samo oseti kako se na njega sruši cela kuća, i nebo, i sve... Kao da mu neko iščupa srce i odnese... ostade na tom mestu samo pusta praznina. On oseti da je ostao usamljen za večita vremena, jer mu nestade onoga što mu je ispunjavalo životom srce i dušu. Ukratko, on oseti da mu je Ljubica, pored sviju čuda i stradanja, draža i milija od svega na svetu... Samo mu sinu ta misao kroz glavu kao elektrina, on oseti bol u srcu, pa se odjednom okrete i viknu Stojanu:

— Potrči!...

Zapljeskaše bare od kaljavih nogu, koje padahu u njih kao kamenje... Gojko zinuo pa trči iz sve snage, a za njim se spotiče i pada Stojan, psujući mrtvu učiteljicu i čudeći se ludom Gojku. „Šta mu je, pobogu, braćo?", pita se čiča u sebi, kasajući za Gojkom i dišući teško. „Šta mu bi odjednom!... Polude, svete mi Petke!... Kâ da mu je sestra, iliti žena... Mišljah i on će se preturiti od žalosti... O, časni ga, i te žene!..."

A Gojko samo trči i u glavi mu samo jedna crna misao, koja je pokrila sobom sve, i život, i osećaje, sve, sve... „Sve izgubih, što god sam imao!..."

Evo ovoga plota... eno vratnica... nije nikad do sad odlazio u njen stan. Šta je to?... ne čuje se kukanje... Noge mu se odsekle, on trči preko dvorišta, ali mu se čini da mili kao bubica... Brže, brže... ah, proklete noge, izdaju... baš sad. Evo ga unutra u kući. Zvera oko sebe i vidi nasred kuće plamen, veliki, svetao, topal. Ćutanje... Neko se pomače, ustade, on obrte glavu. Jedan dečko stoji i gleda ga...

— Gde je... soba... Ljubica? — viknu Gojko i odmah spazi jedna vrata i jurnu tamo. Za to vreme čini mu se da čuje dete gde govori:

— Povratila se... bila joj mrkla sves'...

„Šta ovo... ko se povratio?...", pita on, otvarajući vrata na sobi...

Plamičak lojanice slabo osvetljava malu čistu sobicu, bacajući zrake na krevet u jednom uglu, nad kojim se nadnela stara suha žena, pa nešto trlja, vuče, šta li radi. Vidi se i pokrivač i pod njim neka nejasna masa... On prilazi i odjednom jasno razlikuje dva crna oka, koja su se upila u njega, pa ne trepću... Jes', to su ona dva oka, što ih samo on zna i niko drugi... Gle i lice se vidi, eno one ogrebotine, još se crvene i kvare izgled lica. No gle, šta je ono?... vidi li dobro... to se lice smeši i smeši se baš na njega... Pa to je Ljubica, jest... živa!... On stade, okrete se oko sebe i odjednom oseti kako se penju valjci uz grlo, oseti da će sad zaplakati... Kao da i Ljubica to opazi, pa se najpre začudi, a zatim se opet nasmeši i progovori mu tiho:

— Nije ništa, eto... bila nesvestica... i sad me glava pomalo boli...

Gojko zatrese plećima i iziđe iz sobe, ne rekavši nikome ni reči. Stojan stajaše uz plamen, grdeći onoga dečka što ih namuči uzalud. Vratiše se odmah kući. Gojko sede na krevet i zamisli se, a Stojan gledaše sve čudnije, vrteći glavom, kao da bi rekao: „Ovo nisu čista posla!..."

Sutradan Gojko ustade turoban; čim se seti sinoćnje patnje, namršti se još više. Od onomadašnjega boja Ljubica ne dolazi nikako u školu, ali se on živo bojao da ne dođe danas. Dobro joj... one ogrebotine još se istina crvene, ali to ne mari. Sinoć malo nesvestice, i to nije ništa... ženska posla!... I baš će jamačno doći! Pa šta da radi on? Ništa, kao i do sad... ćutaće i gledaće svoj posao. A ono sinoć?... Eh, pravo kaže Velja: plače ko strina!...

U takvim mislima ode u školu. Prvo svrnu u Ljubičin razred; deca behu na okupu. Dade im čime će se zanimati, pa ode u svoju školu. Radio je ceo dan, pogledajući kad će se pojaviti Ljubica, ili drugo štogod neprijatno. Već se navikao na stradanje, pa ne može da zamisli dan, koji bi mu prošao na miru. Srećom, danas se ništa ne dogodi. Uveče se dogovori sa Stojanom da sutra rano pozovu Velju. Izređaše se toliki događaji, a njega još nema.

A Ljubica leži, ili sedi po ceo dan. Od sinoćnje nesvestice oseća se veoma slaba, jedva se kreće. Volela bi da iziđe do svoje dece, i nešto je jako vuče, ali čim stane pred ogledalo, trgne se, jer vidi da se mora još sedeti. Prokleti nokti!... celo joj lice izbrazdano, pa to sad zarašćuje, ali je lice još grdno.

Ide po sobi i misli o svemu, što joj pređe preko glave poslednjih nedelja. Sve je odvratno, strašno, neprirodno... Čudi se šta joj bi, kud ode pamet. Znala je za njegov položaj i domaće okolnosti, ništa je nije privlačilo k njemu; samo ona nezgoda novčana... ali valjada nije to? Ona se zamisli i ne dođe ni do kakva rešenja. Zna samo da je nekako zažmurila, zanela se, opila... i pala u propast. Posle je nastupila odvratnost prema svemu, gnušala se sama sebe i svega... Posle, kad se dovoljno nastradala, postade ravnodušna prema svemu, bilo joj je svejedno...

Ali joj se onomad otvoriše oči, kad stade živa žena između nje i njega i s pravom podiže ruku na njegovo rame, a on, onaj besni i razuzdani policajac, oborio glavu, pa ni prosloviti... Tada Ljubica vide šta je uradila, uvide kako je daleko zašla, i toga trenutka u njoj se stvori stalna odluka: da se sve kida, da se živi pređašnjim životom, da se izbegavaju, po cenu života, ovakvi postupci.

Drugi dan Gojko taman iziđe iz Ljubičina razreda, a vratnice se otvoriše i na njima se pokaza, sva uvijena, Ljubica. Iđaše polako, pogurena i oborene glave, kao bolesnik, kome se još nije snaga povratila. Čim uđe u razred i vide šta su deca radila za vreme njenog odsustvovanja, odmah posla dete k Gojku, moleći ga da dođe njoj. Gojko odmah dođe, ali mu i lice i celo ponašanje beše suviše službeno; njegovo lice kao da pita: „šta želi gospođica učiteljica?"

Ljubica mu odmah priđe i, klimnuvši glavom, promuca:

— Izvinite... što nisam ja k vama došla... mrzi me pred vašom decom... Hvala vam mnogo, što ste radili s mojom decom...

— To mi je dužnost — prekide je Gojko oštro, gledajući u stranu.

— Znam... ali opet... Hvala vam i na poseti... — zape Ljubica i pogleda ga sa neprimetnim osmehom.

Gojko se sasvim zbuni, pocrvene kao da je uhvaćen u kakvoj velikoj krivici, mrdnu očima levo i desno, promeni težište s desne noge na levu, pa opet vrati na desnu, i najzad stade rukom trebiti gustu bradu. A Ljubica nastavi:

— Bilo mi je vrlo rđavo, mislili su da sam umrla, pa su i vama tako kazali... Ali je prošlo sve... Sad vas molim da mi oprostite sve... što sam vam učinila... Ni sama nisam znala šta sam radila. Sad znam i razumem, ali dockan. Tek gledaću da od sad bude sve drukčije, da vas slušam — ona naročito udari glasom na ovu reč — i... da se slažemo... Molim vas, oprostite mi! — Ona pruži ruku i korači unapred.

A Gojko sanja... nikako da dođe k sebi... Ne može da razume ove neobične i neočekivane reči, i sve misli da to nije java, no laki, varljivi san... Razli mu se po licu rumenilo, projuri kroz njega neka prijatna toplina, i on veselo steže onu ruku, koja mu je toliko stradanja i muka pričinila. Samo ne mogaše ništa progovoriti: steglo ga nešto u grlu, pa jednako golica, i on samo gleda priliku i zgodan trenutak da što pre izleti iz razreda, da se ne osramoti pred decom. Promuca nešto, ne razbirajući ni sam šta govori, pa se odjednom brzo obrte i iziđe iz škole.

Ljubica pogleda za njim, pa se osvrte deci veselo, i otpoče rad.

Velja ih zateče na poslu; uđe u Gojkovu školu i, pošto iziđoše deca, stade slušati zapleteno i nejasno Gojkovo pričanje. Kad ovaj stade pričati o jutrošnjem razgovoru sa Ljubicom, Velja se poče krstiti i smejati.

— Ludaci!... pravi ludaci! i ti i ona... Ne zna se koje je luđe od vas dvoje. I ti juče cvokoćeš u zatvoru od zime, a danas joj pružaš ruku!...

— Šta ću?!... Da teram dalje, meni je gore...

— More, vidim ja sve: ti bi se i sad smatrao za najsrećnijega, kad bi ona pristala da bude tvoja žena, a?... I Velja ga pogleda tako, kao da bi hteo naći potvrdu svojim rečima na njegovu licu.

Doista, Gojko pocrvene, zbuni se i stade se vrteti, kao god jutros pred Ljubicom. Htede nešto reći, ali ga Velja prestiže:

— He, dikane moj, kažem ja!... Gle kako se postideo k'o nevesta! Ha-ha-ha...

— Koješta!... Nije to... — promuca Gojko, pa se još više zaplete. — Znaš, brate, u jednoj smo zgradi, pa mi je baš teška ova svađa...

— Verujem, golubane moj, verujem... Ha-ha-ha... Zbilja romantično!... Prelesna djeva kuša postojanstvo zaljubljenoga junoše, baca ga u tamnicu, muči ga, pa kad se uverila da njegovo srce kuca samo za nju, pruža mu ruku!... Ha-ha-ha... A on, šmokljan...

Utom se vrata otvoriše naglo, i Stojan uđe.

— Evo pandura iz sreza... Zove te da iziđeš.

Iziđoše obojica, pogledajući se značajno.

— Šta je, rođače? — zapita Velja pandura, koji stajaše pred stepenicama, držeći konja za uzdu.

— Učitelj Gojko da ide sad odmah sa mnom u srez, zovu ga... Evo i poziva.

— Hm... on se potpisao — šapnu Velja.

— Dobro, zemljače, idi ti sad. Doći će gospodin.

— Jok, meni je rečeno da ga dopratim.

— A, dakle stražarno! Kaži ti gospodinu Peri da ovaj čovek nije skitnica, nego državni činovnik i reci mu...

— Ne mešaj se ti, brate, u tuđ posao, dok nisam i tebe... onogaj...

— Marš odatle, bezobrazna životinjo! — dreknu Velja i stade se osvrtati da nađe svoju batinu.

— Hoćeš li da ideš ti, učitelju? — osvrte se pandur Gojku, koji stajaše bled, drhćući kao prut.

— Doći ću sam... Kaži... gospodinu.

— Nema tu sam, nego napred! — viknu pandur oštro, pokazujući mu mesto pred konjem.

— Zar on još tu drobi! — viknu Velja, idući k njima sa batinom.

— A, tako li se dočekuje vlas'!... Bunt!... Komuna!... — dreknu pandur, uskoči na konja, pa kao strela odlete u sresko mesto.

Oba učitelja zinuše od čuda, prebledeše obojica i opet se zgledaše. Velja se prvi pribra, namršti se i progovori:

— Ovaj će načiniti vašar! Nego ti sad odmah idi u srez, ali nemoj nasipom, nego udari preko Jasenovca, pa se javi samo kapetanu. Ispričaj mu sve, ali razumeš — sve... Samo gledaj da te onaj zlikovac ne opazi. I ja odoh do kuće; ko zna šta može biti!... A nemoj tamo da se zbuniš. Kapetan je dobričina; ne boj se!

Iziđoše obojica zajedno iz dvorišta, pa se onda okrenuše svaki svojim putom.

Kad Gojko stiže u srez, kapetan taman izlazi iz kancelarije. Videvši zbunjena Gojka kako se osvrće u neprilici, ne znajući da li da mu priđe ili da se ukloni, kapetan ga oslovi:

— Ko ste vi? Šta tražite?...

— Učitelj orlovički... Gojko Savić... Do vas... malo poslom... Vrlo nužno — stade mucati Gojko, savijajući i gužvajući šešir u rukama.

— A, vi ste to! — uzviknu kapetan sa očiglednim interesovanjem, kao kad se mnogo naslušamo o nekome, pa nam se da prilika da se upoznamo. — Izvolite! — reče on, vraćajući se u kancelariju i puštajući za sobom preplašena Gojka.

— Šta je to bilo kod vas s pandurom? Sedite — reče on blago, pokazujući Gojku mesto.

Gojko mu, koliko mogaše u onom strahu, ispriča šta je bilo.

Kapetan zazvoni, uđe žandarm.

— Kaži gospodinu Peri da ne izlazi još. Zvaću ga.

Žandarm se obrte vojnički, iziđe i zatvori vrata lagano, a kapetan se okrete Gojku.

— E, sad vas molim da mi opširno ispričate sve događaje, otkad je počeo tamo dolaziti gospodin Pera, kod te vaše... učiteljke. Mi smo ovde tek onomad saznali, kad se vratila gospođa Zorka otud iz sela, posle onoga boja... — i kapetan se osmehnu, očekujući radoznalim pogledom da Gojko počne pričati.

Gojko se u početku spletao, mucao, ali mu se posle razdreši jezik i on dosta živo ispriča gotovo sve, što se moglo pomenuti.

— Zašto niste došli k meni ranije? Što ste trpeli toliko zlo bez nevolje?...

Gojko pocrvene, saže glavu, pa promuca:

— Svi kažu da je on sila u srezu, da mu niko ništa ne može...

Sad dođe red na kapetana da pocrveni i obori glavu.

— Hm... koješta!... A šta sam ja ovde?! — viknu on, dižući se. — Sedite, sedite vi tu, dok se ja ne vratim — reče on Gojku, koji takođe beše ustao, pa iziđe iz sobe.

Gojku malo odlaknu kad ostade sam. Skide mu se čitav teret s glave, ali ga ipak ne ostavljaše strah sa kojim je došao ovamo. „Šta li će biti? Kud ode sad? Da li će ga zatvoriti, i zašto?... Jamačno ode onome... da i njega pita, pa posle?... hm... posle će me valjda zatvoriti. Može me napasti onaj pandur... jest, tamo u zatvoru tuku!... Ali neće, neće... vidim ja kako kapetan sluša moje pričanje, i sve se ljuti na onoga... Gospođa Zorka im, kaže, pričala... Vidiš ti kako je oštra! Ne žali muža, nego ga sama bruka... Kako je lepo ovde, gledaj!... Ovaj nameštaj, pa razne sitnice, zvonce... Što ja ne odoh u policiju?... Doterao bi do kapetana... pa sednem onako u onu duboku naslonjaču, pritisnem dugme... zvrrr... uleti žandarm... Zovi mi... hm... koga ću... a, zovi Velju učitelja iz Brezovca.” I Gojko razvukao usta dužinom cele vilice, smejući se prizoru kad Velja uđe i vidi ga kao kapetana.

Uđe kapetan, ljut. Gojko skoči, iznenađen, i umalo ne dreknu, jer se beše sav zaneo u mislima. Kapetan mu onako s nogu reče blago i prijateljski:

— Idite, gospodine Gojko, kući, pa gledajte svoj posao... Neću ni da vas pitam da li ste doista govorili protiv vlade... — kapetan zateže ovde — jer sam uveren, a i čuo sam da ste miran čovek... — on opet zastade, očekujući Gojkovu reč.

— O, gospodine... nikad, i ne sanjam...

— Dobro, dobro... verujem. Onom vašem drugu iz Brezovca recite da se čuva od pandura... To je, znate, čudan narod... hoće da naplete svašta. A učiteljica, velite, trgla se?

— Da, da... — potvrdi Gojko tako živo, da se kapetan morade osmehnuti. — Sad će raditi ozbiljno... sasvim se trgla... sasvim!...

— E dobro, dobro... Zbogom! — i kapetan ga propusti pred sobom.

Kad se Gojko nađe na ulici, dahnu slobodno, pa okrete žurno, pravo ka Brezovcu.

XV

„Pala vlada!", zahori se po varošima i palankama, pa lagano dođe odjek toga glasa i u sela. Časništvo orlovičke opštine dalo se na posao — one obične stvari koje se vrše pred seobom.

Đokić, prvak protivničke grupe, došao k sudnici, veseo, sa nekoliko svojih prijatelja, pa zadirkuje predsednika i šali se sa seljanima. Ćata pogleda masnim očima Đokića i sprema se za dvorbu.

— Gledaj, bre, nemoj da ostaviš koju naplatu nezavedenu, kao pre, pa posle da te gone policajci — žuri Đokić predsednika.

— Polako, more, čekaj... Znaš koliko sam ja tebe čekao na računima — odgovara predsednik, smešeći se. — Đavolja posla ovi računi!

— A hoće li biti što na jašanciju?

— Koliko si ti nama dao pre, toliko ćemo sad i mi vama.

— E, ne možemo tako. Mi smo vladali samo devet meseci, a vi po više od godine!... Moj rođo, tu se dobro nakrmilo, pa će biti poviše i za otkup.

U Orlovici postoji lep i miroljubiv običaj: časništvo opštinsko kad odstupa, otkupljuje se novom časništvu dobrom gozbom, da ne bude „malo projahano". Prema tome, i količina troška na gozbi određuje se dužinom vremena, provedena „na vladi".

Dođe još jedan od Đokićevih prijatelja; reče da ide iz sreza.

— Otpušten Pera pisar depešom... Svi u srezu to govore... vele izvesno — reče on, zaduvan i umoran.

— E, kad će pre! Tek je treći dan od promene — primeti Đokić.

— Šta se buniš, more... kom ga vezeš? — odgovara mu predsednik. — Što ste vi juče išli u Beograd, nego zato. More, njemu se to znalo... zarađeno je.

Dođoše ovi glasovi i u školu. Gojko do sad nije nikad obraćao pažnju na promenu vlade. „Šta imam da se plašim ili veselim", mislio je ranije. „Ja moram da radim, a oni gore moraju da vode nadzor nad nama. Kad ne radim, zna se šta me čeka, pa ma ko bio gore. Ta mlađi smo, pa se mora slušati!..." Ali sad oseti kako mu spada veliki, ogroman teret s glave... Sve zlo, koje ga beše pritislo kao teški kamen, odjednom spade, nestade ga, i on se oseti slobodan, srećan; nema više stradanja, nema dosadanjih muka, sve ode, kao kad grane jarko sunce i razagna gustu maglu... Da se živi!... da se živi!...

Gojko, nešto iz radoznalosti a nešto zbog oskudice, ode do sudnice, da pokuša prečistiti račune sa dosadanjim predsednikom, a i da čuje šta se govori o promeni. Predsednik ga dočeka zbunjeno, kao krivac, a Gojko već malo podigao glavu i gleda predsednika pravo u oči, kad mu traži kvartirinu.

— Sto ti čuda, moj učitelju, imam sad na glavi, pa ne znam kud ću pre. Daću sve račune novom kmetu, pa ti gledaj posle sa njim...

— Odi ovamo, gospodine učo — viknu ga Đokić, sedeći u pročelju. — Nema tu sad ni cvonjka, sve su braća oglodala... Čime bi se kmetovi troškarili, da nije školskoga prireza? Nego vi očeknite dok mi dođemo, pa ćemo vas lepo namiriti. Nismo mi, onako reći, zlikovci... da zatvaramo učitelja svoje dece... 'nako bez krivice, po tuđoj poruci. Kod nas um je, brate, sloboda!...

Predsednik promoli glavu iz zasedanja, razdvajajući neke hartije.

— Za prirez što veliš... niste ni vi bolji. Čekao sam te godinu i po, dok nisi izmirio manjak. A za ono zatvaranje imaš pravo. Ja nisam ni poslušao sve kako mi je rečeno, ali opet sam pogrešio...

— Šta si me čekao, more... za koliku sumu?... A za koliko sam ja tebe čekao, a?... A koliko će sad biti?...

Predsednik se malo zbuni, pa šmugnu u sobu. Gojko ostade još malo da čuje razgovore o novoj vladi, pa se zatim diže i prođe kroz selo. Kad beše pored poznatoga plota, htede pogledati udesno, ali mu se učini da neko stoji na otvorenim vratima, pa pognu glavu i htede proći.

— Gospodine Gojko... molim vas, pričekajte — zovnu ga Ljubica s praga, i uputi se k njemu.

On se zbuni i gotovo htede proći, čineći se da ne čuje Ljubicu, ali se ipak zadrža, očekujući s nestrpljenjem da ona prva progovori. Nije mu neprijatan ovaj sastanak, naprotiv... ali bi on ipak rado produžio put, samo da ne mora odgovarati na njena pitanja.

— Jeste li bili do sudnice? Šta ima novo? — zapita ga ona običnim tonom, koji odgovara drugarskom razgovoru, pa iziđe na vratnice i stade pred njega.

— Bio... jest, bio sam... zbog kvartirine. Ni vi niste još ništa primili, kažu mi kmetovi.

Ljubica se začudi, htede mu reći da je primila skoro za celu godinu, ali se uzdrža, znajući da će mu to biti neprijatno, a i ona izbegavaše svaki razgovor, u kom bi se moralo pomenuti ime pisarevo.

— A novosti... već onako... Priča svet svašta, ne može se svemu verovati: te ne znam onaj otpušten depešom, te ovaj će biti pensionovan... vazdan tako!...

Ljubica ne zapita o kom se to govori da je otpušten, jer je nagađala, a i poznala je po Gojkovu izrazu lica. A Gojko joj ne reče to s naročitom namerom: da vidi hoće li odmah sama zapitati i šta će raditi kad čuje. A ovako, kad Ljubica ućuta, bi mu nezgodno: šta da radi?... o čem sad da govori?... Baš bi joj rado sam saopštio ko je otpušten, ali... nezgodno!... „I ona bi se naljutila, opazila bi da se radujem. Pa što?... baš da vidim šta će raditi, a?..."

I on se stade predomišljati... „Neka, bolje da je ne diram", reče u sebi, pa stade prstima češljati bradu.

— Govore li što za kapetana, da neće i njega?...

— Kažu, biće premešten. Dobar je čovek... mnogo dobar; svima je u volji.

— Eto, sad i mi počeli da raspitujemo za politiku — reče Ljubica, smešeći se.

— Ja moram, a drugi... ne znam — odgovori Gojko i zbunjeno pogleda u zemlju, mršteći se.

— Svratite malo k meni, ako hoćete... — progovori Ljubica, crveneći. Videlo se da je zbog toga i zaustavila Gojka, ali nije mogla odmah da se obrne s pozivom... prvo valja pripremiti zemljište okolišnim razgovorom, pa tek posle na glavnu stvar. — Da skuvam kafu — nastavi ona da se ne bi ćutalo.

Gojko se iznenadi, upravo uplaši se. Otvori oči, čudeći se ovom pozivu, pa odjednom, kao da mu poskakaše mnogo mravi za vrat, stade se otresati rukama i nešto mucati.

— Imam posla... ovaj... Velja!... ha, jest, moram do Velje — uzviknu on, obradovan što se doseti kako da se izvuče iz neprilike, pa se odjednom obrte, otresajući rukama bradu i dalje, i ode niz sokak žurno, kao da ga ko goni.

Ljubica se nasmeja, gledajući za njim, kako gazi posred bara, ne misleći bez sumnje o tom, kuda ide i šta radi. Još daleko viđahu se njegove dugačke ruke, kako se dižu k licu, pa onda se spuste i mlataju pored kratkih kukova.

I Ljubica oseća da joj se sve više vraća staro raspoloženje, oseća se u nekoj većoj slobodi, spali joj lanci s nogu i ruku, kojima beše okovana, i odjednom joj dođe da zapeva, da potrči nekud, ali odmah naiđe neko gorko sećanje, koje joj pomuti celo raspoloženje, i ona se opet oseća kao u lancima... Tako i bolesnik gleda u snu sebe zdrava i vesela... trči, juri nekoga ili podiže ogromne terete... Probudi se i nastavlja na javi takve iste pokrete, ali ga žigne ljuti bol, i on odmah saznaje svoju gorku nevolju: nema više zdravlja, ni veselja... postao je razvalina, ruševina koja trune, senka... Oborene glave, pomućene duše vraća se nevoljnica u svoju ćelijicu i ugušuje bol teškim uzdasima i vrelim suzama... O, još da nije tih suza!...

„Život, mladost... ala to prođe!... I šta sam sad? ne smem ni da sanjam onako, kao što sam još jesenas mogla, u ovoj istoj postelji... Našto mi sad takvi snovi, kad znam da se ne mogu ostvariti!... Za koga sam sad? Za ovoga Gojka?... Ne, vidiš da i on beži od mene, otresa se kao od otrova. Pravo ima!... Ali zašto, zašto sve to morade biti?... Da li je trebalo kome moje stradanje... ocu, majci, bratu... jesu li oni sad srećniji?... Ne, ne... Ah, a ja sam mislila da stradam za njih, da prinosim sebe na žrtvu, a ono nije... I njih sam ubila, unesrećila... O, teško meni!... I najteže je saznavati da je to sve bilo onako... niti je mene ko mogao primorati, niti me je što vuklo tamo, sama sam se gnušala... Tek onako... samo propadoh... A sad bih tek htela živeti!... onako kako sam nekad sanjala... O, života, života hoću!...”

Krajem meseca, Gojko i Ljubica, na poziv novog depozitara, odoše u srez. Tamo se već mnogi događaji izređali i nastupile razne promene. Pera je već zatvoren; komisija, koja mu je određena za izviđanje zloupotreba, pronašla je velike novčane nedostatke, ali još radi neumorno, prikupljajući razne podatke, spremajući se da sprovede krivca sudu.

Depozitar odmah zapita Ljubicu, gledajući je sa interesovanjem:

— Zašto vi, gospođice, već četiri meseca ne primate platu? Potpisali ste spisak samo za ono malo dana u avgustu i za septembar.

Ljubica zinu od čuda. Tamo kvartirina, a ovde to isto sa platom, iako je ona redovno izdavala uredne priznanice. Šta je to? Da li nije stigao da zavede priznanice ili... ili ne znam šta. Tek ona je sad na živoj muci, ne zna šta da kaže. Gojko je gleda ne dišući, a i pisar nekako čudno gleda... Šta će sad? O, muke!...

— Ja ne znam... upravo ovaj... nisam ni dolazila da potpisujem spiskove, ali sam uzimala na priznanice. Tu su one, mora biti...

— Nema, gospođice, nijedne. Svaki je novčani izdatak zapisan. Uostalom, čekajte da zapitam gospodina Peru, on je tu pred komisijom — i pisar pokaza rukom na vrata koja vođahu u drugu sobu, pa zatvori kasu i ode kroz ta vrata.

I Ljubici i Gojku beše neobično saznavati, da je taj čovek, koji im je pričinio toliki bol, sada tu uz njih, da stoji kao teški krivac i očekuje kaznu za svoja nedela. Ljubica osećaše samo gnušanje i bol, ali Gojko... da mu je samo da proviri jednim okom, samo za trenutak da ga pogleda kako stoji pred strašnom državnom kontrolom i drhće zbog svojih nedela... Ali da i on zna, da ga odovud gledaju!... O, onda bi zaboravio one udarce kamdžijom, ono poniženje i sva stradanja...

— Gospodine Gojko — reče pisar ulazeći — da vam izdam časkom platu, pa izvolite tamo u sobu, zove vas predsednik komisije.

Gle, i to se ispunja, i ta želja!... Ali ne valja tako... kako će on pred svima ljudima pričati o svojoj bruci?... I Gojko se odjednom seti svojih ranijih snova i bi mu čudno kako se to sve redom ispunjava baš onako, kako je on želeo... Istina, sam on nije postao Ministar policije, ali što je mislio o pisaru, sve se sad ispunjava.

„Božja pravda!...", uzvikuje on u sebi, saginjući se da potpiše platni spisak.

Uzevši novac, on se polako uputi onim neobičnim vratima, kroz koja će odmah ugledati onoga strašnog zlikovca. To ga je vuklo napred, te iđaše s voljom, ali pomisao na one ljude što su tamo zaseli, zaplaši ga i zbuni.

„Sad ću da se spletem... čim pogledam u te ljude... Da li su strašni?... A kako li je njemu?..." I on pritiskuje bravu... vrata se kreću... Sede neki ljudi... u magli... igraju mu koturovi pred očima... zeleni sto... A onaj na vrhu, s dugom razdeljenom bradom, sed, dostojanstven... ala je neobičan!... A njega nema!... Uzalud radost!...

— Jeste li vi Gojko Savić, učitelj? — zvoni otud sa vrha ozbiljan, krupan glas.

Gojko se trese, kao da je pod uticajem elektrine, obrće glavu unezvereno i nešto muca. Predsednik ga ne čuje, ali se doseća šta odgovara, pa nastavlja:

— Gospodine, kapetan nam veli — i predsednik pokaza rukom desno do sebe, Gojko ugleda kapetana i bi mu malo slobodnije, zna čoveka — veli nam gospodin kapetan, da i vi imate nekakve žalbe na pređašnjega pisara ovoga sreza, gospodina Peru... — i predsednik opet zape, kao da mu se teško setiti prezimena pisareva.

Gojko pogleda preko sviju lica, a beše ih četvorica. „Jedan nije u komisiji, nego 'nako sedi", doseti se on. „Jamačno kapetan nije... A šta da odgovorim, kako da počnem?!..." I on kašljucnu, prinese ruku ustima, pa prevuče dlanom preko brkova.

— Čujemo da vas je tukao kamdžijom. Ispričajte nam to kako je bilo i zašto?

Kapetan se diže, priđe Gojku i metnu mu ruku na rame.

— Budite slobodni... Ispričajte sve lepo, kao što ste meni pričali. Vi mi rekoste, čini mi se, da je iznenada upao u vašu učionicu?

— Jeste! — odgovori Gojko, i poče polako pričati događaj za događajem. Kad god pomene odnose Ljubičine i pisareve, on opazi da predsednik diže desnu ruku i daje njome znak nekome iza njegovih leđa da se umiri... „Šta li je to iza mene? da nije pandur?... Kako ga nisam opazio!..."

Pri kraju pričanja otvoriše se poznata vrata, uđe depozitar i zađe nekud iza Gojkovih leđa. Začu se otud najpre šaputanje, pa onda jasniji odgovor, koji je mogao i Gojko čuti.

— Nemam ja nijedne njene priznanice. Nisam joj ništa izdavao.

Gojko poznade ovaj glas, i zadrhta.

— Dobro... — odgovori depozitar otegnuto. — Onda ja da izdam za sve mesece?

— Razume se — odgovori drugi glas odlučno.

Gojko ispriča još i onaj događaj s pandurom, priđe te potpisa svoj iskaz, ne čitajući ga, i vrati se kroz ista vrata u blagajnicu.

Pisar brojaše pare, a Ljubica gledaše začuđeno u gomilu banknota i stade ih kupiti i slagati jednu na drugu...

Gojko beše sav crven, zbunjen, otiraše lice maramom i spremaše se da iziđe, ali kad vide koliko novaca Ljubica uze, i on se začudi:

— Oho... to je novac! — uzviknu on, brišući se. — Kako da vi ne primite platu za četiri meseca!...

— I ja ovo ne razumem — reče ona, spremajući se da iziđe i klanjajući se pisaru.

Kad iziđoše u hodnik, ona nastavi:

— Da vidimo kako je u opštini, da nisu tamo moje priznanice.

— Nema opština nijedne vaše priznanice, kažem vam... ni moje, ni vaše... Nego to je jasno: on je pocepao vaše priznanice i smatra to kao poklon... — reče on, pogledavši je radoznalo u lice. — A ovo sad... vi ste primili svoju zasluženu platu od države... Još da naredimo samo sa opštinom...

Ljubica uzdahnu, obori glavu, pa stade ćuteći koračati pored njega, a Gojko iđaše veseo, zadovoljan, jer je danas dobio potpunu osvetu za sva teška stradanja svoja. Pobedio je i njega i nju, oborili su pred njim glavu, ali on ipak oseća neku prazninu u veselu srcu svome.

XVI

U orlovičkoj školi sve se vratilo na stari poredak, radi se ozbiljno, mirno, marljivo... nastavnici se žure da navrstaju ono, što je u toku zimušnjih nepogoda propušteno. O malom ispitu dođoše im Velja i Akso. Posle dužega propitivanja nađoše, da je Ljubica vrlo malo prešla, ali su joj deca dobro usvojila ono što im je kazivano. Kod Gojka beše šarenila: neki mu predmet obrađen dobro i prešao ga taman koliko je trebalo. Takav mu je srpski jezik u svima razredima. A neki predmet, kao račun, obrađen je slabo, a neki nije još ni dirnut.

— Pogrešili ste mnogo... oprostite na zamerci... — reče mu Akso svojim tihim, učtivim i melodičnim glasom, trljajući lagano ruke jednu o drugu. — Mnogo ste pogrešili — ponovi on — što ste veronauku ostavili za maj. Bolje je, znate, bilo svršiti te lake stvari zimus... Ja to radim posle podne, kad se ne vidi ništa pisati ni drugo što raditi, a ja onda, znate, udarim u priče... He-he... ne znate kako se to zgodno usvoji u zimskom polumraku... deca ne dišu, slušajući... da, da!... A maj, znate, treba ostaviti na ponavljanje i utvrđivanje težih stvari, koje se lako zaborave, naročito računa... Ovako dok vi radite veronauku, poznavanje prirode, pevanje... u maju, za to vreme deca zaboravljaju teže stvari.

— Istina jest — prihvati Velja živo. — I ja tako radim i mnogi, upravo ogromna većina. Pa još kad doznamo ranije ko je revizor, ostavimo ceo predmet nedirnut... Ovi prirodnjaci iz gimnazija ne mare za veronauku, a filolozi se mršte na razgovore o sumporu, kravi, konju... Tek za nas zgoda!

— E, a kad doznate da ide koji od pedagoga, što cedi iz svakog predmeta?

— Onda... e onda beremo kožu na šiljak!... — uzviknu Velja, smejući se.

Ljubica sluša, gutajući svaku reč. Naročito joj milo što se Velja odobrovoljio, jer za dugo vreme nije joj se hteo nikako javljati. I to je, bez sumnje, Gojkova zasluga. Pa zbog Gojka je došao i učitelj Akso... „To je pametan učitelj", mišljaše Ljubica, „vidiš kako on to o svemu zrelo misli..."

I ovi izmireni drugovi, videvši koliko su zaostali, pređoše na posao iz sve snage. Radilo se marljivo i žurno puna dva meseca, dok se već ne približiše uskršnji praznici. Dotle su uradili vrlo, vrlo mnogo, prešli su sve važnije radove, kad opet nestade mira u srcima njihovim i nastadoše drukčiji dani.

Gojko opazi da se u poslednje vreme Ljubica odjedared izmeni: postade neobično preplašena, salomljena nekakvim crnim, iznenadnim zlom, ubijena!... U školu dolazi plačna; kad pusti decu kući, ona ostane sama i plače na svom stočiću po čitav čas, ili hoda nemirno po školi, kršeći ruke i uzdišući teško. Nekakvo veliko zlo spustilo se na njenu glavu, i ona tako očajno izgleda, kao da ne predviđa nikakva izlaska iz ovoga celog stanja.

Sa Gojkom je, naročito u poslednje vreme, stupila u takvo prijateljstvo i poverljivost, da ovaj sad stade premišljati: „Kako bi bilo da je pitam za uzrok ove promene, pa ako je štogod onako... da joj mi možemo pomoći, onda da skočimo..." Jedared, kad pusti decu kući i stade tako u najvećem očajanju po školi koračati i kršiti ruke, Gojko se osmeli, te uđe k njoj u školu. Ona zastade, zagleda se u njega, i kao da joj odjednom sinu nova misao u glavi... promeni joj se lice, postade svetlije...

— Sedite — reče ona Gojku, mahnuvši mu rukom, pa se obrte i stade lagano hodati po školi, rasvetljujući neku novu i važnu misao. Prođe pola časa. Gojku se dosadi sedeti, a sve više ga obuzimaše žalost, gledajući ovu jadnicu kako se muči. Uviđa da treba progovoriti, ali ko može sad reč prozboriti, ko je može prekinuti u mislima i trgnuti iz zanosa! Baš ne može da nađe nijednu misao da počne razgovor. Ne, ne... najbolje je da ona opet ostane sama... I Gojko se već naže onoj strani do vrata, pa čim ona u hodanju obrte leđa, on skoči, pa na prstima iziđe iz sobe... Nema, dakle, ništa od razgovora.

Dva dana potom dođe joj mati. Stojan izvesti Gojka da je sad tamo u kući još veća užurbanost: baba Smiljka neprestano ide nekud po selima; ode, vrati se, probavi nekoliko časova kod Ljubice, pa je opet nestane. Kad izlazi iz kuće, veoma je zabrinuta, upravo preplašena, kao i Ljubica. Neko ih je zlo snašlo, ali se niko ne doseti pravom jadu.

Odjednom se kod Ljubice pojavi neka odlučnost na licu; mati joj odlazi i dolazi zabrinuta, ali se Ljubica zaustavila na jednoj misli, pa samo njom živi, samo joj je ona u glavi... Opet se pojavi onaj grozničavi sjaj u očima, vatra je obuzimaše sve više, i ona se opet približavaše stanju, koje liči na vrućicu... Pogled joj nejasan, usne osušene, zapečene od vatre, a ponekad iskrivljene u stranu od teških, mučnih misli... A ona samo misli i misli...

Gojko se već prestao čuditi. Gleda je samo, pa i on počne uzdisati i navuče mu se žalost na srce, a u dušu uđe teško neraspoloženje. Ni sam ne zna, da li oseća prema njoj još što osim žalosti. Srce mu jednako nekako pusto, ali mu se čini da ništa ne želi, ne oseća... O ozbiljnijem čemu prema Ljubici prestao je i da misli... Neka se samo ovako produži jednako... nek se ništa ne menja, samo neka se vrati potpun mir, pa ništa drugo ne želi... Ali dokle će se tako? Ne može se to produžiti večito; neko će od njih biti premešten. On sam to uviđa i obuzme ga veliki bol u srcu, kad pomisli na takav rastanak...

Sinulo proleće. Gusta zelena trava pokrila je voćnjake, pa je milina zaustaviti oko na tom zelenilu. Šljive cvetale, pa se celo selo zaogrnulo nekakvom svečanom, belom odećom, a miris od nje pruža se daleko unaokolo. Ponegde je ova čista, bela odeća prošarana crvenkastim jabukovim ili kruškovim cvetom, te se boje lepo prelivaju, od čisto bele u crvenkastu, pa opet u belu kao sneg... I nad tom belom, mirišljavom zavesom trepere svetli sunčevi zraci i visi osvetljen svod čistoga nebesnog plavetnila...

Idući u školu izjutra, Ljubica zastade između dva voćnjaka, da se nadiše ovoga mirisnog, čistog vazduha. Odjednom, iz drugoga, tesnog sokaka ispade pred nju Gojko, pa kako je ugleda, pocrvene i htede da prođe. Ona se nasmeši nekim bolnim osmehom, pa mu doviknu:

— Stanite, kud bežite!... Zar sam vam još neprestano tako strašna i odvratna, te me večito izbegavate?

Gojko se unezveri, raširi oči, kao kad nas ko uvredi nezgodnom pretpostavkom, pa joj živo odgovori:

— Kako... šta govorite!... Zar ja?... Ovaj, ja sam baš, hteo sam da vam... da vas... Naprotiv!...

— Šta naprotiv? — zapita ona, smešeći se veselo i gledajući ga lukavo, đavolasto.

— Ne bežim... niste mi... protivni.

— Nego naprotiv?... — opet ona udari u smeh.

Gojko se baš zbuni. Šta sad da joj kaže?... Doista mu nije ni protivna ni odvratna, ali ne zna ipak kako da nazove svoje osećanje prema njoj. Ljubica ga opet izvede iz zabune, obori glavu, pa nemoćnim, žalosnim glasom progovori:

— A ja sam mislila da ne možete da me gledate od mržnje, jer sam vas doista teško uvredila... Ali rekla sam vam već: ja za ona dva meseca nisam ništa znala za sebe... to beše neko drugi u meni, a ja sam za to vreme spavala, nisam živela... Oprostite, zaboravite sve što je bilo... — i njoj potekoše iz očiju krupne suze.

— Ama šta vi!... Ne dopuštam... misao takvu ne dopuštam!... Znate li vi... znate li... o, pa vi ne znate, vi ne vidite!... — uzviknu on usred dva okićena voćnjaka, opijen mirisom cveća, prisustvom i suzama ove devojke, kršeći ruke od muke što ne ume ili ne sme jasnije da se izrazi.

Ona ga gledaše kroza suze sa otvorenim ustima, očekujući da sleti s njegovih usana kobna reč, ali on, osim nejasnih uzvika, ne umede ništa reći. Behu oboje veoma uzbuđeni, ona disaše brzo, plahovito, grcaše od nekakvog neobična i jaka uzbuđenja, a on, bled od potresa, drhtaše celim telom, osećajući da će sad da se svrši nešto strašno i neobično važno, da se približuje ostvarenje njegovih najtajnijih i najskrivenijih želja, koje je skrivao i od sebe sama, gonio ih daleko, daleko... samo da ne misli o njima, da ne strada...

— Ah, ja sam nesrećna!... Nikoga... nigde nikoga na svetu nemam, ni druga ni prijatelja, o...

— Ne, ne... molim vas!... A ja?... Istina nisam 'nako... kao što biste vi želeli, ali opet, kad god ustrebam... ja sam vaš... Jest, vaš.... vaš!... — I Gojko odjednom, ne poimajući šta radi, dohvati njenu meku vrelu ruku i povuče je za sobom, idući i gledajući sumanuto.

— Hajdemo... hajdemo u našu školu... Tamo ću sve kazati...

Ona pođe za njim bez ustezanja, ne pokušavajući da oslobodi svoju ruku, koju je Gojko stegao kao kleštima, pa vuče i juri napred. Ona opaža samo kako joj proleću ispred očiju rascvetale voćke, nakrivljeno prošće, suhe grane na ponekim šljivama i ide, korača brzo i uzbuđeno, ne misleći ni o čem...

Gojko je uvede u svoju sobu, namesti je da sedne na stolicu, pa uzdahnu kao od velika umora i prevuče šaku preko oznojenoga čela.

— Vi... vi... vi kažete tamo, da... da ja... — poče on zamuckivati, zaduvan i uznemiren. — A ne znate... vi ne vidite šta je u meni... I sam nisam znao... Sad vidim... Jest, ovaj...

— O, prijatelju moj... i druže!... — ona mu sama pruži ruku, koju on plahovito stegnu, podrža je, pa se saže i poljubi je. Ona kao da to ne osećaše, nego nastavi očajnim glasom:

— Ne znate vi ko je pred vama. A kad biste znali kakva sam ja teška grešnica, ne biste me ni pogledali. O, teško meni!... — i ona pokri lice vrelim rukama i gorko zajeca...

— Znam... znam... sve znam!... Video sam!... — uzviknu Gojko takvim vriskom, kao da neko odseca parčeta živa mesa sa njega. Ovaj teški bol izazvalo je sećanje na onaj trenutak, kad se popeo i nadvirio se na prozor...

— Videli ste... — jecaše ona, ne dižući glave. — Ali sad... sad ne vidite šta se zbiva, jer inače me ne biste ni pogledali. O, ala me je Bog teško kaznio... — jeknu ona očajno i podiže glavu.

— Znam da vas neko teško zlo mori — reče Gojko, pribravši se malo. — Ali ma šta bilo, znajte da ne odstupam od svoje reči. Do vas sve stoji... recite mi, poverite se drugu...

Ona se diže sa stolice, raširenih očiju i bleda lica... Neka paklena odlučnost sevaše u tim široko otvorenim, velikim, crnim očima i ona se upi, zagleda se u Gojka, primače mu se još bliže, vrlo blizu, tako da oseti njegovo disanje... On samo gledaše, začuđen, šta se to događa i očekivaše nešto strašno... Ona se približi još više, pogleda ga i prošapta mu nekoliko reči... pa se odmače i stade ga posmatrati...

Kao nožem proboden, Gojko odjednom preblede, iskriviše mu se vilice od strašna bola, a oči se široko, začuđeno otvoriše. Kao kad neko dobije tešku ranu iznenada, o čem dotle nikad nije ni sanjao, pa se samo čudi u prvo vreme: što je ovo ovde krvavo? otkud?... zašto to!... od čega?... I Gojko, iznenađen, samo se pitaše: otkud to?... Kako može biti!... Zašto?... Od čega?...

Ljubica gledaše, preneražena. Nije nikad pomislila, da će to takav utisak učiniti. Mislila je: to je zlo samo za nju, a drugima nije ništa... Drugi se samo gnušaju... Ali ovoliki bol... to je strašno!

— Kažem ja — jeknu ona zagušenim glasom, polušapatom. — Niko ne može grešnici oprostiti, svaki je mora oturiti!...

— Ne, nije to... ostavite!... — uzviknu Gojko, trljajući rukom bledo čelo. — Vaša su stradanja neizmerna... vi se to otkupljujete... Večna pravda!... Ali sad... tako iznenada!... Čekajte malo da dođem k sebi... da ostavimo razgovor za sutra. Ali vam opet kažem: ja ostajem na reči. Hajdemo... hajde da se priberemo, da radimo...

Ona skoči, uze njegovu ruku i steže je, gledajući ga pravo u oči, iz kojih sevaše neka divlja odlučnost. Kao da ga nešto vuče natrag, priteže ga snažno i ne da mu pasti u zlo, ali se on otima od toga nevidljivog savetnika, hoće napred i sve napred, iako u dubini duše oseća neko hladno vejanje, neku zlu i kobnu slutnju, neku zebnju od tih nepoznatih, crnim zastorom pokrivenih dana, koji jakom nastupaju... Ona se strese, čitajući u njegovim očima i divlju odlučnost i tu kobnu slutnju...

— Ne, ne... ostavite me... zaboravite sasvim!... Vi ste suviše dobri, vaše je srce meko, ali vam ja ništa drugo ne mogu dati, osim zla i stradanja. Tako sam nesrećna rođena!... Bog me je prokleo još na samom rođenju!...

— Ostaviti!... Nikad!... Zar ja nisam mnogo stradao?... Zar su ono male muke bile!... Pa opet, vidite li... sad mi je milo i to stradanje i sve... Time sam vas otkupio, to je moja plata za vas, ja u to tvrdo verujem.

— Ne verujte!... Vi ste stradali zbog dobroga srca svoga...

— Čekajte!... — prekide je Gojko odjednom. — Hoću da vam ispričam, baš ću vama da ispričam, a nikad živom čoveku nisam to poverio. — On se osvrte, gledajući gde bi seo, pa se nasloni na kraj kreveta, tu uza samu Ljubicu, i podignuvši pocrvenelo lice od uzbuđenja, stade živo govoriti:

— Vi ne znate, a to je meni još iz detinjstva... zapamtio sam dobro, stotinu puta se potvrdilo, i sad verujem, tvrdo verujem!... Pazite samo... U osnovnoj školi, pred ispit, samo sam sanjao o knjizi... Mislio sam da nema veće sreće na svetu, no dobiti knjigu. Kad na dva dana pred ispit potegnem te razbijem skupocenu lampu gazdinu... Bol i grdnje što sam izvukao, to je ništa... ali što sam stradao!... I posle dva dana dođoh, veseo, sa ispita, noseći knjigu u ruci... U četvrtom razredu, kad ga već svrših, umre mi brat, pa umre i otac, ali ja položih ispit, i stupih u gimnaziju!...

On zastade, trljajući rukom čelo, kao da se odmara od velikoga napora misli. A ona ga gleda... gleda i čudi se toj iznenadnoj živosti njegovoj, tim čudnim pričama...

— Pazite samo — nastavlja on, gledajući je živo, sevajući vatrenim očima i govoreći brzo, uzbuđeno — u drugoj gimnaziji razboli mi se gazda. Znao sam, ako umre da nemam kud... drugi me niko ne bi tako milostivo primio... propao bih... Na mene skočiše u školi dva najodraslija đaka... zbog neke uvrede... Istukoše me pred drugovima, osramotiše... Direktor naiđe i oštro me kazni za nered. O, kako sam tada stradao!... Da znate kako su teška dečja stradanja, naročito jadne, siromašne dece, koja su bez zaštite!... Ali moj dobrotvor ozdravi!... Vidite, i njega sam otkupio svojim stradanjem!... Pred moje stupanje u Učiteljsku školu, umre mi mati... otkupi me jadnica, te odmah budem primljen u školu, i dobijem blagodejanje. Šta velite sad?!... U drugoj godini zatekoše nas profesori u kafani za kartama, htedoše nas otpustiti, ali se smilovaše i kazniše nas manjom, ali oštrom kaznom... I za to stradanje dobio sam odmah dve kondicije i... i... tamo još nešto... — Gojko zape u govoru i pocrvene, a Ljubica se bolno osmehnu... — Sve drugo sad da preskočim, pa poslednje iz škole... Čujte samo! Pred učiteljski ispit dobih veću sumu novaca...

ostavio mi po smrti moj dobrotvor... Obukoh se, odenuh se, stekoh mnoga poznanstva, koja su mi laskala, stadoh se provoditi veselo... I čim stupih na ispit, znao sam da ću propasti, jer nije bilo stradanja, nisam nimalo stradao... I propao sam. Pa evo i sad, posle ovolikoga stradanja... gle sad, šta je preda mnom! Kažem vam... uverio sam se! A vi opet...

Ljubica ga gledaše sa nekim oduševljenjem, prijateljski, veselo... I kad on dovrši svoj dugi monolog i stade brisati rukom lice, ona mu opet uze jednu ruku i steže je silno.

— Jest, i meni je ponekad tako bivalo: posle kakvog jeda i muka, nastupi iznenada nešto prijatno — reče ona, gledajući zamišljeno.

— O, pa ja nisam ni stoti deo ispričao. To je kod mene neprestano... i u sitnicama tako mora biti... Ako sam sad što neraspoložen, znam da ću se do mraka čemu bilo obradovati. Eto, vidite... sad znate i vi zašto sam zimus stradao. Tako je moralo biti!... Inače... inače ne bi bilo svega ovoga...

— A zar vam je ovo kakva sreća, što sad ovako sa mnom razgovarate!... Niste li pre nekoliko minuta bili kao ubijeni. Zar i to nije stradanje!...

Gojko se trže; poče opet da mu nailazi oblačak na čelo, ali se on prenu i stade se otimati od toga novoga raspoloženja.

— Stradanje... razume se. Pa baš to i jeste ono što vam kažem... Za veliku dobit mora se mnogo stradati... mnogo, mnogo!

— To sam ja velika dobit, je li? — zapita ona, gledajući ga tužno i ironično.

— O, pa zar ima veće sreće!... Ja sam najsrećniji danas!...

Ona se diže i pođe k vratima. On gleda za njom, iznenađen.

— Dobro ste malopre kazali: da ostavimo razgovor za sutra, da se malo priberemo... Hajdemo na rad: deca nas odavno čekaju — reče ona, pa otvori vrata i iziđe. Gojko se požuri za njom, vičući:

— Samo nemojte da se promenite do sutra... Ja sam kazao... nek se smatra to kao svršeno...

Stojan iziđe iza odžaka, gde se beše prikrio, pa se stade okretati po kujni i krstiti.

— O, 'natema je!... o časni je!... Kako ga obanđija onako!... Ide, bratiću, za njom kâ slep... Hm... istina za mene to nije rđavo: sastavićemo obadve plate, i njenu i njegovu, pa će i za mene bolje biti. Bolje je musti dve ovčice no jednu... Tako je to, bratiću moj!... Ali opet, opet... Časni je ne ubio!...

Osvanu dan turoban, vetrovit. Ljubica nije mogla gotovo nimalo spavati, a Gojko nije ni trenuo. Oboje su preturali po glavi najraznovrsnije misli, samo je Ljubica jasno uviđala da nema nikakva druga izlaska iz teške neprilike, da joj je Gojko jedino uzdanje...

A on je mislio mnogo i dugo, preturao se po krevetu cele noći, ustajao i hodao po sobi čitave časove, pa opet legao i mislio... I ništa novo nije smislio, osećao je ono isto što i juče: ona mu beše milija od svega na svetu, milija i draža... ovako osramoćena, ubijena... Samo ga jedna misao vazda žigne, kao nožem, u srce i navede mu neku zebnju i strah na dušu; ali on odgoni od sebe sve te misli samo jednom, fatalnom rečju, kojom se svi slabi karakteri služe.

— Lako ćemo... ima vremena za to... Pa najposle što?... Neka!... To će nas zbližiti, kad opazi da ja ništa...

Dočeka je na dvorištu i uvede u svoju sobu, koja sad beše lepo provetrena, počišćena i nameštena. Ona sede umorno i uzdahnu, kao da je do sad kakav težak posao vršila. Gojko se pribiraše i spremaše za razgovor, idući po sobi i trljajući čelo.

— Ja sam svu noć mislio... I to se mora odmah naređivati... odmah... — zateže on opet, izbegavajući da kaže jasno svoju misao.

— Kako naređivati?... šta?... — zapita Ljubica, dižući glavu kao iz sna.

Gojko je pogleda, pocrvene kao rak, pa odjednom otvori usta i kaza jasno ono, što do sad nije smeo otvoreno reći:

— Da se venčamo... to je!... I to odmah, što pre... Eto, kroz desetinu dana... čim dođe Uskrs... — I on stade žudno gledati u njeno lice, očekujući sa strahom i zebnjom njen odgovor.

Ona ustade, priđe mu i metnu jednu svoju ruku na njegovo rame, pa ga opet pažljivo pogleda svojim velikim očima. Usnice joj se trzahu grčevito, po licu se osulo smrtno bledilo, a ona diše naglo, otvorenim ustima, kao da joj je malo vazduha.

— I vi baš hoćete... ne gnušate se mene?... ne prezirete me?... — prošapta ona i pokuša da razvuče usne u osmeh, ali se one iskriviše i zadrhtaše, odajući veliki bol što je pritiskao dušu...

— Da prezirem?... — uzviknu Gojko, drhćući od njena bliska prisustva, pa odjednom obavi svoju ruku oko njena stasa i priđe joj tako blizu, da se nisu mogli gledati u lice. — Ja... ja... kazao sam vam... vi ste mi sve!... Dajte da zajedno stradamo... Možda će se Bog i nama okrenuti... kad zaslužimo.

Ona mu pade oko vrata i gorko zaplaka.

Gojko stajaše preneražen, kao da je spao s drugog sveta, ne verujući ničemu tome što sad biva, misleći da je to sve varljivi san... Ta zar ona da bude njegova, ona... Gledaše je nekad kao poluboga, i mišljaše koji li će smrtni biti srećan da je nazove svojom... A sad... jesu li ovo njene ruke savijene oko njegova vrata?... Da li to njene grudi tako burno dišu na njegovim grudima?... Je li se to zbilja već svršilo?... On se naže njenom uhu i prošapta:

— Hoćemo li po Uskrsu odmah... je li?...

Ona zadrhta, ali se privi još više uz njega, i uzdahnuvši odgovori:

— Kako hoćete... neka bude! Ja ću vas slušati.

— Da budeš moja!... Hoćeš?...

Ona se htede ispraviti, ali se Gojko saže i, tresući se sav, kao u bunilu, pripade k njenom licu i stade je ljubiti dugo, burno, sumanuto...

— Eto, moja!... moja!... je li?... Doveka!

— Tvoja!... — prošapta Ljubica i uzdahnu gorko, izvijajući se polagano iz njegovih ruku, kojima je beše obavio i stegao kao kleštima.

— Sad da idemo u školu, da radimo — nastavi ona, popravljajući razbarušenu kosu rukama i gledajući bolno, očajno, kao da je ovoga časa sahranila sve nade i snove svoje, kao da je sad tek izgubila mladost i sve... kao da je osuđena na večito zatočenje. Ona gledaše Gojka, koji stajaše uz nju, uznemiren, začuđen ovom iznenadnom srećom, i ne osećaše prema njemu ni žalosti, ni mržnje, ni raspoloženja. Ona sama, sa svojim bolom, bejaše sad preča sebi od svega; mišljaše samo o sebi i svemu onome što sad gubi...

— Čekaj, stani... zaboga!... Pa tek sad imamo da razgovaramo — viknu Gojko živo, opazivši da se ona okreće vratima. On pritrča i uze je za rame. — Treba se dogovoriti... Danas-sutra... ovih dana moramo ići na ispit... trebaće tvoja krštenica... Pa posle...

— Sve to ti sam smisli i spremi šta treba, mene nemoj pitati ni za što... Ja ništa ne znam i ne mogu da mislim.

I ona iziđe iz sobe, gledajući u tamne oblake, koji se nošahu visinom, i uzdišući za izgubljenom srećom i mladošću...

XVII

Trećega dana Uskrsa članovi Učiteljskog udruženja behu pozvani na sreski zbor. Gojko i Ljubica se premišljahu da li da idu i oni na zbor. Oni su ispitani još velike nedelje, proveli su ceo dan kod Akse, koji je obećao dati im sinčića u deverstvo, a sam se primio da bude starojko. Velji se već znalo kumstvo i bez dogovora. Ali se nešto obe učiteljke u početku opirahu, dok njihovi muževi ne izjaviše, da će se to sve svršiti mirno, tiho, bez svatova, osim časnika. I dan venčanja je određen — četvrtak po Tominoj nedelji, samo neka sve prođe u tišini...

Gojku bi milije bilo da Ljubica ne ide; zna on da će tamo biti dosta učiteljica, kojima bi po volji bilo uvrediti Ljubicu, ali on ne sme da joj kaže ništa. Kad ga ona zapita za savet, on se unezveri, stade vrdati očima i okretati lice od nje.

— Kako hoćeš... kako god ti hoćeš. Ako ti rekneš, neću ni ja ići... Kako god ti kažeš!...

— Ama ne pitam te ja za odobrenje da idem, nego za mišljenje — reče ona, smešeći se. — Kako će to izgledati?... Da li ima smisla?... Kako će tamo biti?...

— Hm... — promrmlja Gojko, zverajući očima. — Ja ne znam... Bogami, ne znam... — Niti je smeo reći joj da ne ide: bojao se uvrediće je tim; niti bi mu milo bilo da pođe i ona. Muka!...

Ona je pročitala njegove misli, pa se još sama dvoumljaše. Najzad pobedi žensko uporstvo, ona planu i stade kao da će izazvati koga na dvoboj, pa odlučno izjavi da će i ona ići.

Kad bi vreme polasku, Ljubica dođe, obučena i nakićena svima svojim dragocenim adiđarima. Gojko se prenerazi od čuda, ali je sad morao biti odlučan pa joj napomenu da će imati velikih neprijatnosti zbog tih ukrasa, i zamoli je da to sve skine i ostavi kod njega.

— Ne znaš kakva je ona njegova žena!... — nastavi on zbunjeno, da bi sebe opravdao. — Rastrubila je po celom srezu i svima pokazuje nekakvu grivnu, šta li... što je otela onda... A naše učiteljice su veoma zla jezika... jedva čekaju da čuju što za drugoga...

Ljubica preblede i gotovo se uplaši. Htede se vratiti, ali je nekakav urođeni inat teraše napred, i ona odjednom poskida sav nakit i dade ga Gojku da ostavi, samo joj na grudima ostade skupoceni broš.

— Skini i to, molim te... bolje će biti — reče Gojko, sakrivajući one stvari u svoj zimski kaput.

— Neka... — odgovori ona, crveneći još jače i gledajući prkosno. — Ako će me ko vređati — biće i bez toga... Hajdemo.

I oni odoše železničkoj stanici, gde je bio određen zbor u mesnoj školi. Još iz dvorišta opaziše da je došlo dosta članova: iz škole se čula takva vreva, kao da je tamo nekoliko stotina žena, jer su se čuli većinom ženski glasovi. Ljubica pretrnu i zastade... Gojko beše već pozeleneo od straha.

— Baš smo pogrešili!... — prošapta Ljubica strašljivo, obrćući glavu izlasku.

— Pa... da se vratimo! — odgovori Gojko neodlučno, uviđajući i sam da je to nemoguće.

— Videli su nas... ne ide... Ah, šta tu!... — planu ona odjednom, pa se odlučno krenu. — Hajdemo!

Gojko pođe za njom, udešavajući još unapred šta će raditi sa očima i rukama. Već sa očima je lakše... kriće ih, ali ruke... baš ne zna šta će sa njima. Gle, i noge mu klecaju! To je već obična stvar kod njega, kad ulazi u nepoznato društvo... A ona, gle, korača odvažno, podignute glave i na licu joj igra rumenilo, kao da nekoga izaziva na boj, kao jutros u selu... On ne vidi, ali oseća da je tako. Kad oni stupiše na vrata, u školi nastade tajac... Sve se oči obrtoše k njima...

Ljubica dođe do vrata, pa kad vide tolike oči upravljene na sebe, zastade, zbunjena i preplašena, pa kao da se premišlja kuda će sad...

Iz društva se izdvoji jedan mladić, veoma lep i otresit, kao što ona pri svojoj zabuni opazi, i predstavi joj se učtivo.

— Laza Petrović, ovdašnji učitelj.

Ona promuca nešto u odgovor, rukova se sa njim mehanički, ne misleći i korači napred... Iziđe pred nju sredovečan čovek, šiljate brade, suha lica i opale kose, kao da je skoro ležao vrućicu.

— Pre... predsednik pododbora... Dragoljub Ilić... — izgovori on oštro, zamuckujući na prvoj reči.

I Gojko priđe k Dragoljubu, rukova se sa njim, pa mu objasni dolazak Ljubičin:

— Gospođica nije imala kome do sad da se obrati radi upisa, a sad je rada da plati sav ulog od početka godine.

Ljubica stajaše uz njih, pogledajući u stranu, i opet joj ne izmakoše oku prezrivi pogledi, koje joj upućivahu drugarice njene, ostale učiteljice. Opazi ona i nekoliko poznatih joj devojačkih lica; to su joj drugarice, starije godinu dana. I one obrtahu od nje glavu prezrivo, kupeći usne i prečajući očima... Predsednik odvede Ljubicu u jedan kraj, k stolu, da svrši upis i naplatu uloga, a Gojko ugleda Velju u prvom redu, pa mu se odmah uputi. Sa Veljom stajahu nekoliko mlađih učitelja i dve devojke.

— A, evo nam mladoženje — prekide Velja živahan razgovor, i rukova se s Gojkom. — Šta sanjaš ovih dana, golubane?...

Gojko, onako zbunjen, još više se ušeprtlja od ovoga uzvika, pa stade samo zverati po licima, koja ga s čuđenjem gledahu. Jedan od onih učitelja, Gojko ga zna, viđao ga je na blagajni, metnu mu prijateljski ruku na rame, pa odgovori:

— Recite mu: sanjam ono što si i ti sanjao pred svadbu svoju.

— E, ja nisam ništa sanjao — reče Velja. — Bile su kratke letnje noći.

Učiteljice posmatrahu Gojka ironično, ne skrivajući podsmeha. A on stoji tako spleten, zbunjen, oborene glave, ne znajući ni šta da radi ni kud da se dene, samo obrće očima desno i levo, skrećući pogled češće na onu stranu, gde stajaše Ljubica.

Velji kao da beše malo nezgodno njihovo prisustvo, on se opet okrete učiteljicama i stade ih nešto zadirkivati. Gojko to opazi, pa čim vide da je Ljubica svršila posao, priđe joj i odvede je na dno sobe, u poslednji red klupa.

— Tamo je, čini mi se, Velja? — zapita ona, brišući lice i posmatrajući izmenjeno Gojkovo lice.

— Jeste — odgovori on namršteno, gledajući u stranu.

Napred nastade pokret, gosti posedaše u klupe, a predsednik ode za sto i otvori skup. Ljubica posmatraše samo učiteljice, i odmah opazi, da se nijedna ne interesuje onim što se radi na zboru. Najpre se posvršavaše neke družinske stvari, pa posle jedan učitelj poče držati predavanje. Govorio je i lepo i stručno i zanimljivo, ali učiteljice često nabirahu ustanca, propraćajući poneke izraze šaljivim napomenama.

— E brate, baš to nismo znali — reći će jedna poluglasno — nego smo došli da čujemo od gospodina Ljube!...

— Bar da je neženjen, pa da mu priliči! — odgovori joj drugarica, okrećući se bokom prema govorniku.

Posle se razvi živa debata o govoru, jer je tema stajala u vezi sa najbitnijim pitanjima iz školskoga rada. Velika većina učitelja uze učešće u debati, dok učiteljice ne skrivahu svoje nestrpljenje, vrteći se na mestu i bacajući neumesne dosetke na račun koga govornika.

U toku razgovora Velja izazva Gojka u stranu.

— Posle ovoga rada biće zajednički ručak, ali vi nemojte ostati... imaćete nezgoda... — reče on, otežući i krijući oči.

— Znam — odgovori Gojko. — Ali ako se ona uzinati, ne mogu joj ništa. Jutros sam je molio da ne idemo... neće da čuje... A sad vidim da se kaje.

— Ej, moj grešniče!... — odgovori mu Velja, i ode napred.

Čim se svrši zbor, Gojko i Ljubica iziđoše, gotovo neopaženi, pa kao da ih ko goni, potegoše brzim koracima natrag u svoje selo...

„Eto, i to sam videla!... Vuče me neka nevolja napred, a osećam da ne treba ići. Svejedno, sad bar znam da sam... da sam...", i odjednom joj zaigra obla okruglasta bradica, a oči se ovlažiše suzama, „da sam izbačena iz svoga društva!... I oni me svi gledaju sa preziranjem! Na učiteljice već i ne gledam, ali oni!... Poneki i ne skriva šta misli, jasno mu se čita na licu. Pa nas čak i Velja izbegava!... nije se ni rukovao sa mnom... kao da ću ga svojom rukom okužiti!... Kad ko ovako javno propadne, svi ga preziru, izbegavaju... A poneke... eno baš ona Danica, održava veze sa nekoliko učitelja, i svi je znaju. I Velja ne odmiče od nje, i predsednik stajaše sa njom kad uđosmo... svi je uvažavaju!... Zašto, zašto?... Jer se ona krije i slobodno gleda svakome u oči, ne buni se kao ja, kad ulazi u društvo. O, ala je to društvo nepravedno!... Pa da li će me doveka prezirati, čak i onda, ako ja postanem uzorita žena i učiteljica?!... Hoće, hoće... znam... društvo ne prašta lako nepažnju prema sebi. O, teško meni!... Odbačena!... prezrena!... zarobljena sa ovim jadnikom!..." I ona pogleda na Gojka, koji koračaše pored nje, sumorna i brižna lica, mašući poneki put rukom, kao da se brani od koga, i mršteći se.

Svrši se i svadba tiho, mirno; malo ko i svrnu pažnju na taj događaj. I mladenci i časnici — cela svadba — posedaše svi u jedna kola i odoše na ručak Ljubičinu ocu, a predveče se svi vratiše, da bi se sutra rano mogao nastaviti redovan posao...

Ljubica sanja samo o onom što je izgubljeno, o čem se nekada snevalo, a Gojko se prvih nekoliko nedelja osećaše sav blažen, srećniji od cela sveta... Nu, odjednom on stade opažati kako se Ljubica sve više menja prema njemu... Sledi se od straha, i stade pažljivo motriti... Istina, ni do sad nisu njihovi odnosi nalikovali medenom mesecu, o čem je Gojko toliko slušao i ponešto čitao, ali to se, u njihovu položaju, nije moglo ni očekivati. Među njima neprestano stajaše nekakvo strašilo, koje ih razdvajaše i ne dopuštaše nikakvo veće zbliženje. Stoga su se oni ograničili na tih, ozbiljan život. Ljubica je prenela ono malo sirotinje u Gojkovu sobu, namestila, počistila, uredila sve, i ona smradna, odvratna soba dobi sasvim drugi izgled. Pravo gnezdo!... Samo ne onakvo, kako se zamišljalo ranijih dana...

Živeli su skromno, mirno, snoseći svako za sebe svoje bolove, sakrivajući ih jedno od drugoga, starajući se oboje da se pokažu što veseliji. Razgovori se vođahu ili o školskom poslu, ili o kući, ni o čem drugom.

— Da li da pošljemo na stanicu za meso? — zapitala bi ga ona jutrom.

— Kako hoćeš, ali gotovo... imamo mlada sira, luka, jaja, šta ćeš više. Nek ostane koja krajcara za brata.

Gojko je sam izjavio želju, da njih dvoje izdržavaju njena brata, dok je u školi.

Ona ga posle ove reči pogleda zahvalno pa promeni razgovor i uze veseliji, ljubazniji ton.

— Ama, molim te, šta ću da radim sa molitvom: nikako deca ne mogu da izgovore neke slovenske reči... cele zime se mučim. A može doći neko, ko pazi na te stvari.

— E, jeste... svi se muče sa tim... Ono „nasuštni"!... Ja sam prve godine oplakao, ha-ha-ha... Ja ću ti danas to urediti... Do podne će svi znati. A ti idi u moju školu, pa radi čitanje.

Tako su oni prvih nedelja, ali se sad sve počinje menjati, nastupa polagano nekakva hladnoća, dosada; svako se od njih sve više povlači za sebe, i među njima je sve manje predmeta za razgovor.

Gojko sve više zebe... Da je to ona obična hladnoća, koja nastupa iznenadno, pa tako i prođe, on se ne bi nimalo plašio, ali u njenu pogledu on opazi takvu dosadu, preziranje, pa čini mu se baš i gnušanje i odvratnost!... O, ako joj je već postao odvratan, a ceo je život pred njima! I najgore je što tu nema nikakve pomoći, on sam zna to... Ni sama ona ne može tu ništa pomoći, baš i kad bi htela. Šta može raditi, ako joj on postane sasvim odvratan!... Mora ga izbegavati... I onda nastaje dugo, večno, beskrajno stradanje, bez ijednoga srećnog dana, bez nade, bez utehe...

Gojkova se zebnja ispuni. Posle nekoliko nedelja oni ne imađahu više o čem govoriti. Čim ustanu, gledaju da pobegnu jedno od drugoga u školu, gde su provodili cele dane, nalazeći u radu olakšice svome stradanju. Gojko je izbegavaše da joj ne postane još dosadniji, a teško mu već beše gledati ono večito bolno lice, na kome su ispisane velike muke i teško stradanje...

A Ljubica je doista stradala mnogo. Odjednom se zagleda u Gojka dugo, dugo... pa joj dođe da vrisne od bola. Pobegne u školu i stane hodati, kršeći ruke i uzdišući teško. „O, šta sam radila!... Pa ja ga nisam pre ni gledala, a on je užasan, strašan, odvratan!... Kako sam mogla... šta mi bi!... Na ceo vek, do smrti... I sve tako beži od njega, gnušaj se!... O, tu se mora izgubiti pamet! I ja sam prvih dana bila čak raspoložena prema njemu...” I ona se seti nekih trenutaka, kad mu je izjavljivala nešto nalik milošte... Škrgutnu zubima, sevnu očima i dohvati se obema rukama za glavu, pa kao mahnita stade juriti po školi, čupajući sebi kose i plačući. U duši joj beše i bola i srdžbe i stida i gnušanja strašnoga, bolesnog, odvratnog, koje graniči sa ludilom...

Tako nastadoše gorki dani u ovome novo savijenom gnezdu. Mučno da će tu zacvrkutati mladi ptičići i raširiti krila domaća sreća!...

Početkom juna nastade velika žurba u školi: određen je revizor, znali su ga oboje, i Gojko i Ljubica, jer im je predavao školski rad. Samo će u Orlovicu doći tek krajem meseca, jer je počeo s drugoga kraja sreza. Toga istoga dana doznali su i za Peru pisara, da je osuđen na dugogodišnje zatočenje. Dovoljno uzroka za uzbuđenje i žurbu. Ljubica se plašila revizora, jer se o njemu govorilo da se bavi samim sitnicama iz školskoga rada. Prionuše oboje na posao...

Oko ponoći Gojko se trže; probudi ga nekakvo neobično stenjanje. Protrlja oči, posluša... jest, to je ona. Ponekad joj se otme iz grudi i zagušen jauk. Gojko upali sveću i ustade.

— Šta je? — zapita on preplašeno, trčeći po sobi i češući se rukom po jednom ramenu, iako ga tu nije nimalo svrbelo.

— Nađi konja... trči majci što brže možeš... Ona nek dođe na konju... sve u trku!... Aaaj-ah-ah-ah-ah!... — zajauka ona i stade se preturati po krevetu.

Gojko otrča, onako neobučen, u školu, razbudi Stojana i posla ga za konja. Kako li je izgledao Gojko tada i kako mu je drhtao glas, može se zaključiti po Stojanu, koji onako ispod pokrivača ispade i preskoči sve stepenice ka vratima, pa kao munja odjuri susedovoj kući. Dok se Gojko obuče i spremi, Stojan dovede osedlana konja. Gojko uskoči na sedlo, pa se obrte Stojanu.

— Ako ne dođem do svanuća, nađi koju ženu... onako postariju, mirnu... nek se nađe.

— Ne brigaj... Trči! — odgovori mu Stojan, mlatajući rukama uplašeno.

Gojko obode konja i kad prolete kroz vratnice i otište se niz sokake, oseti samo kako mu vetar šiba i fijuče pored ušiju...

Šta je ovo... zašto on ide?... Ni sam ne zna, upravo neće da zna, neće da misli o pravom uzroku, jer mu je lakše zabosti nož u grudi, nego usvojiti tu crnu misao. I on oseća da se približilo, da je došlo vreme kad će ta crna misao da se pretvori u groznu javu... Strašno!... Pored tolikoga stradanja, još i to... da bude vrhunac muke i patnje... Vetar fijuče na mahove, prema skokovima konjskim, a on ne vidi i ne oseća ništa, samo juri napred i ponekad se namršti od nove navale misli...

Kad svanu, Gojko stiže s baba Smiljkom pred školu. Tašta mu odmah utrča u sobu, a on predade konje Stojanu, ne pitajući ga ništa i ne gledajući ga. Priđe oprezno k prozoru i posluša... Razleže se vrisak užasan, strahovit... On pretrnu, htede jauknuti, htede utrčati unutra... htede mnogo... pa se odjednom izdiže na prstima i pogleda na prozor. Ništa... mati joj se sagla, nešto se osvrće, trči po sobi, tražeći nešto... A ona, ne vidi se... samo se šareni i beli nekakva masa na krevetu i razleže se vrisak za vriskom...

Gojko pobeže od prozora i više ne priđe tamo. Čim bi čuo vrisak, on bi bežao dalje, dalje... i gledao bi začuđeno, preplašeno. Šta je to... je li smrt?... On ne zna. Ako umre?... Ništa!... Ne može biti ništa strašnije od ovoga što je sad. On je ne žali, on nije u stanju ovoga časa da oseća ma što. Pretučen je, smrvljen događajima, pa ide dvorištem kao sumanut... Šta je to... dokle će tako? Zar još nije umrla?... Tako dugo!... I njemu se čini da hoda tako po dvorištu punih četiri-pet časova, iako je tek malo jače od pola časa kako su stigli.

Odjednom poče da se smeši u sebi, smeši se, maše rukama i vidi kako se baba Smiljka pomolila na vratima i nekome takođe maše rukom... Možda je to njemu, ali se to njega ne tiče, kad ona nije više živa... On sad zna samo da hoda ovako po dvorištu i da gleda ovoga uplašenog famulusa kako stoji s motikom uz vrata i gleda u kujnu... Što će mu motika?... Ah, jest... moraju nju zakopati... Naravno, kad ko umre, njega zakopaju... I njega će nekad zakopati, ali to sad nije tako važna stvar...

Nego šta ova baba jednako proviruje iz kujne!... A ne plače i ne žali kćer... I šta ono veli: „Našlo se mrtvo!" I zašto baš sad mora, onako krišom, da mu predaje onaj veliki zamotuljak u krpama?... I Stojan se ogrće nekim dugačkim gunjem, krije ono pod gunj, zameće motiku i žurno izlazi iz dvorišta... Ha!... uzviknu Gojko i poče dolaziti k sebi. Stade razumevati događaje... On mogaše shvatiti odmah, da Stojan odnese sobom najveći njegov strah, njegovo pravo stradanje... Pa to se više neće stradati?... zapita se on bojažljivo i pogleda oko sebe usijanim, uzverenim očima, tražeći odgovora na ovo životno pitanje... A oko njega sve ćuti, zeleni se i živi snažnom mladošću... Vrhovi drveća zasvetliše se, pređoše u otvoreno sjajno zelenilo... Na istoku se nebo zacrvenelo, pomolio se iza breščića zažaren, usijan kotur, a nad njim trepere i pršte po plavu svodu rumenosjajni zraci...

Gojko se otkotura do učionice, pade na sto i ostade tako, zagnjurio glavu među ruke, kao da spava...

XIX

Dođe ispit. Ljubica se tek oporavila od bolesti, pa živa premrla od straha. Istina, Gojko je radio i sa njenom decom, dok je bolovala, ona sama vidi kako je mnogo on uradio, ali se ipak plaši, mnogo plaši... A Gojko se ne boji ispita, on zna da su deca valjano spremljena, i to mu nije prvina. Ali se boji revizora, i ne zbog ocene, nego prosto onako, boji ga se kao čoveka oštra i ozbiljna, boji se onih nekoliko časova, što će ih morati provesti sa njim... A posle... biće najsrećniji, jer će ostati sam, i neće se bojati nikakvih muka ni stradanja...

Ljubica se pokaza na ispitu neobično prgava. Kako je radila preko godine, tako nastavi i na ispitu: stade vikati na decu, ljutiti se, umalo ne počeše stradati detinji čuperci. Ona još nije stekla onu neobičnu veštinu mnogih starijih učitelja, da cele godine tuku decu dušmanski, a na ispitu deca vesela, smeše se na učitelja, gledaju ga slobodno... a on se uprepodobio, pa samo trepće i miluje decu po glavi... Ko bi pomislio, da se u takvoj školi cele godine razleže jauk i plač jadne, nemoćne dečice!... Ljubica za tu veštinu nije ni znala, pa zato joj revizor smanji ocenu i dade četvorku, rekavši da je inače ceo rad odličan. I Gojko se mnogo splete sa pitanjima iz računa, ali njemu ne pokvariše odličnu ocenu, te tako on imađaše žaliti samo Ljubicu, što se onako netaktična pokaza. Revizor otpusti decu kućama, reče im da dođu u školu na Petrovdan, pa ode.

Svrši se ta neobična školska godina!... „Dakle, to je ispit!...", mišljaše Ljubica potom. „Bogme strašno!... nije baš tako obično, kako pričaju. Ne mogu još da se priberem od straha." Još istoga dana Gojko je odveze njenu ocu, pa se on drugoga dana vrati, rekavši da će preduzeti neki veći put. Međutim, o putu on nije ni mislio, nego je željno očekivao taj dan, kad će se naći sam, sa svojim vernim Stojanom, u onoj čistoj sobici, pa živeti tako bezbrižno celo leto... ležati na krevetu i misliti, ne bojati se ničijega hladna pogleda, ne strahovati od iznenadnih događaja... ostaviti sve na stranu, pa živeti... živeti slavno!...

I Gojko doista prožive školski raspust u zadovoljstvu i odmori se od onolikoga stradanja i patnji, što ih preturi za godinu dana... On nikada nikoga ne zapita za Ljubicu ni gde je ni šta radi. Tražio je premeštaj za oboje u drugi okrug, pa sad samo sedi i čeka...

Poče nova godina. Velja dobi premeštaj na železničku stanicu, gde je ono držan zbor, a na njegovo mesto odmah dođe jedan njihov drug iz Učiteljske škole, godinu dana stariji po školi, a znali su ga dobro i Gojko i Velja. Gojko nije dobio premeštaj, to mu javiše drugovi, koji su se bavili u Beogradu. On sleže ramenima i poče upisivati decu u prvi razred. „Da se trpi!...", reče u sebi. „Dođe vreme da se opet strada!... A ove ću jeseni teško stradati, to znam... jer sam letos blagovao... To se mora platiti!... Šta li će biti, Bože?... Svejedno, šta bude..." I on, pokoran sudbini, spremi se za dalja stradanja, držeći da to tako mora biti, da se i rodio za to: da strada, da se pati večno...

Dođe i Ljubica. Izmenila se. Zdravlje je popravila, ali ona došla nekako sasvim drukčija. Uozbiljila se još više, ali je nekako postala ravnodušna prema svemu. Sa Gojkom se pozdravi obično, kao da su se pre dva časa rastali.

— Gde si ti letos bio? — zapita ga samo, pa kao i da ne očekivaše odgovora, stade se osvrtati po dvorištu.

— Ovde — odgovori Gojko, mršteći se.

— A!... — oteže ona i ode u sobu.

Kad se raspremi od puta, vrati se u školu, gde Gojko spremaše svoju upisnicu.

— A premeštaja nema?

— Nema. Velja dobio....

— Čula sam sve — prekide ga ona. — Kakav je to Vlajko Pecić, što dolazi na Veljino mesto?

— Naš drug... Onako je nekako... čudan. U svemu je oštar i odsečan. U školi, kad god je što trebalo protestovati, on je to radio bez bojazni, a njega su se mnogi bojali, čak i profesori...

— Je li oženjen?

— Pre dve godine nije bio... Sad ne znam.

— Ah... — uzdahnu Ljubica duboko, osvrćući se oko sebe, ne znajući šta da radi. „O, kako je dosadno!... Sve će se ponavljati jedno isto... I ovaj nesnosni Gojko, sa svojim originalnim osobinama, i njegovi kad strašljivi kad namršteni pogledi, i ova najpre zaplašena pa potom oslobođena i raskalašna seoska deca... I kmetovi sa večnim nemanjem novaca, i depozitar krajem svakoga meseca... I sve, sve isto, jednostrano, dosadno!...”

„O, što nisam znala da će se onako svršiti!...”, ponavljaše ona već stoti put jednu istu misao. „Nego uleteh, zarobih se, uplašena, i upropastih život... A kako je to sve moglo biti drukčije!... Mogli su se ostvariti svi oni lepi snovi, mogla sam saviti gnezdo, u kome bih dušu odmorila i poznala pravu sreću. A ovo... zar je ovo gnezdo!... On leži tu celo leto... sa njegovim odvratnim čičom, i ne razbira za mene... A i ja... tako isto. To nije kuća!... O, ala se grdno prevarih!...”

A Gojko radi, ide i misli: „Dosta mi je samo što znam da je moja, da pripada samo meni i nikome drugome. Neka stradam, nek se mučim, ne mari... samo kad je ona moja, kad znam da je tu...” I njemu nije nimalo čudno, što se letos krio od nje, a sad oseća da mu je ona ipak najmilija, najdraža.

Posle dva dana dođoše Velja i novi im sused Vlajko. Behu pošli Veljinoj školi, pa svratiše da se vide sa Gojkom i da se Pecić upozna sa njegovom domaćicom. Čim nastupiše u dvorište, Ljubica odmah opazi, da novi kolega celom svojom pojavom i držanjem odgovara njenim ranijim snovima.

— Ho, brate... Ovaj mi švrća veli: oženio se naš Gojko i priča vazdan tamo... Daj, velju, da vidim našu „mladu" kako izgleda kao muž — govori Vlajko, zdraveći se sa Gojkom i gledajući ga ozgo sa visine, sa senkom podsmeha na usnama.

— A ovo je, bez sumnje, tvoja draga polovina i glava kuće — nastavi on, rukujući se sa Ljubicom — jer ti prijatelju, ne možeš biti glava kuće — nasmeja se on, i zagleda se u Ljubicu... Pogled mu ostade na njoj poduže, i na licu njegovu beše jasno ispisana misao: „Ho, more, pa ovo je baš zgoda živa!... Prava lepotica!..."

Gojko se malo ušeprtljio, zvera očima i gleda prekorno Velju, držeći da je on kriv ovako nezgodnu ponašanju Vlajkovu.

— Znaš ga sam — odgovara mu Velja, smešeći se. — Ko može Vlajka naterati da igra po tuđoj svirali!... Gledaj ga samo!...

Posedaše i počeše razgovor. Ljubica ne skida očiju sa gosta, a i on se, u razgovoru, počešće osvrće na nju. To je čovek Gojkovih godina, razvijen, krupan i veoma otresita držanja; lice mu dosta razvijeno, obrijano; brčići tanki, žućkasti, skoro beli; obrve tanke, uzdignute i oštro previjene na sredini, ispod njih oštro gledaju i seku dva plava oka, pa se naniže spušta, previjen i malo zatubast, nos; brada mu obrijana, neobično razvijena i isturena napred. Celo mu je držanje odsečno, a na njegovu licu ne beše nijedne crtice koja bi odbijala i izazivala neraspoloženje; naprotiv sve mu crte behu u harmonijskoj slozi, te izazivahu simpatiju od prvoga pogleda.

— A kad ćeš ti jednom da... u naše društvo? — zapita ga Gojko, smešeći se.

— Da se ženim?... Ho, mladiću, ja sam to sve preživeo... Skućio, okusio domaće sreće, raskućio... Kao na elektrici!...

— Kako to!? — povikaše Gojko i Ljubica, začuđeni.

— Ostao udovac, brate, pa osiroteo — odgovori im Velja i nasmeja se, ali oni oboje gledahu Vlajka i čekahu njegov odgovor.

— Oženio sam se prošle zime. Kad u proleće udari nekakav šarlah na decu, te raspustih školu... Dok ja to naredih, žena se razboli... vidim da je šarlah, posle već i doktor reče... Kad prezdravi i poče se ljuštiti, udari je u srce, pa za dva sekunda gotova!... — odgovori Vlajko, i povuče dim od cigare.

— I to je bila ženidba iz ljubavi! — reče Velja.

— Eh, šta tu drobiš!... — odseče se Vlajko, ali ga ne pogleda, no sakri oči.

— Zbilja?... — zapita Ljubica živo, pa videvši da Vlajko naročito ćuti, nastavi — i vi to pouzdano ne možete zaboraviti nikad?...

— Ho, ljudi... kako mogu zaboraviti da sam bio oženjen!... — odgovori Vlajko, i nasmeja se.

— Znam, nego ste izvesno žalili?... — nastavi Ljubica zapitkivati, tako radoznalo, kao što mala deca raspituju za nepoznate im stvari. — Žalite jamačno i sad?

— E, ne mogu doveka žaliti... svemu ima kraja. Mislite li da bi vas ovaj širet žalio?...

Ljubica pocrvene i obori glavu. Ne bi joj po volji odgovor. Kakva je to ljubav, da se tako brzo zaboravi!... Govori o njenoj smrti, a smeje se... Po njenu mišljenju, on treba ne samo sada, no i posle deset godina, da bude skrušen, ubijen, satrven tugom... Upravo ne treba ni da preživi pravu ljubav... Kad nestane takve ljubavi, našto mi onda život?... Ej, ljudi, ljudi, kakvi ste vi!...

Ljubica zadrža goste na ručku, iako se Velja tome veoma opirao. Čekaće ih, veli, njegova žena, koja je spremila ručak, ali mu Vlajko napomenu, da taj spremljeni ručak oni mogu i doveče pojesti, pošto se on rešio da noći kod Velje... „Hm... udovačka posla!...", reče Velja u sebi. „Jutros sam ga jedva naterao da mi dođe na ručak, a sad hoće i na konak... samo da bi mogao ručati kod Gojka... Ej, moj Gojko, drži se sad dobro... nije ovo Pera pisar!..."

A Vlajko, posmatrajući zamišljena Gojka, misli u sebi: „Gledaj ti, molim te, kakvu je on zgodu pronašao!... Ho, kićane, jadan si ti muž za ovakvu ženu!"

Ljubica, iako ne imađaše u kući skoro nikakvih sudova, spremi lep ručak, postavi sofru u hladu, i pozva goste da zasednu. Beše sve lepo, i čisto. Gojko ne može da se načudi otkud se pojaviše tolike stvari, čak i čist beo pokrivač na stolu... Ali je ženska glava za te stvari vešta, očas se učini pozajmica, nešto se dotera privremeno samo za taj mah, a kad pogledaš, ono sve lepo i valjano...

Vlajko se o ručku raspoložio, zadirkuje Gojka, seća se nekih smešnih scena iz đačkoga doba, i tako umešno vodi razgovor, da se Ljubici i Gojku čini, kao da je on već godinama među njima.

— E brate ovo je valjano... ovako sa starim drugovima provesti koji časak za trpezom — uzviknu Vlajko, brišući se ubrusom. — Ja sad moram da vam se sam naturam, pa ću lepo kod jednoga četvrtkom a kod drugoga nedeljom. Da živimo, brate!...

— Nama izvolite svakad nedeljom — prihvati Ljubica živo. — A i inače, kad god imate vremena...

Vlajko i Velja nasmejaše se ovolikoj naivnosti.

— Eto vam ga vala i za četvrtke i za sve praznike, i još da vam dam pride — nasmeja se Velja.

A Gojko se samo smeši i gleda kako ti i on sad ima kuću i ženu i njemu dolaze drugovi na ručak... Sve baš onako, kao kod pravih kućevnih ljudi! I on izvesno sad predstavlja pravoga domaćina! I njemu se to čini i smešno i u isto vreme čini mu zadovoljstvo. On razvuče usne još jače, i stade rukom gladiti bradu...

XX

Vlajko učesta sa posetama. Skoro svakoga praznika i četvrtka ručao je kod Gojka. Gojko se najpre iznenadi tolikoj pažnji i, kako on siromah mišljaše, ljubavi svoga druga, i samo se bojao da to ne bude Ljubici po volji. Ali kad vide da ga ona sama uvek poziva i da se raduje svakom njegovu dolasku, on se umiri, i sve mu postade obično i prijatno. Ovako mu je i gnezdo bezbednije, ne boji se nikakva zla; jer nije ovo policajac, nego njegov dobar drug... On ga može i u zaštitu uzeti, kad ustreba; zna on: sila je Vlajko! I što je glavno: svi su izgledi da više neće biti stradanja... O, samo da se poživi na miru!...

A Ljubica i Vlajko drukčije mišljahu... Kako koji dan, oni postaju sve bliži, sve intimniji. Oni se već odavno značajno pogledaju, imaju neke svoje naročite, tajne znake i izraze kad se razgovaraju pred Gojkom. Ljubica već ne može više da sakriva uzbuđenje i rumenilo, kad je poneki put Vlajko preseče oštrim i čudnim pogledom...

Ljubica oseti da se odjednom sve u njoj i cela ona poče menjati... Prvo se pojaviše neki tamni i nejasni osećaji i sa njima u vezi naiđe na nju nekakva neobična nervoza... Ona skakutaše veselo s mesta na mesto, stade poneku pesmicu da peva... A posle joj svanu pred očima... ona oseti da se u njoj stvara nekakvo novo, neobično osećanje, nešto sasvim svetlo, zanosno... od čega joj sav svet izgleda prekrasan i ceo život sjajan i blažen... Ona već oseća lako drhtanje u svemu telu, čim ugleda Vlajka; srce joj jače, mnogo življe zakuca i ona se sama nekako zbuni, zanese... a pred očima joj tako svetlo, tako lepo, čarobno...

Ne prođe ni mesec dana, a ona već izgubi pamet i predade se sva srcu, da je ono vodi... Ta ona je tako srećna, tako srećna!... Nevidljiva vila oplela je mrežu od samih ljubavnih konaca, posula je ružom, šebojem, rutvicom i drugim mirišljavim cvećem, pa u njoj ljuška i uspavljuje zanesenu, ljubavlju očaranu dušu... Da, ona ljubi!... I ljubi prvom, strasnom, devojačkom ljubavlju; ljubi bezumno, sa najvećim samoodricanjem, kako to može samo njena strasna i plahovita priroda... Ona prvi put oseti u sebi ovo silno, razorljivo osećanje i predade mu se sva, celom dušom svojom, ne znajući ništa više ni za svet, ni za nebo, ni za ljude... predade mu se, kao što se fanatik bogomoljac predaje molitvi i nebesnom svetu, zaboravljajući na sve što ga okružuje, osećajući samo slast i blaženstvo od umnoga dodira sa anđelima i svetiteljima... I ona osećaše beskrajnu, neizmernu slast u ovom novom čarobnom stanju duše, i ona se ne smiri dok ne oseti, da joj je svaki delić tela, kao i duša, prožet ovim zanosnim osećanjem...

Pa zar ona sama da sruši ovu, mukom ozidanu zgradu svoje sreće!... Zar da razori sama ovo, čistom ljubavlju ispleteno, ružičasto gnezdo ljubavi!... I šta bi je upućivalo na taj korak? — Dužnost, zakletva vernosti mužu, pravila morala... O, teško onom, ko bi samo pokušao pomutiti joj sreću, teškom mukom stečenu, davno očekivanu!... Ta ona je ceo život spojila i uplela sa ovim osećanjem, i kad bi nestalo njega, nestalo bi i svaka smisla za život. I ko bi se opet mogao vrnuti onoj besciljnoj, sumornoj, strašnoj, pustoj praznini?!... Gledaš ceo život unapred, a ono sve pusto i odjekuje večnom, beskrajnom prazninom... Dalje, dalje grozni i strahoviti prizori!... dalje... crne odvratne senke!... Ovamo je život, gde ključa i kipi vrela krv... Ovamo, da se živi!... da se živi!...

Posle nekoliko nedelja celo je selo znalo za odnose Ljubičine i Vlajkove... svuda ih viđahu seljani usamljene, obično predveče: i na reci, i u šumici, u potesu po neobranoj kukuruzovini, svi se smeju, prave šalu na račun Gojkov... A Gojko, srećan što se jedared smirio, što mu je u kući sve veselo i mirno, što ga dobri drug tako jako voli... samo se smeši i pomišlja u sebi kako je to krasna stvar biti muž i domaćin... Dočekaš dobra druga i prijatelja, provedeš sa njim slatko nekoliko časova u šali i smehu, pa još ako si se ranije sa ženom što sporečkao, on ti lepo zabavi i razveseli ženu, pa vesela cela kuća!... Divna, prekrasna stvar!... Još kad bi Bog dao dece!... Ali na toj misli Gojko obično svakad pocrveni, sam od sebe, i nešto se kao naljuti, pa naskoro zatim mahne rukom po vazduhu, kao da će reći: „Eh, batali, samo nek je mir u kući!...”

Jedared mu dođe Velja, i taman oni sedaju za ručak, a naiđe Vlajko. Velja se namršti, iako je dotle bio veoma raspoložen, odjednom zaćuta i ne progovori ni s Vlajkom ni s Ljubicom ni reči. Tek poneki put odgovorio bi Gojku na pitanje, pa se opet uozbilji i ćuti uporno. Gojko ne može da dođe sebi od čuda. „Šta je ovo sad?... Ovakav veseljak, pa se odjednom promeni... I vidiš, njih dvojica ne govore jedan drugome ništa. I to sve Velja, on izbegava... Da okušam ja zavesti razgovor među njima?... Ko zna šta im je; pitaću Velju nasamo...” I opet Gojko sumnjivo mahnu glavom i stade sa nekom zebnjom pogledati čas jednoga čas drugoga gosta... Ništa!... I Ljubica se nešto ućutala i uozbiljila... krije oči i ne gleda nikoga. Tek kad joj se učini da Vlajko obrne glavu k njoj — obrazi joj se ospu lakim rumenilom a grudi se malo brže stanu dizati i spuštati...

Velja se odmah po ručku diže i pozva Gojka da ga prati, jer se mora vratiti kući ranije. Gojko jedva dočeka što mu se pruža prilika, da sa njim ostane nasamo, pa se odmah diže, ne zadržavajući ga da još malo posedi, kao što bi bio red. Vlajko i Ljubica ostadoše sami u sobi. Čim iziđoše njih dvojica iz dvorišta, Ljubica mu se baci na grudi, obgrli ga i steže grčevito, drhćući sva i tresući se od uzbuđenja. Glava joj se zaturi, oči se pomutiše, i ona ostade na njegovim grudima kao polumrtva, onesvesla... Docnije, kad se malo pribra od prve navale osećanja, uzviknu:

— Ne mogu, ne mogu više ovako!... Ovo je strašno mučenje... gledati ga svakoga časa uza se i znati da je u pravu raspolagati tobom kao...

— Ehe, golubice, mnogo on, grešnik, tobom raspolaže... Ne bio ja na njegovu mestu, videla bi ti... Nego šta bi ti htela, kad ne možeš ovako?

— Samo da nisam više ovde... hoću da sam s tobom... jednako, doveka...

— Ho, muke!... Pa ti bi malo do konzistorije?... Dobro, neka tamo do leta, pa ćemo gledati... A?...

— Hoćeš... hoćeš da me uzmeš?!... Čekaću, trpeću dokle god hoćeš, samo nek znam da ćeš nekad biti moj... O, mili!...

I ona ga opet steže vrelim uzdrhtalim rukama... Tako im prođe čitav čas...

Odjednom na prozoru, spolja, stade se pomaljati crna čupava glava s razrogačenim očima... Pripi se uza staklo i stade gutati pogledom ovaj zagrljeni par, koji se topio u zanosu ljubavnom i snevao najsrećnije snove...

Očajan, ugušen jauk, sličan samrtnom ropcu, ili davljenikovu krkljanju, razleže se spolja, ali ga u sobi niko ne ču, a napolju pirnu povetarac i odnese ga na lakim krilima daleko, daleko od ovoga prizora...

Gojko se podiže ispod prozora, pogleda sumanuto oko sebe i oči mu zastadoše na nekom čoveku, koji se lukavo iza plota osmehivaše, kao da veli: „Jesam li te prevario, a?... Sad si se uverio..." To beše ćata. On se obrte i ode niza sokak, snujući dalje planove.

Gojko ne vide ništa više oko sebe, pa ni ćatu; oči mu preskakahu nesvesno s predmeta na predmet, a on samo obrtaše glavu, osluškujući šta se to čuje sa prozora... I sve mu se čini da čuje proletošnji vrisak i jaukanje... Odmakne se od prozora, čuje se još bolje, baš onaj isti vrisak... Tamo je valjada i njena mati, pa će doći i Stojan s motikom... A sused Gliša daće konja... Hajde da se traži konj!...

I Gojko korača žurno, brižno, ne videći ništa oko sebe, osećajući samo da ga sve više opkoljava nekakav strašan mrak, crn, neprovidan... Najpre se samo zanese, kao kad se dobro nalije vina, pa posle sve više i više... navlači se crn zastor oko njega, on se gubi, propada nekud i ne vidi ništa... I opet ide ulicom, govoreći glasno sam sa sobom i mašući rukama. Tako dođe do huma nad selom, ispe se na hum, pa stade tako obrnut suncu... Odjednom naiđe gust, crn oblak, zakloni sunce, a pod njim izmeni boju i drveće, i trava, i sve... Pirnu hladan povetarac, za njim dođe još jači vetar, pa se odjednom zavitla oluja... Grunu grom, pa se osu i razleže grmljava preko pocrnela neba... Kanu nekoliko krupnih kapi, za njima druge, češće... pljusnu kiša, prosuše se čitavi potoci iz neba...

Gojko se trže... pogleda i začudi se otkud on sad u svojoj sobi, sedi na stolici ispod kreveta, sav mokar, kao da je tek iz vode izišao, a Ljubica sedi prema njemu za stolom, gde je odmah po ručku prešla sa Vlajkom, sedi sama, gleda nekud u daljinu kroz prozor, a uostalom možda nikud i ne gleda... Zanela se tako, pa se samo smeši, a oči joj se stakle i stoje nekako neobično, kao da je mrtva...

Gojko joj priđe, onako mokar, kleknu pred njom na zemlju i nasloni svoje uzdrhtale ruke na njena kolena. Ona kao da ne oseti ništa, gledaše i dalje onako isto sa zaljubljenim osmehom na ustima. Gojko podiže glavu; oči mu behu neobično zamućene, usne grozničavo drhtahu, a ponekad se grčevito trzahu, ceo mu izgled beše neprirodan, sumanut...

— Zagledala se... kuda?... — uzviknu on, gledajući je u oči. — Ostavi sve, zaboravi... daj da bežimo, daleko daleko, u beo svet... u Ameriku, hoćeš?... Kaži samo... Da se sakrijemo od ovoga dvoličnog naroda... Pa ti ćeš mi živeti tamo kao u raju... ništa ne radi, samo sedi... A ja ću raditi, ja ću se mučiti, samo da ti budeš zadovoljna. I onda ću i ja biti srećan, te kako srećan!... O, da znaš kako mi je teško što mi te otimaju, a ja... ja ne umem da te sačuvam. Samo gledam našu propast i stradam, gorko stradam... Dušice, čuješ li me, kaži samo jednu reč... Kaži da hoćeš, pa da se krenemo odmah... Neka ovo sve nek ostane, što će nam!... Mi ćemo biti sami, i onda nam neće ništa trebati... Ja ću tebe kao malo detence... sve ću te ovako na rukama, eto baš ovako... a ti mi se ljuškaj i budi zadovoljna... A ja ću, dušice, sve da trčim, tamo-amo... da skupljam gde god ima što za tebe prijatno... Ha, ja ću tebe da okitim!... Ovo nije ništa što imaš... sitnice... A ja ću tebi... ja ću tebi... Jesi čitala?... Onako ću ja tebe, sve isto onako... Pa baš ako hoćeš i onakav dvorac u zemlji?... Tamo ima mnogo pećina, kopa se zlato... I ja ću kopati zlato i sve tebi, sve radi tebe... Hoćeš? A dvorac će nam biti sav od dragog kamenja, pa uveče kad ja dođem s rada, obučem se u skupoceno odelo, kao onaj grof, a ti me čekaš, okružena stotinom lepotica, koje ti služe i klanjaju se tvojoj lepoti... Pa posle... more biće svega, samo ti reci da hoćeš... je li?...

Gojko se hvata za vrelu glavu; nešto mu mnogo u temenu ključa, i sve više ga zanosi... To ne mari, prijatno je, samo da nije ovoga ključanja... A gle, Ljubica obrnula oči k njemu, pa se smeši na njega kao i malopre... ili se to njemu samo čini?... Da li da joj govori još, ili samo tako da je gleda... gleda i ćuti?... Da se ne uplaši!

— Dušice, ne boj se, ne plaši se... ja sam video, sve sam video, onde, sa onoga prozora... Ali ja ništa, bogami, ništa... Samo se ti ne plaši... Znam ja da nisi kriva... Šta ti znaš, kao malo detence!... Ti misliš svaki te voli, ko god te ljubazno pogleda... A ono nije... svet je pokvaren, svaki hoće da uništi tuđu sreću, ma nemao sam nikakve koristi otuda. Tek samo onako: „kako sme on da bude srećan?...", pa cap preko sredine i... gotovo!... Kao da nikad nije ničega ni bilo... Ali se ti ne brini, sve ja to mogu popraviti... jest, sve ću popraviti... Sutra, eto sutra ću tražiti premeštaj za nas dvoje... Ali da znaš samo šta sam izmislio... Slušaj! Ja već to krijem od sviju, ni Velji neću kazati, samo tebi... Tražiću negde na granici... daleko... kakvo najgore, najusamljenije mesto, gde nema druge škole bliže od četiri časa i... naravno, gde ne dolazi često policija... A, kako ti se čini?... Šta će nam gosti! I zar baš mi moramo imati kakvih veza sa obližnjim školama?... Vidiš, kako ja znam! Sutra ću u Beograd, i to će biti svršeno... Samo ti reci da hoćeš... ti reci! — I on joj, ovako uzbuđen i zanesen, steže kolena, gde beše naslonio ruke.

Ljubica se trže kao iz pravog sna, kao da je do sad spavala dubokim umornim snom... Skoči sa stolice, namršti se kad opazi Gojka uza se, i gledajući kroz prozor uzdahnu:

— Ah... Šta je to?... — promrmlja ona kroz stegnuta usta, pa se odmače. Osvrte se po sobi, gledajući zar šta bi radila, pa se opet namršti i iziđe iz sobe.

Gojko se podiže i pogleda po sobi nesvesno, pa se polako obrte i iziđe na vrata. Stojan se začudi kad ga ugleda ovakva.

— Što si takvi, jadniče ojađeni?!... Gle, kâ da je sad iz vode izvađen. Pa ti si slab, bratiću!... Čekaj, sad ću ja tebe namiriti.

I Stojan ga uze za rame, kao malo dete, pa ga uvede u sobu i namesti na stolicu. Nađe mu čiste preobuke, presvuče ga, pa ga namesti na krevet.

— Tako, bratiću, vidiš... Kad je čovek bolestan, treba da leži... Gle kako mu gori glava, i ruke vrele... Ej, kukavče moj, hoće da mi te umore paksijani... da zakopaju živa čoveka!... I ti je opet moliš, kučku jednu... A ona te ne čuje, neće ni da te vidi... no ode niz potes kâ luda, pravo u Brezovac. Tamo će, boj se, i noćiti... Jâkako, bratiću!...

A ti opet idi te praštaj i moli. Ej što nisam ja mlađi, pa da vidiš čuda!... Sve bi je 'vako pesnicom, pa za vrat...

— Kud je otišla? — prošapta Gojko kao iz groba, gledajući i sad nesvesno i drhćući celim telom sve jače. Stojan ga i ne pogleda, inače bi se jamačno uplašio od njegova izgleda, nego mu odgovori onako, gledajući nekud po zidu:

— Otišla onome loli, jà kuda će!... A ti, bratiću, ne misli više o paksijanima, nego lezi tako... A ja znam šta ću sad... Općinila je ona tebe, kaže ceo svet, a baba Mara ima trave i za to, rekla mi je... razgovarali smo mi. Nego ti sad lezi, a ja ću da ponesem tvoj beleg i jedan dinar, pa da vidiš, kao rukom!... Nema 'nake vračare i travare u celom okrugu... svakoga ti đavola zna!...

— Nađi mi staro odelo... treba za sutra — opet prošapta Gojko, gledajući u tavan.

— Za sutra? Pa ja ću doći kroz jedan sat. Dobro najposle...

I čiča mu složi drugo odelo na stolicu, a ono mokro pokupi i odnese da ga osuši.

Gojko leži sam već čitav čas, ne mrda ničim, ne pokrete se, kao mrtvac... Odjednom stade gledati svesnije... Pogleda po sobi, kao da se nečemu doseća... Muči se, napreže pamet, a sve ga zanosi i opet hoće da naiđe ono crno, kao pre... Ha, setio se!... Skoči s kreveta, pa s najvećom grozničavom žurbom stade se oblačiti... Tresla ga je prava groznica i sve ga nešto vuče da legne — glava mu teška... vuče ga zemlji... boji se da ne padne na pod... Ali se on otima, napreže se... Ima nešto jače što ga vuče napred, što mu je obuzelo celu pamet, pa mora samo o tome misliti... I on, obučen i obuven, tresući se od groznice, iziđe iz kuće i požuri niz sokake pravo potesu...

Odjednom, na ulici, kod poslednjih kuća, iziđe pred njega nešto šareno i neobično lepo... Gojko se stade pribirati... da, to je žena, vrlo mlada žena, ali takve lepote, kakva se veoma retko viđa. On se zagleda u nju... Kako to da je ne poznaje, ako je iz ovoga sela!... Ali je lepotica, prava lepotica!...

— Šta ste se, more, vi učitelji, danas proskitali! Što nisi sa ženom otišao u Brezovac, nego ona projuri sama kâ luda, a sad ti za njom?...

Gojko je gleda i samo sluša onaj zvučni glas, koji ide iz samih grudi, ali ne može otvoriti usta, niti joj što reći.

— Što ti je, bolan... kako to gledaš?... Ene, pa on je, jadnik, bolestan!... — uzviknu ona, zagledavši mu se u oči.

— Ko si ti? — ote se Gojku zagušljiv glas.

— Zar me ne poznaješ!... Ja sam Milica Obradova... čuo si valjda?...

Jest, on je nešto čuo da govori mlađi svet o nekakvoj Milici; tada je slušao mnoge razgovore i zadirkivanja, ali se sad ne seća ničega... Samo je gleda i čudi se toj neobičnoj lepoti...

— Vrati se, hoćeš da te odvedem do kuće? — reče ona, i poumi da mu priđe.

Gojko je pogleda uplašeno, ili se valjda seti radi čega je pošao, pa se obrte i ode ulicom...

Sunce je selo, navlači se mrak... po nebu snuju gusti oblaci, skupe se u veće grupe, pronesu se tako zajednički nad selom, pa se opet, tamo na kraju svoda, razdele i zaplivaju usamljeni... Počinje šibati hladan vetar... Gojko se grči i trese, pa opet žuri napred. Često zaboravi radi čega je pošao, pa stane na putu, misli se i napreže pamćenje, dok se ne seti. Kad dođe u Brezovac, smrče se sasvim. Sad je već dobro znao radi čega je došao ovamo.

Uvuče se lagano u dvorište, pa odmah zađe pod prozore sa istočne strane. Jedna soba beše osvetljena... Stade razgledati prozore... svud navučene zavese, ali one dvokrilne, te se između njih može videti. Prope se na prste i pogleda unutra... Eno je, sedi na stolici i plače, a on hoda po sobi i mršti se... O, pa ona strada!... I ona pati!... Pa što je dolazila ovamo... što je došla?...

Gojko otrča na severnu stranu, pa grunu pesnicom u vrata, zatim se brzo vrati na prozor i pogleda unutra... Baš tada Vlajko zatvori za sobom vrata, iziđe da vidi ko lupa. Gojko kucnu na prozor i dosta jasno viknu:

— Ljubice!... Ljubice!...

Ona se trže na stolici, skoči i pogleda na prozor, otkud se čuo glas.

— Hajde... čekam te... Ljubice, druže!...

Ona se iznenadi od toga glasa i stade nasred sobe, da čuje bolje, ali se baš tada otvoriše spoljna vrata i Vlajko viknu glasno:

— Ko je to?...

Gojko se sakri u jedan kraj, a Vlajkov krupan glas zagrme kroz pomrčinu:

— Ko to lupa noćas?... — Postaja malo na pragu, pa kad ne ču ništa, zaključa vrata i ode u sobu.

Gojko brzo pritrča prozoru... Vidi se, ona mu nešto živo govori, a on se čudi i gleda na prozore. Posle on stade njoj nešto dokazivati, čemu se ona isprva stade opirati a posle se spremi, navuče neku veliku maramu na glavu i pođe izlasku. Gojko istrča iz dvorišta i stade pred vratnicama... Beše sav u jakoj vatri, jednako ga nešto vuče zemlji, ne može već da se drži na nogama, diše nekako vrlo brzo, ali se on očajnički otima, ne mareći ni za bolest ni za šta... Samo da vidi nju opet pored sebe, jer držaše da je odbegla sasvim, da ga je ostavila.

Ona iziđe i zastade na stepenima. Jamačno ga opaziše u mraku, te Vlajko zastade na vratima, a ona sama pređe dvorište. Otvori vratnice i zagleda se u Gojka, pa kad ga poznade, obrte pravo niz put; Gojko jedva stizaše za njom... Ali on iđaše, upirući se svima silama, i samo se bojaše da ne padne... Oseća da mu se u glavi mnogo, mnogo muti, i on počinje govoriti brzo, sa čestim i teškim predisanjem.

— Kažem ja: kakvi odbegla!... koješta!... Otišla malo poslom, nešto da pripita za školu, a oni: „odbegla"... E neka vide da nije, i da ne treba tako brzo kaljati čoveka... A ti nije trebalo sama, dušice...

Ah!... — i on se dohvati obema rukama za glavu, pa posle kraćega ćutanja nastavi:

— Ja tebe lepo zovem u Ameriku... šta ćeš bolje?... Da pobegnemo od ovoga sveta, koji nam ne da živeti u miru i sreći. I sama žudiš za mirom... Pa hajdemo, hajdemo, golubice!... Kazao sam ti već, kopaćemo zlato... Ja ću odmah zakupiti rudnik, pa kao Monte Kristo!... Samo da se čuvamo od prijatelja i policije!... Znaš, nećemo se mešati ni sa učiteljima... što će nam!... A posle toga, mi ćemo biti velika gospoda, pa nam neće ni dolikovati da se mešamo sa takvom sitnurijom. Istina, i mi smo bili učitelji, ali to je drugo... Mi smo sasvim drugo... je li?...

Ljubica opazi da je on pomućen, da je u nekakvu bunilu, pa se uplaši, ne znajući šta će sa njim, ako padne gde u putu. Pokuša da ga malo rasvesti, priđe mu blizu i progovori:

— Šta ti je... ti si bolestan?...

— Kažem ti, tamo ćemo carski živeti... — nastavlja on svoju misao.

Ljubica ga uhvati za rame i zaustavi ga, starajući se da mu razgleda lice.

— Možeš li da ideš?

— A?... — odgovori on misleći nešto... — Sve me vuče da padnem, a ono u glavi ključa, ključa...

— Hajde, da te povedem — reče mu, uhvativši ga pod ruku sa otvorenom odvratnošću, ali se bojala da mu što ne bude u putu, pa posle ona kriva.

Jedva stigoše kući. Gojko već ništa ne zna za se. Stojan ga skide i namesti na krevet, pa se ispravi i pogleda Ljubicu prekorno.

— Jà, bratiću, umori 'vaku dobru dušu!... Hoćeš li da zovemo doktora?

— Zašto? — začudi se ona, kao da se budi iza sna.

— Pa vidiš da čovek umire... na smrti je!... Ni sveće nemaš... — odgovori on i stade se okretati oko sebe, kao da se uveri, da doista nema sveće.

Ljubicu udari ova reč kao munja. „Umire!... Šta to veli on?” Ta ona nikad nije ni pomišljala na to; kakva smrt!... Ko će se još nje sećati u ranoj mladosti... Ali šta je ovo, šta će ovo da bude?... Zašto ona odjednom oseti neku prijatnu zebnju u duši?... Zašto povrveše iz duše čitava jata nade i zanosnih snova?... Zašto joj se pronese u pameti odjednom sjajna misao: slobodna!... slobodna!... i uz tu misao ukaza se odmah i druga, ali izdaleka, nejasno... Nu ona joj ne dade razviti se, činjaše joj se nezgodna sad, kad ovaj paćenik umire. Misao beše o Vlajku, i ona se sva strese od prijatne i neobične drhtavice, koja je odjednom obuze... A ovaj Stojan čeka odgovor... Šta da mu kaže?... Doktor ga još može i izlečiti!... Steže joj se srce od nova straha... Kako bi bilo da... ah, šta ja radim!... Ona se sama zgrozi od ove užasne misli, koju uguši odmah, još u začetku.

— Trči, trči za doktora! — odgovori Stojanu, pa ga stade sama žuriti.

Čiča iziđe a ona ostade sa bolesnikom, ne znajući još šta da misli i ne razumevajući potpuno svoj položaj.

Odjednom Gojko otvori oči i stade mahati šakom, kao da nekoga zove.

— Hajdemo brže... šta čekaš!... Ne znaš da ćemo u Ameriku. Ali da se čuvamo njega, da nas ne opazi; može te oteti...

Ljubica se dugo osvrtaše, uplašena, ne znajući šta bi mu mogla raditi. Najzad se doseti, ukvasi ubrus i metnu mu na čelo... To ga za časak umiri, ali posle opet stade buncati.

Oko ponoći dođe Velja, i uplašen i ljut kao otrovan. Kako uđe, ode pravo bolesniku, ne pogledavši Ljubicu. Uze Gojkovu ruku i podrža je, opipa mu čelo, lice, grudi... svud vatra kao žeravica... Gojko opet poče o Americi...

— Ej moj kukavče, ne pomaže ti sad ni Amerika, kad si rasturio svoje gnezdo!... — uzviknu on, uzdahnuvši... — A ludo si ga, vala, i svijao!...

Ljubica se diže, pa lagano iziđe iz sobe; ne bi je cele noći... A Stojan sede sa Veljom i nastavi pričati o poslednjim događajima. Velja je to već sve znao, pa stade misliti o lekaru, da li će doći sutra rano, kao što je obećao. Posle stade misliti o Gojkovoj bolesti... Ovo je neka jaka groznica, ali ko zna šta može iz nje izići!... U neko doba on leže na drugi krevet i zaspa.

Izjutra dođe lekar, mladić, okretan i živ, veseljak, pa još s praga udari u šalu: on je naučio sa učiteljima, to su mu jedini drugovi u srezu.

— Kad ti zastupaš ženu, kakvu li ona dužnost sad vrši?... — reče on Velji, smejući se.

Posle usamljena, neprijatna, noćnoga dežuranja Velja se začudi ovoj šali, ali se brzo pribra, pozdravi se sa lekarem i odgovori mu:

— Ona izvesno vrši kakav muški posao.

Lekar priđe bolesniku, koji gledaše tupo, ukočenim očima i disaše teško.

— Čudna groznica!... — reče lekar, pregledavši ga. — Uostalom, zasad samo to...

— A posle?...

— Videćemo... bojim se da ne pređe u zapaljenje pluća.

— Aa!... pa to ne valja?

— Starci od toga stradaju, a mladi izdrže lako, ne boj se.

Velja mu ispriča neke ranije i sve jučeranje događaje, držeći da to ima veze sa bolešću.

— Hm... to ne valja!... Jak potres... a on je dosta slab i inače.

Lekar se zagleda u crte Gojkova lica i opazivši neke oštre nepravil-nosti, namršti se...

— O čem je buncao?... Ispričajte mi sve kakav je tada izgledao, šta je radio?...

Velja taman kaza šta je video i znao, a Gojko stade mahati rukom i opet udari u bunilo.

— Zasad je obično bunilo... uz groznicu — reče lekar, ali kod njega može da se izleže veće zlo.

— Kakvo?... — uzviknu Velja uplašeno. — Da nije?... — i on pruži ruku na čelo.

— Hm... tako nešto... Uopšte, svaki je potres za njega pravo ubistvo.

Lekar zapisa šta treba da se nabavi bolesniku, pa iziđe. Pred vratima ga sačeka Ljubica.

— Šta je, gospodine, je li opasno? — zapita ona, gledajući uplašeno.

— Vrlo ozbiljna bolest, gospođo. Treba mu pažljiva ženska nega... Može biti svašta... — odgovori lekar i pođe.

— Kako... neće valjda umreti!?... — viknu ona, preneražena, i pođe za lekarem.

Mladić se osvrte i pogleda je pažljivo i dugo... razgleda je dobro, pa motreći na neprestanu promenu izraza na licu joj, odgovori:

— Smrtni smo svi... nije nikakvo čudo ako i on umre.

Lekar ode, a Ljubica uđe u sobu. Velja se taman počeo spremati za odlazak. Ponovi joj sve lekareve naredbe odnosno lekova i negovanja bolesnika, pa, pogledavši još jedared Gojka, koji beše u duboku zanosu, iziđe iz sobe i ode.

Ljubica opet ostade sama sa bolesnikom.

„Dakle to nije samo misao... može da bude i istina... Bože da li je to grehota što se radujem? Ja ne bih, ja znam da je to bezbožno, da ne valja... ali što ću kad samo srce igra u meni, sama mi se duša veseli... I svega ovoga ne bi bilo... i ovaj se jadnik ne bi namučio, samo da sam znala... za ono... Ali ko je to mogao znati! O, kako bi to sve lepo bilo, kako bih ja bila srećna, potpuno srećna... A zar sad nisam? Jesam, jesam... o, te kako!... Ali evo šta mi sreću muti... Lekar kaže... opet ja ono!... Svejedno, i bez toga mora biti. Neka on živi, a ja ću da idem svojim putem, kud me srce vuče... Tamo je sva moja sreća, moj život, sve blago moje. Pa zar da ja to sve izgubim olako?... Ne, ne!... život sam svoj založila da ga dobijem svega, da bude samo moj... da i mene ogreje sunce sreće... Jer dosta se stradalo, život je već bio postao težak, dosadan... nije se imalo radi čega živeti...”

Gojkova se bolest odulji čitava dva meseca, i naposletku jadnik, namučen, ozlojeđen na ceo svet, salomljen i smrvljen pod teškim i dugotrajnim udarcima sudbine, izmučen i teškom bolešću i Ljubičinim nehatom, oslobodi se odjednom sviju muka, zbaci sa sebe stradanje i patnju i ode sa ovoga sveta.

Pri izdisaju beše sama Ljubica. Slučajno ušla u sobu da nešto uzme, pade joj pogled na Gojka i ona se odjednom sva strese, zadrhta i htede vrisnuti od straha... Priđe mu još bliže... Šta je ovo... je li živ?... kako ovo gleda?... Ovo nisu obične žive oči, ovo je mrtvo staklo, pa se samo sjaji... stoji tako ukočeno, bez pokreta, bez ikakva znaka života... Staklo!... mrtav!... mrtav!... I ona se taman spremaše da pobegne iz sobe, a Gojko uzdahnu teško... neobično... Samo se odvojiše usne sa brkovima od brade i on brzo, na prečac, povuče u sebe vazduha... zatvori usta, poćuta, pa opet povuče vazduha...

— Stojane!... Stojane!... u pomoć, potrči!... — vrisnu Ljubica iz svega glasa, izlete iz sobe i stade trčati po dvorištu.

Stojan utrča u sobu, i ona ode za njim. Čiči zadrhtaše vilice i pođoše mu suze na oči... On se ubrisa širokim rukavom od košulje, pa brzo dohvati voštanicu, prekrsti se pobožno, upali je i stavi na Gojkove grudi... Voštanica najpre zaprska, dok plamen ne obuhvati celu sveću, pa se onda stade tiho lelujati, kao poslednja slabačka žrtva samrtnikova, s kojom se on oprema na daleki, nepovratni put...

— Jadni moj bratiću!... Oprosti, i nek ti je prosto sve od mene... i ovoga i onoga sveta...

Ljubica, kako stajaše ispod Gojkovih nogu, odjednom opazi da mu se oči kreću i zaustavljaju se na njoj... Da su deset pušaka naperene na nju, lakše bi joj bilo... Šta je ovo... on pije krv očima!... I ona oseća kako joj se krv ledi, kameni pod tim strašnim samrtničkim pogledom. Uze joj se celo telo, ne može ničim mrdnuti... Obrazi se okamenili, oči joj stale, razrogačile se i ne mogu nikako da se odvoje od onoga strašna pogleda... Samo se vilice ponekad zatresu i opet se okamene...

A Gojkove oči gledaju... gledaju preko uzdrhtala plamička voštanice i čini joj se da govore. Jest, eno... vidi se jasno... Beše u tom pogledu čitav bezdan prekora, tužnoga, očajnoga, gorkoga prekora. Izređao je taj pogled sve, što njih dvoje zajednički preživiše, i nijedna senka zahvalnosti da zasija u njemu, ni tuge za rastankom... ništa, ništa drugo, samo prekor čemeran, otrovan... I neprestano se posle Ljubici, kud god se makne, priviđaše ovaj prekoran pogled, koji sažiže dušu kao ognjem...

Opet se otvoriše usne samrtnikove, opet slabačak samrtni ropac, jedan... drugi... i oči se sasvim promeniše, pravo staklo!... Svršeno je!...

Kad opremiše i namestiše na krevet mrtva Gojka, Ljubica opet uđe u sobu i stade blizu mrtvaca. Znala je šta bi sad trebalo da učini, ali joj to beše odvratno. Ona se samo približi još više i odjednom se zagleda u ono mrtvo lice... Prođoše joj trnci kroz celo telo... Gle, pa i lice govori!... mrtvo, mrtvo lice, a govori!... Jest ona dobro poznaje to lice, naučila je čitati ovakvi izraz na njemu, i evo sad vidi... jasno vidi...

„O, ala mi je dobro!...", veli ovo, smežurano i ispijeno teškom bolešću, lice. Ni tuge, ni žalosti, ni žudnje, ni patnje i stradanja, ni prekora, ni radosti... ničega, ničega!... Samo večni, duboki, nepromenljivi mir ispisan je na njemu i samo jedna usna malko... vrlo malko povukla se u stranu, te sa nje leluja senka osmeha i još jače ističe onaj jedinstveni izraz na okamenjenom, nepokretnom licu: „O, ala mi je dobro!...”

Hej, stanite vi večni trudbenici, što ne znate ni za jedan čas odmora; i vi sa namrštenim čelima, sa licima onakaženim stradanjima i patnjom; i vi, jadnici, što izgubiste obraz i poštenje, udvarajući se silnima, i svi vi zabrinuti i namučeni hodite i stanite ovde uz ovu veliku i nepromenljivu istinu, pročitajte večnu reč na ovom okamenjenom licu i umirite srca svoja... „O, ala mi je dobro!... O, ala mi je dobro!...”

XXI

U trećem mesecu po smrti Gojkovoj, odmah po novoj godini, venčaše se Vlajko i Ljubica. U istoj crkvi, u kojoj se pre devet meseca venčala sa Gojkom, pred istim sveštenikom i starojkom zaveriše se novi supruzi na vernost. Samo se Velja nipošto nije hteo primiti kumstva, ni čuti za tu svadbu, te okumiše predsednika Đokića. Velja još gorko prekori Aksu što se primio časništva.

— Šta ću, znate!... Sramota je da naš čovek i drug luta po selima i traži časnike, a drugovi su mu tu pred očima... Ono doduše priznajem... nekako mi je, znate, nezgodno bilo; ceo dan sam bio onako, nekako... kao da sam što izgubio. I gospodin popa veli to isto.

Vlajko je dobio premeštaj na Gojkovo mesto, i preselio se na sam dan svadbe. Kako je imao mnogo stvari, morali su uzeti drugu, zasebnu kuću, podalje od škole, i tu Ljubica stade svijati svoje novo gnezdo, uspavljujući se najsjajnijim nadama i najslađim snovima. Još nije mogla verovati da je to sve uistini svršeno, da je onaj otresiti, pametni i lepi čovek njen muž, da su sve ove zgodne i lepe stvari u sobama — njene stvari, da je to njeno gnezdo!

Bože, pa ona je to i želela, samo to!... Njeni ideali nisu bili nedostižni, nego skromni, veoma skromni... I evo, baš sve se ispunilo! On je onakav, kakvog je ona zamišljala još u školi; njih je sastavila neobično jaka, silna ljubav, prava ljubav, velika, zanosna, onakva, kako se to opisuje u romanima... I sve je tako nekako ispalo, kako se u romanima piše... I eto zajedno su i u školi. Sve, kako je ona želela...

A on je ljubi, jamačno je ljubi, inače je ne bi uzeo za ženu. Istina, on nije onako nežan i pažljiv prema njoj; ne ume, ili neće da deli miloštu kao drugi ljudi, nego sve nekako onako... ozbiljno, važno... Samo nekoliko puta, u početku njihove veze, pomilova je i beše nežan prema njoj, ali je i ta nežnost nekako gruba, neumešna, kao da je usiljena... A posle već svakad je isti: ozbiljan, oštar pogled; samo iz onih jasnih plavih očiju sija ljubav i dobrota... Takva mu je narav. Ako će; to i dolikuje muževima, a ne kao... i ona se odjednom trže od ove nove misli, jer je izbegavala svako sećanje na prošlost...

Sad nastaje život, pravi život!... A ovo se do sad lutalo nekud po mraku... Dalje, dalje crna prošlosti!... Zdravo lepi, srećni živote!...

Ustala je rano posle svadbene noći, opremila se lepo, čisto; spremila sve što treba da je gotovo, kad joj novi gospodar ustane, pa sad, vesela, i srećna, čeka da se on probudi. Sedi tako, sva blažena i zanesena u sreći svojoj, pa pretura preko glave poslednje događaje, i smeši se zadovoljno.

„A on baš ne htede odmah, onako dragovoljno... da se to svrši. Sve nešto oteže i odugovlači: te čekaj ispit, te bar polugodišnji parastos... Koješta! A mati me lepo savetova; da ne bi nje, ko zna kako bi bilo... Nego ja njega lepo onako, kao konac oko prsta, pa začas gotovo. I šta mu sad nedostaje?... Sam veli da je potpuno zadovoljan. Šta će više!... A sad pamet u glavu, pa čuvaj svoju sreću!...”

Kad se Vlajko umi i opremi, ona ga uvede u drugu, čistu sobu, gde na sredini stajaše sto, pokriven belim kao sneg zastiračem; na njemu poslužavnik sa slatkim i čaša vode, bistre kao kristal.

— Ho, brate, kako se čovek oduči od svega! Eto, ovo sam ti voleo svako jutro ovako... pa posle nema ko da spremi, te se odučih. A sad... dobro je, dobro je!...

Ljubica natoči lepe rakije i podnese mu.

— Ho, ljudi!... krasota!... Pa tu će biti bez sumnje i dobra kajmaklija, a?...

Ljubica donese dve šolje crne kafe, pa sede uz njega i uze da se posluži. Vlajko je pljesnu rukom po ramenu, to mu beše izraz velike nežnosti i milošte, a čaša s vodom drmnu se u Ljubičinoj ruci i poprska sto.

— E položila si ispit za domaćicu. Alal ti vera!... Još da vidim kako ćeš se pokazati na ručku.

— Znaš da moram biti u školi do deset. Šta mogu učiniti za dva časa?

— Ho, golubice, pa to i hoću baš... da tu pokažeš majstoriju: da stigneš i u školu i u kujnu. A ja ti, brate, ne volim onaj seljački običaj: da se ruča ma šta... Odvoji malo sira, koje jaje pa gotov ručak. Jok, ja hoću svakad kuvano, a sa naše dve plate to će ići kao podmazano.

— Pa šta ćemo danas? Nemamo ništa za kuvanje...

— A zar je malo živine po selu, pa kupuj. Stojan će ti i nabaviti i urediti, pa ga možeš naučiti i da ti pomogne oko ručka.

— Zna on dobro. Nego mi se onako nešto ne mili da ga gledam u ovoj kući...

— Što?

— Ta... onako... Jednako me gleda dušmanski. Ne može da zaboravi onoga... Svake nedelje mu ide na grob...

— Ho, pa to nije ništa! Dobar sluga žali dobra gospodara... Ali on može ujedno i žaliti i — čupati kokoške...

Ljubici odjednom naiđe nastup ljubavnih osećaja, ona sva zadrhta od neke miline i baci se Vlajku na grudi. Njemu ovo ne bi po volji, preseče je pogledom ozdo do na vrh glave, ali ne reče ništa. Ko veli: pravo je da se promazi prvo jutro po svadbi, a već posle... hm... dosadiće se oboma.

— Samo tebe kad imam, tebe... Ti si mi jedina sreća moja, jedina i prva ljubav... — uzviknu ona, grleći ga.

Pri poslednjoj reči on se nekako ironično osmehnu, i lagano ukloni njene ruke od sebe, pa ustade.

— Zar je vreme da idemo?

— Da idemo. Treba da vidim tamo u školi sve... nisam ništa još pregledao.

Tako se poče nov život i nov radni dan u ovom novom, ljubavlju svijenom, gnezdu. Vlajko i Ljubica odoše na rad; gnezdo ostade samo.

Posle dva dana dođoše im u pohode Ljubičina mati i sestra. Ljubica ne zna šta će pre od radosti. Vesela je što vidi svoju milu rodbinu, a još veselija što ih u ovakvu stanju može dočekati. Skakuće po kujni kao šiparica od četrnaest godina, pa doleti u sobu, zagrli majku, obaspe poljupcima milu seju.

Majka, radosna što joj dete tako srećno, pa uzdahne i pogleda mlađu kćer, pomislivši kakve li će sudbine ona biti?... Da li će se namučiti, kao što se ova žalosnica namučila prošle godine, ili će blagovati, kao što ova sad blaguje?... Ali crn i neprovidan zastor budućnosti sve to skriva od ljudskih očiju, dok mu sadašnjost ne otme delić po delić sakrivene tajne. I bolje!... Slatko je nadanje živu čoveku, nada mu je dragoceno blago...

— Majčice, kako ti se čini... je li dobro sad? — prilazi ona materi i grli je nežno.

— Ti najbolje znaš, dete moje. A po tebi gledajući, rekla bih da je mnogo dobro. Samo to treba sačuvati... Znaš kako se veli: lakše je steći no sačuvati.

— Ja sve činim... O, valjada me neće Bog više mučiti?... Dosta je bilo! — uzviknu ona i pogleda majku, koja brižno preletaše pogledom preko zidova, izbegavajući njen pogled.

— Baš si divno namestila! — reče joj sestra, gledajući po stvarima i nameštaju, raspoređenom po sobi.

— Hajdemo u druge sobe, da vidite.

I Ljubica provede svoje goste po celoj kući, ispriča im sve što je znala o prvoj ženi Vlajkovoj.

— Čudo mu nisu oduzeli stvari? — zapita je mati.

— On je, veli, sam nudio starcu, ali mu on odgovorno: „Kad nemam kćeri, ne trebaju mi ni dronjci".

— Ćuti, dobro je. Ionako ništa nisi imala, veselnice. A sad puna kuća.

I Vlajko se pokaza veoma predusretljiv prema tašti i svastici. Zagovarao ih, šalio se sa njima i, znajući o čem majke odraslih kćeri najradije govore, obeća da će kroz godinu dana sam naći pašenoga, samo neka svastika poraste.

Kad sutradan Smiljka pođe svojoj kući sa detetom, ona ostavi kćer i zeta sa tvrdom verom: da je to srećan par i da će veoma složno živeti. „Pomozi Bože!", prekrsti se ona, kad izreče ovu misao.

XXII

Ljubica prebrinu i drugi ispit, ali sad umalo ne prođe zlo, jedva se spase slabe ocene. Uostalom sad joj i ne beše do ispita. Druge brige, druge muke obuzeše je i zaustaviše na sebi svu njenu pažnju. Kakav ispit, škola... kad je ovde pitanje o smrti i životu!...

Sve se promenilo u novom učiteljskom gnezdu: ne sija više sreća i zadovoljstvo na domaćičinu licu, ne čuje se ljubavni šapat i ne razležu se vesele pesme kad ona radi u kujni. Sve je ozbiljno i sumorno; čini se da će svakoga časa da zagrmi grom u ovom gnezdu.

Najpre Ljubica opazi da se Vlajko stalno uozbiljio. Nije mu se videla ljutnja na licu, ali tek nema više onoga toplog pogleda, koji Ljubicu svakad preseče preko srca. Ona se ne doseća da je nastalo vreme ozbiljnom radu, ne vidi da Vlajko ima još i drugih briga osim škole: počešće ide u srez, svakoga dana obiđe sudnicu, a kad se vrne kući na odmor, ona ga sačeka durnovito, prekorno.

— Tako... skoro ćeš i zaboraviti da imaš kuću, da te ovde neko čeka i brine se o tebi. Samo ta sudnica prokleta!...

— Jesi li čula, ženo, upamti jednom za svagda: nisam te ja uzeo da mi budeš tutor, nego žena!... Da me slušaš, a ne da mi tutorišeš! Kome se ne svidi, srećan mu put!...

Nisu se razumeli.

On je nju voleo, ali nekako na svoj način, bez one obične ženske nežnosti, koja vlada među mužem i ženom prve godine. On je bio vazda ozbiljan, živ i neprestano je tražio rada, rada i mišljenja. Kad ga kakva nova stvar zainteresuje, on joj se preda sav, zaboravljajući na sve drugo... Tako su ga i sada zauzele zemljoradničke zadruge. Neprestano je trčao sa Đokićem do Beograda, Smedereva, išli su po selima, gde su već osnovane ovakve zadruge... Naposletku jednoga dana osvanu i kod njih ustanovljena zadruga. Vlajko se sav predao toj ustanovi, i sve vreme što mu ostade slobodno van škole, upotrebio je na poslove zadrugine. Nije ni čudo što je dolazio kući umoran, pa je tražio samo odmora. Žena je, mišljaše on, ionako sama, odmorna, nije razbijala glavu ceo dan seljačkim potrebama i nevoljama. Dosta joj je što je tu uz njega. I on mišljaše da je samo takvo postupanje u redu, a drugo su sve bapska posla, koja ne dolikuju ozbiljnim ljudima...

Ljubica se prenerazi od ovako oštrih reči. Nikad joj nije tako podviknuo. Šta je ovo?... On je ohladneo prema njoj, ne voli je više. Ali zašto, zašto? Ne može biti da će joj ko oteti onu ljubav, koja vladaše doskora među njima!... Ona oseća kako se počinju vraćati stari dani muka i stradanja. Ali dokle će se večno stradati?...

Vlajko se spremaše da legne, kad ona odjednom iza njegovih leđa zajeca... On se osvrte i namah ga obuze divlja srdžba. Nije mogao trpeti ženske suze, one su ga veoma dražile. Pre venčanja je poneki put i otrpeo, ali sad... kad treba ozbiljno živeti i raditi.

— Ho, ljudi!... — dreknu on iz sveg glasa — ne dadu mi odmora ni u mojoj kući!... — pa gotovo istrča u drugu sobu, zaključa se tamo i leže.

Ljubica je dugo premišljala šta da radi. Kako bi bilo da okrene drugi način? Da se ogleda!

Jedne nedelje dođe on na ručak sumoran, gotovo ljut. Ona se skloni, pa stade iz kujne pevati neku veselu pesmicu i sipati jelo, da nosi na sto. Kad ču da je on već ušao u sobu, ona uze činiju sa vrelom čorbom i ponese je na postavljen sto za ručavanje.

— He, mladiću, umalo ti nisam prevrnula tanjir — uzviknu ona veselo, nameštajući činiju na sto. — Proskitao si se mnogo, pa i ne dolaziš kući na ručak — reče ona, hvatajući ga za ruku i vukući k stolu.

Pogled na prijatan dim vrele čorbe i ovo veselo ženino cvrkutanje razveseli ga. Odmah stade sipati čorbu, odgovarajući ženi:

— Znam ja, ostalo bi dosta čorbe. Ne možeš ti sama sve pojesti... Ti si mi, brate, fina žena: malo jedeš a lepo se nosiš... Ho-ho-ho... — nasmeja se on veselo, videći kako ona crveni od njegove šale.

— Čorba je danas valjana — obrte ona razgovor, tražeći i u ovom slučaju pohvalu. — Stojan mi nabavio neku debelu kokošku, a ja rekoh biće dobra za čorbu.

— More, pametna si ti ženica i krasna domaćica, samo te to ne drži zadugo, nego naiđe neka luda, jogunasta daska, pa čovek da beži u svet.

— Jest, kad ti dođeš kao da ti je sve poklano, a neki put te nema po tri dana...

— A šta bi htela: da se uhvatim za suknju, pa da ti ceo dan piljim u oči?... Ho-ho-ho!... Ala bi to bio muž, bre!...

— Istina, kud ideš toliko i kakav je to neprekidni rad? Zadrugu ste, čujem, otvorili, pa šta sad imaš tamo?... Predaj im sad, pa neka rade sami.

— Ne volim to kad mi se žena meša u moje poslove — odgovori Vlajko odsečno. — Tvoj je posao u školi i u kući, a moj među ljudima.

Ona se trže i opet pocrvene. Obuze je nekakva studen oko srca, i ona bi se rado digla od stola, ali zna da bi to izazvalo čitavu buru... Ostade sedeći, uzimajući mrvice hleba u usta, samo da se vidi da ona još ruča. A na dušu pada sve veći teret, sve ljući bol...

„Idu stradanja, vidim ja... Ali zašto ne mogu da vidim sve unapred, da vidim kraj!... Zašto ne mogu bar u dušu da mu zavirim, da vidim šta ima tamo, šta oseća on... A onome jadniku znala sam dušu kao svoju; sve mu se moglo na licu pročitati... Beše kao malo dete!..."

Po ispitu nastupi još veća promena. Vlajko, zaludan, provodi po ceo dan u sudnici, a zaludni ljudi najradije izmišljaju kakva zanimljiva preduzeća... Vlajko, inače veliki ženskaroš, iako to niko ne bi verovao, sudeći po njegovoj ozbiljnosti, pristane uz kmetovske šale, pa se po ceo dan vođahu razgovori o ljubavnim aferama i noćnim šetnjama. Na ovim dugim lepim danima okupljaše se ovo intimno društvo seoskih zaludnika, pa se tu ćaska o svemu i svačemu. Vlajku već dogrdila ona večna turobnost, pakost i jogunstvo ženino, pa beži od kuće i traži gde bi se mogao raspoložiti i razveseliti...

Tek nastade raspust, a svet poče zuckati o vezama Vlajkovim sa Milicom Obradovom. Ćata se najviše dao na posao, da se ti glasovi rastrube, a on im je upravo i bio povod, jer je on sastavio Vlajka sa čuvenom lepoticom.

Ljubica se već bacila u najcrnje misli, jednako očekuje neko zlo, a ne zna otkud će ono doći i kakvo će biti, tek samo oseća da je ono sve bliže i da će se njena sreća razleteti kao prah... Pa ipak se svakoga časa nada dobru, nada se da će se to sve okrenuti nabolje, da će sve ići starim putem. Zato ne ode roditeljima, iako se spremala do sad. Neka, bolje je da čuva kuću.

Jedne večeri sedi ona u dvorištu i čeka muža na večeru, iako on u poslednje vreme i ručava i večerava negde na drugom mestu. Odjednom škripnuše vratnice i kroz njih uđe seljak u belim košuljama. Sumrak se već uhvatio, te mu se ne raspoznaje lice.

— Dobro vi veče! — reče on, prišavši Ljubici.

Ona odmah poznade Bogosava, i sledi se, jer on nikad ne dolazi uzalud, a retko kad da dođe s dobrom vešću i sa čistom namerom. Obuze je strah, htede ustati, ali ne učini to, da ne bi tim ukazala veliku pažnju Bogosavu.

— Vi sami... čekate učitelja?... The, šta ćete... mora se!... A ja baš to gledam onogaj... svaki dan, na... pa mi baš, ovaj... žao mi, nije vajde...

Ljubica počinje zverati očima... Šta li će sad biti, šta li će joj reći?... Eto ga, ide ono strašno... Oseća po ćatinu glasu; on je došao naročito... on je spremio sve, pa došao da je vodi na muke...

Bogosav vidi da se ona ućutala kao okamenjena, pa čeka njegovu reč, kao što se očekuje grom posle sevanja munje. On razvlači i oteže, uživa unapred i predviđa rezultat ovoga razgovora.

— I što ću vi reći, brate, jesu i ovi udovci đavoli, kad se ožene!... Naučilo, znaš, da menja... kâ rđav sluga gazde... pa to odmah u skitnju...

Ljubica gleda i otvara usta da nešto kaže, ali je steglo nešto u grlu, pa ne može ni glasa da pusti. Ona se diže sa stolice, pa dohvati rukama naslon i stade čekati da ćata produži. A njemu se ne žuri, on to zgodno oteže i namešta s naročitim ciljem: da što više razdraži Ljubicu.

— Kod takve fajn-žene, brate, tražiti seljanke i vući se sa njima noću po potocima!... To je... onogaj... ne da se reći...

Ljubicu udari nešto po glavi, te joj se odjednom sasvim smrče, ošinu je nekakva oštra, ubistvena struja po srcu, i ona se povede... Ne, ne... treba stajati, treba izdržati do kraja... Ono je već došlo, evo ga!...

— Gde je učitelj!... govori, ne muči me!... — vrisnu ona i pođe prema njemu.

— Pa znaš kako je... to su tugaljive stvari, a ono je čovek prek... Niko ne voli da mu se drugi meša, u takve poslove... Nisam rad da ja budem kriv...

— Kaži mi samo, tako ti Boga!... Niko neće znati, osim mene. Kunem ti se srećom i zdravljem!... — viknu ona uzbuđeno, prilazeći sve bliže njemu.

— Eno ih u Đokićevom kukuruzu... pod onom kruškom na sredini... Znaš njivu Đokićevu... čim se iziđe iz sela, odmah desno...

— Znam... znam... — drhtaše ona od zime, koja je odjednom obuze, pa se odvoji od stolice i pođe.

— Nemoj samo da zna ko za mene! — viknu ćata, idući za njom.

Ona zastade, dvoumeći. Činilo joj se da treba nešto poneti, i ona kao kroz san vidi onu stvar, koju bi trebalo sad uzeti, ali je nešto, ni sama ne zna šta, odvlači od te misli i vuče napred... Ona kao u snu iziđe na vratnice, pa našavši se sama u mračnom sokaku, pojuri napred, kao da je neko goni...

Mrak!... mrak!... svuda večni neprobojni mrak... i oko nje i u duši samoj. Niti se što vidi ni oseća, samo trči napred... brže, brže... da ne bude docne...

Da li se to razviđa, rasvanjuje... ili sa njene duše nestaje mraka?... Što bliže prilazi kobnom mestu, sve bolje se vidi. Pa ovo još nije mrak, vidi se!...

Ha, evo njive!... Polako samo... tiho kao senka... Rasklanjaj rukom pera kukuruzna, da ne šušte, pa hajde napred oprezno, lagano... kao zmija kroz čestu... Eno kruške... Hm, treba obići sa druge strane, otud je kukuruz do same kruške, a odovud je ponjana... Brže, opreznije!... Pst!... Čuješ li?...

Ljubica sede na zemlju, ne dišući. Noge je izdadoše, snaga je ostavi, ona premre, poče se kameniti... Samo se raširene zenice uprle kroz mrak u neke nejasne predmete, što se belucaju tu kraj debla kruškova, a sluh napregnuto lovi svaki zvuk i pokret... Jest, poznaje dobro njegov glas... Šapuće, ali do njena sluha dolazi čitava grmljavina. Da li je to istina, Bože, da li je ne varaju oči i sluh?!... Polako još napred, vuci se kao zmija među burumcima i zelenim perjem kukuruznim... još, još... Dalje se ne sme, već su tu pred njom... čini se da im čuje i samo disanje. Čudo je samo kako je ne opaze... Ali je ona polegla po zemlji, samo glavu malo podigla, da bolje vidi i čuje...

Što oči ne mogu da postignu, pomoći će im sluh... Gleda i sluša, ne dišući, samo drhće, drhće i gleda...

O, kako je strašno ovo što donosi sluh!... Je li mogućno da je to njegov glas... tako umiljat, tako pun ljubavne žudnje?... Nikad ga ne ču ona da tako njoj govori... Gle kako drhće i treperi taj poznati joj, krupan, muški glas... a iz njega veje tako nežna, tako vatrena i živa ljubavna čežnja!... Ne, ne, nije mogućno da je to on... Ili upravo jeste on, ali njeni uzbuđeni osećaji sada sve uvećavaju, pa i to ljubavno gukanje... Gle, ljube se... čuje se jasno... O, svaki joj taj otrovni zvuk proseca i prožiže živo srce, svaki joj čupa iz srca delić po delić dosadašnje ljubavi i puni prazno mesto u srcu najljućim čemerom, najstrasnijom žudnjom za osvetom... Od predane i zaljubljene žene stvara demonsku dušu, koja samo o zlu misli.

Užasna li je ženska surevnjivost!... ona strasna, beskrajna, slepa, koja ne razmišlja mnogo, no samo bira mesto, gde bi kanula kap otrova!... Da li da ih ubije, da smrvi, da uništi sve ovo, što se još pomalo u pomrčini belasa?... Sad zna šta je htela poneti, ali se čudi šta joj bi da to ne uzme, no pođe ovako praznih ruku... Svejedno, makar ih ne pogodila, ali samo neka grune tresak pred njihovim očima, nek plane vatra, nek prozviždi tane, neka im pokvari, nek preseče ovo ljubavno gugutanje!... O, pogrešila je... mnogo je pogrešila!... Opet je obuzima zima... sve više je izdaje snaga... glava joj klonu na jedno okopano stablo... Kukuruz se povi, dodirnu druga stabla, pera se spletoše i zašuštaše... Oni ispod kruške poskakaše i nestade ih u pomrčini.

Ljubica se prenu. Šta je ovo... sama?!... A oni otišli... namilovali se, naljubili se, pa otišli svako svome gnezdu... A šta ono neobično svetlo igra u kukuruzu?... Je li to izgubljena ljubav, ili je kakav duh sa onoga sveta došao da gleda njeno stradanje, propast?... Evo ga bliže... još bliže... Gojko!... Isto onako miran, kao kad ležaše na krevetu, i opet mu isto onako ispisano na licu: „O, ala mi je dobro... ala mi je dobro…" Stade… maše joj rukom, isto onako kao kad je buncao, zove je k sebi… Oči ukočene, usta se samo malko smeše… a ruke kao da nisu od mesa, kao da su od samoga vazduha, tiho i nečujno, kao lahor, mašu i zovu…

Razleže se očajan, panični, samrtnički vrisak i odjeknu daleko potesom kroz gluhu noć, ali ga niko od ljudi ne ču, samo psi od krajnjih seoskih kuća zalajaše, pa, kad ne čuše ništa više, ućutaše se, i opet nastade grobna tišina…

Ljubica oslušnu… Šta se to čulo?… vrisak… Ali otkud, od čega?… Neko je vrisnuo, uplašio se… Ili je to ona vrisnula?… Da li je to bio njen glas?… Ona se jedva diže, i lagano pođe selom kroz mračne i krive sokake.

Kad ona uđe, Vlajko seđaše u sobi prema upaljenoj sveći i prevrtaše neku knjigu. Podiže oči i pogleda je, po običaju, oštro. Ona jedva iđaše, noge joj klecahu, u glavi se sve više muti, a na srcu stoji onaj ledeni kamen, koji je još ovde u dvorištu obuze… Ona dođe do kreveta i sede, teško uzdahnuvši.

— Gde si ti, more, do sad? — zapita Vlajko, ne skidajući očiju sa nje.

Ona podiže glavu i pogleda ga tako, kao da bi htela zaviriti mu u samu dušu. Ali se odjednom trže, namršti se, dođe joj odvratno i gnusno ovo lice… Slabim glasom odgovori mu, gledeći ga pravo u oči:

— U Đokićevoj njivi!…

On se osetno trže i odjednom mu se promeni lice, ali kroz jedan trenut stade ga polagano obuzimati srdžba…

— Kakvoj njivi?!… — uzviknu on začuđeno, ali mu glas drhtaše od ljutine. — Šta si tamo radila?

— Pod kruškom onde… Gledala šta moj muž radi sa… sa onom Obradovom — odgovori ona tiho, lagano, ali joj srce lupaše da iskoči iz grudi, a disaše brzo, brzo kao da se guši... lice joj se iskrivi od nekakva bolna trzanja...

Vlajko skoči, učini nekakav nejasan pokret, pa se odjednom trže, pribra se... Sleže ramenima, kao da se čudi šta to ona bunca, pa se okrete k vratima druge sobe, u kojoj je, u poslednje vreme, sam spavao.

— Ho, ljudi!... — reče prolazeći pokraj nje, kao da se čudi bedi nevidovnoj, pa uđe u sobu, obrte ključ u bravi i leže da spava...

XXIII

Prođe ceo mesec jul, a u novom učiteljskom gnezdu ne povrati se pređašnja sloga i sreća. Vlajko retko kad i dođe kući, a kad dođe, i to samo uveče, zaključa se u svoju sobu, noći, i čim svane opet ode. On drži da tako mora postupati svaki, ko hoće da navikne ženu, da se ne meša u njegove „poslove". Žena je zato da sluša i radi, a muž je gospodar; on može što hoće... pa poneki put i da vrdne...

Ljubica omrze život, postade joj pust, besciljan... I našto ovako živeti?... Zar je ovo život!... Ona bi, bez sumnje, još onoga kobnog večera, vođena svojom plahovitom naravlju, učinila kakvo zlo ili sebi ili drugome. Ali ona se još nadala... Mislila je da se to može nekako okrenuti, iako nije znala kako bi se to moglo okrenuti, iako je znala da njeno srce nikada više ne može pripadati onome, koji je tako lako pogazio nogama njene najsvetlije osećaje, koji se narugao njenoj ljubavi i pljunuo na njenu ropsku predanost. Ženska duša ne traži smisla, ni logike u događajima i željama, kod nje je sve to nekako protkano nejasnim osećajima, u kojima se ni ona sama ne može razabrati...

Početkom avgusta, Ljubica ode svojim roditeljima. Sve je nešto do sada očekivala, ali se uverila da su nade varljive i uzaludne. Promenila se mnogo. Jedva bi je ko mogao poznati. Od lepe, mlade, zdrave žene, postao je kostur, omotan kožom. Nema više one vatre i živosti u očima, ni rumenila na licu. Sve se promenilo, dobilo samrtnički izgled, a oči, one žive oči, gledaju umorno, tamno, neprestano je u njima nekakav bezumni izraz, od koga čovek mora zadrhtati.

— Kukavice sinja, što si mi takva!?... Jadnice moja, ti opet stradaš?... — dočeka je mati sa suzama i začuđenim pogledom.

Ljubica samo krenu očima besmisleno, tupo, umorno, kao da je se ništa više ne tiče ovaj svet i uzdahnu duboko...

— Osećalo je srce moje da ti veliku muku mučiš... znala sam... I snovi crni, iz dana u dan... pa da se poludi od brige.

Predveče, kad se mati i kći skloniše u sobu i ostadoše same, otpoče gorka ispovest. Ljubica je pričala teško, s mukom, ali joj Smiljka pomagaše zgodnim pitanjima. Posle nastade objašnjenje i razgovor.

— I sve mi se ovih dana vrze jedno po pameti... nikako da izbijem misao iz glave... Gojko mi jadni jednako pred očima. Sedim tako po ceo dan i mislim, a on uza me... I sve premišljam o njegovoj dobroti, o onoj iskrenoj, neizmernoj ljubavi, koju sam ja pogazila, pa me Bog zato kaznio i sad drugi gazi moju ljubav... I sve, ama baš sve... kako je bilo sa Gojkom, tako je sad sa mnom!...

— E, sinko... Govorila sam ja tebi onda — reče joj mati, gledajući zamišljeno u daleki venac planina, koji se viđaše s prozora. — Onakav čovek!... onakva duša!... Ali ti si gledala na lepotu... Šta ću ti ja!...

— O, teško meni!... Jeste, jeste... Bio mi je tako odvratan, tako dosadan... mislila sam poludeću, ako još duže sa njim poživim. I sama se čudim kako to odjednom naiđe... odmah posle venčanja... I tako do same smrti... Znaš li ti da sam ja bežala od njega. Pobegla sam ovome nesrećniku, a on, jadnik, u groznici i bunilu, dojurio za mnom, stao pred prozor i čeka... čeka mene otpadnicu, čeka kao pseto što čeka milost od gazde... A ja sam tada skočila i pošla sa njim po noći... zakipela je u meni nekakva strašna mržnja, i ja sam se spremala da ga ubijem... Šta nisam tada mislila, o Bože!... A on, jadnik, najedared klonu... posrnu i htede pasti. Ja pretrnuh od straha... odjednom se sledih, uzeh ga kao malo dete i dovedoh kući. Tada sam videla da na njega nikad ne bih mogla ruke dići... da ne bih mogla ubiti nikoga. I on se, jadnik, od toga dana ne diže... Ode, kao da je i svojom smrću hteo da mi učini uslugu, da me zadovolji potpuno...

— Ideš li mu bar na grob, jadniku?

— Nisam u početku nikako, a letos jesam... često. Stojan mu pobusao grob velikim zelenim busenjem... On ga je, jadnika, i ožalio... A ja... eh!...

— Što bar ne dođe odmah po raspustu, da sediš s nama ovde?... Nego tako... izgubi zdravlje...

— Zdravlje!... A što će mi sad zdravlje... kome ono treba?... Njemu... je li?...

— Tebi, sinko, i nama... pomisli na nas... A i njemu, što?... Sve će se to popraviti. Među mladim ljudima ima toga... te kavge, ali se to sve popravi...

— Popraviti!... Ne može, majko, zarasti isečeno srce... ono je iščupano, nema ga više... Da nisam poznala pravu ljubav, bilo bi mi svejedno... ništa... Mogla bi produžiti i ovakav život. Ali ti ne znaš šta sam ja izgubila... Sve... Sve!...

Ućutaše obe, i mati i kći, oboriše glave i predadoše se teškim mislima. Jedna se čudi novom naraštaju, kako to sve prima k srcu i ne ume da se zadovolji malim... Živi s drugom! Pa neka ga, kad mu se to svidi... Neka on ne zaboravlja kuću, a onako... što?...

Ljubica podiže glavu kao iza sna, i gledajući zamišljeno, progovori:

— I sve me zove k sebi!... Malo, pa mi se opet javi i zove... Lepo ga vidim... maše rukom...

— Bog s tobom, dijete!... — prekrsti se Smiljka. — Nemoj da misliš o njemu više. Zato ti se i javlja što jednako misliš.

— Kako mogu da ne mislim! Kako mogu!... Šta ću da radim?...

Noć se polagano navlači, a one još sede, šapuću i uzdišu...

Trećega dana po dolasku, Ljubica se vrati kući. Ne htede se ni osvrnuti na molbe materine, bratove i sestrine, da ostane još sa njima, da se malo pribere od toga bunila, da dođe k sebi.

— Ne mogu, ne mogu... Sve me nešto vuče tamo, kao da me čeka neka važna stvar. Sa vama govorim i gledam vas, a mislim o drugome... Ne mogu, ne zadržavajte me!...

I ona ode.

Putuje potesom, šumom, prelazi bistre planinske potočiće, a ne vidi i ne čuje ništa... Od sinoć joj se nešto preokrenulo... mislila je dugo, pa odjednom oseti kako joj se uvuče u dušu nekakvo novo strašno osećanje... Ono samo truje oko sebe, baca gorčinu i jed, sažiže, ništi... I jednako se samo ono javlja i treperi u duši, zaklanjajući sobom sve: i misao, i suđenje, i druge osećaje... Gleda sumanuto, ide mehanički, a kroz glavu joj samo proleću nekakve isprekidane misli...

„I Zorka ostarela... Kažu ne daje više mleka, ne teli se... A onaj put zarastao, kud smo pre išli na reku... Čudno zacelo: revizor se ljuti što deca znaju trećinu čitančice napamet, a druge dve trećine ne mogu ni da sriču... Za koliko bih mogla istrčati uz onaj goli Kosmaj?... Gojko me onda zvao da se penjemo... Njegova Amerika...”

Lete, lete, menjaju se kao u kaleidoskopu nejasne, isprekidane misli, koje nemaju nikakve veze ni sa njenim stanjem ni sa poslednjim događajima... Sve se ispreturalo, uskomešalo u njenoj pomućenoj vreloj glavi, čitav haos!...

Skoro je podne; sunce bije ozgo, u teme.

Kad stiže pred vratnice, opazi Bogosava, koji taman htede ući u dvorište, pa kad vide nju, iznenadi se pa zastade.

— Baš nisi potrefila — reče joj on, smešeći se demonski. — Oni sad tamo ručaju, pa da im pokvariš veselje...

Ljubica podiže glavu i stade se domišljati ovim rečima. Nije ih u početku razumela. Odjednom se prenu i pogleda svesno.

— Ko... ko ruča?!... — zapita ona zagušenim glasom, gotovo šapatom.

— Znaš ko... učitelj i Milica — odgovori Bogosav, i nekako đavolski kresnu okom i nasmeja se.

„Milica... otkud ona tu?... Pa u mojoj kući!... On je dovodi u kuću, veseli se sa njom... Aaa!...", oteže ona glasno i uhvati se rukom za grudi.

— I noćili su zajedno... tu u sobi — nastavi ćata, birajući reči, i dajući im naročit smisao pri izgovaranju.

— I ti si pošao k njima?

— Nas dvojica ćemo sad da putujemo... u smederevsku Jasenicu. Pa ja da ga zovem...

— Čekaj, molim te tu... Zakloni se u hlad pod trešnju, pa čekaj... sad ću ja.

Ona odjuri preko dvorišta, zaklanjajući se drvećem, pa ne uđe na vrata, no obiđe i stade pod jedan prozor.

Jest oni su... Po stolu razbacane pileće oglodane kosti, kore i mrve od hleba, tanjiri u neredu pobacani po stolu, ili naslagani jedan na drugi... Eno i čašice rakijske, žuti se na dnu rakija... Tamo dalje ono okruglo staklo, u njemu igra, iskri se čisto belo vino... Po sobi nered... Sa njenog kreveta razbacani jastuci, zgužvan ćilim... A-a-a!... Kao da je naročito gledao kako bi je što jače uvredio!... A njih dvoje sede, zagrljeni, jedno uz drugo, i gledaju se mutnim, pijanim očima...

Ljubici smrče pred očima... Dođe joj onaj muški lik crnji od pakla, odvratniji od đavola. O, kad bi ga samo moglo nestati!... Ona opet stade, dvoumeći: nešto je snažno vuklo tamo u sobu... Ali što će tamo?... Da iznese na vidik i njoj svoja stradanja, svoj poraz... da joj da prilike da likuje nad njom!... Ne, ne... Ne tamo!... Ali kud će?...

Odjednom se nečemu doseti, pretrča dvorište i iziđe pred vratnice, gde je očekivaše radoznao Bogosav.

— Hoćete li putovati kroz šumu? — zapita ga ona, gledajući nekim svetlim, neobičnim pogledom, iz koga bije smrt i večna mržnja. Lice joj beše sve nagrđeno i unakaženo od neke unutrašnje muke.

— Hoćemo... ili upravo ne znam ni ja. Tamo je sve ravnica, nema planina. A što pitaš?

— Hoćeš li da ga ubiješ?!... — prošapta ona nekim piskavim, zagušenim glasom, otvarajući oči sve više i gledajući preneražena seljaka pravo u oči, kao da ga sugestuje.

— Hoćeš?... Propusti ga napred... pa onako s leđa... nožem, dirni ga... Samo da te niko ne vidi. Pa ću biti tvoja!... Tvoja, razumeš li? Hoćeš?...

Bogosav, prebledeo od straha, drhće, trzaju mu se vilice, a oči ne može da odvoji od onih sjajnih i sumanutih očiju, koje piju, piju... i uspavljuju...

— Kako?... A što?!... — jedva promuca.

— Govori brže... sad, sad... Da ga ne ostaviš živa!... Pa čim dođeš... pravo u onu sobu... Pa ćemo onda nas dvoje nastaviti veselje. Hoćeš?...

Bogosav, gotovo zanesen čudom, samo da bi se otresao ove iznenadne strahote, otvori usta i progovori brzo:

— Dobro... učiniću, ne brigaj... A veliš posle... sigurno? Nemoj da me prevariš!... — osmehnu se on usiljeno.

— Znaš da sam posle u tvojim rukama. Možeš što hoćeš sa mnom...

— Dobro, idi ti sad, skloni se gde, dok ja njega izvedem. Do mraka ću se vratiti.

— Imaš li nož?

— Ne brigaj, kažem ti — odgovori on, pribirajući se polako i dolazeći k sebi.

Ona se sakri u baštu za neko gusto ružino žbunje, a Bogosav ode preko dvorišta, mašući glavom.

— 'Natema je!... Lud sam ja da idem na robiju ili još da izgubim i glavu zbog njenih vranih očiju!... Ehe-he!... Biće, veli, moja... A dokle? Dok nas ne spetljaju oboje, pa... phi! — i on duhnu preko ruke, pa uđe u kuću.

Brzo iziđe otud sama Milica, podignute glave, vesela lica. Osvrtaše se bojažljivo, gledajući da nema koga ko bi je video. Potom obori glavu i, zamišljena pogleda, pređe preko dvorišta.

Ljubica je sad prvi put vide izbliza. Proleti joj kroz glavu sve što je znala o njoj: muž joj u vojsci, oženjen još od osamnaeste godine... svekar neka dobričina... ona dovedena iz sirotinjske kuće... Ljubica je guta, guta pogledom, sažiže vrelim očima... Šta je ovo?!... Je li mogućno da ovakva žena ima ovako nevin, ovako detinji izraz lica?... O, to su joj lice morali nabaviti svi demoni iz pakla!...

Mlada, lepih crnih očiju, tankih povijenih obrva, nežna, čista lica... neopisana lepotica!... Ide brzo preko dvorišta, a na licu joj ispisano nekakvo nevino, čisto detinje zadovoljstvo... I celo joj lice detinje, nežno... mala ustanca skupljena, rumene se tanke usnice, misliš sad će da zaištu lutku. I gleda naivno, kao da je malo u svetu živela, pa ne zna ništa... Ide tako zamišljena i smeška se zadovoljno, detinjski...

O, sad tek razume Ljubica šta je privuklo Vlajka, i stoga je njegova krivica još strašnija, još odvratnija... Razvratnik, užasni razvratnik!... Ah, što ne može sad da skoči iz zasede!... pa... pa da je svu... Ali našto to? On, on je tu jedini uzrok svemu... on treba i da strada... Evo i njega!...

Čim se zatvori dvorište za Milicom, na vratima se pojaviše Bogosav i Vlajko. Kako se opremio! Na njemu je seosko odelo, okoramio dvocevku pa ide veselo, kao čovek, koji je do ovoga časa plivao u zadovoljstvu... Smeškaju mu se usta, gladi tanke brčiće, a onim čudnim očima seče kao nožem... Ljubica se šćućurila uza žbunje, otvorila usta, pa ne diše... davi je nešto u grudima strašno, muti se sve pred očima... navališe neki burni osećaji, i ona sad ne misli o onom, koji prolazi, veseo, pored nje, ne vidi ga, nego se čudi šta to biva u njoj. Steže... sve više steže!... Ah, pa ona će da plače!... Da li?... Ne, nije to...

Vratnice se davno zatvoriše i prijatelji zamakoše u sokake, a ona se još muči, trza se i osvrće uplašeno oko sebe... Šta je ovo?... Dokle će da traje?... Ili da nije smrt?!... Ah, kad bi to bilo!...

— I što ja ne bih mogla sad umreti običnom smrću?... Eto, jedan udar... kaplja i gotovo! A Gojko se mučio mnogo... Uf!... Gle lakše mi je... dobro je... Ali se opet muti u glavi. Ooo!...

— Šta se to navlači... crno, gusto?... Ide, ide... pliva... sve bliže... Ne vidi se ništa!... Da nije to kaplja?... Ah, da sednem u ovo žbunje...

I ona se spušta na zemlju, okreće se sokaku i gleda, gleda... tupim, životinjskim pogledom. Obrazi joj sasvim upali među vilice, jabučice iskočile, oči se uvukle daleko unutra u svoje stanište, pa gledaju otud strašno, besvesno; usne samo ponekad zadrhću, trgnu se i opet se skupe, pripiju se...

Gle, dečko prolazi sokakom... zvižduće i maše odeljanom palicom... Odjednom je zavitla i udari o kruškovu granu, koja se presamitila preko plota. Pade nekoliko žutih, zrelih krušaka... jedna se rasprsla nadvoje, pa se bele polutine i prelivaju se na suncu...

— Nije to; šta ono beše drugo, važnije?... Ne znam... ništa ne znam... i ne mogu da mislim.

A dečko pojede krušku, i taman da baci ogrizak, a pored njega protrča veliki ker, gledajući preda se... Baš kao naručen!... Dečko mahnu rukom i skoro istoga trenutka skiknu ker... Skiknu, začudi se jamačno šta ga to budi iz duboka razmišljanja, pa mahnu repom živo, trže se i strugnu niza sokak... A dečko podviknu za njim, prateći ga očima i veselim pogledom, dok ne zamače za vrljike, pa onda dohvati palicu i stade razgledati kruškovu granu, nema li još koja zrela žutica...

— Ah, pa ja ga znam! To je od onih prvih Gojkovih četvrtaka... Ili nije?... ne znam, ništa ne znam... A šta sam ono mislila?... Čekaj!... Nije to... nije to... nešto lepše... Ili nije lepše... nije ništa lepo... Ne znam!...

Sad joj stadoše noge odskakati od zemlje, usne se trzahu jače i jače... obuzela je drhtavica. Seti se sad da ima nešto strašno, užasno... tu je oko nje, gde li... ne zna ni ona... Ne zna ni šta je ni o čem je, ali je strašno... nečuveno... strašnije od svega do sada... nekakva katastrofa!... I to je ono što joj je omotalo oči i um crnim zastorom, te ne vidi ništa... Ali šta je, šta je?... Užas, treba bežati... daj da se beži!... Ne mogu noge da se pokrenu... Ona obori glavu i zamisli se...

Prognaše deca čopor goveda na pašnjak... Zaprašio se sokak, prašina treperi prema suncu i preliva se od pepeljave i beličaste u ljubičastu boju... Deca nose započete korpe, odeljane vitke ili očišćenu lozu da produže rad... Krave naiđoše pod krušku, gde je opalo malo lišća i ostala koja zelena kruška... Opružiše vratove, dunuše snažno u prašinu i pokupiše lišće i kruške... Jedna mladica, jamačno prveška, malo nežnijega srca, riknu protegnuto, pa produži put za društvom... Olakšala je čežnju materinskoga srca...

I opet misli, i opet prolaznici, i tako redom, čas za časom, ćuti i gledaj, gledaj, gledaj... a u glavi se samo muti i komeša...

Odjednom je obasjaše kosi, vreli zraci... Ona se trže... Šta je ovo?... Gde je ona?... Ah, odjednom se seti onoga strašnog... Kosa joj se stade odvajati od glave, srce se sledilo, stalo, ne kuca nimalo... I ona se sva okamenila... Užas!... Koje je doba?... Zaranci... Pa on je već mrtav... mrtav!... ubijen!... A onaj će sad doći, tek što nije došao... Kazao je do mraka... Jest, seća se!... I on će tražiti nagradu!... On?!... on... To će biti čevrti!... A ona se već rešila, rešila se!... Brže, brže da ne bude dockan!...

I ona trči, spleće se i opet trči, ali joj se čini da se ne kreće s mesta... Brže, smrknuće se!... Gurnu vrata... gle, otvorena!... U kujni nešto klopara... ona se uplaši, zastade... Čuje se kašalj... Ah, to je Stojan... Kad je on došao?... Ili je bio ovde od jutros, pa sad spavao?... Polako, na prstima... Soba nije zaključana... Eno ormana! Tu je!... Samo da izvuče onu gornju fioku... Gle kako se sija čelična, niklovana cev... A revolver kratak, mali, kao kakva igračka... Vidiš, stoji velika mrlja na zastiraču od ormana... izvesno je od vina... Ali brže!...

Ona zinu, podiže ruku i oseti hladan čelik na vrelim usnama... Prijatno je ovo osećanje, ali ona nema kad... Ruka drhće... drhće... ona podmeće i drugu... Prsti se zapleli... ne može da namesti kažiprst na obarač... Ha, evo!... Vuče... obarač se pokrenu i čini joj se zastade... Ona se spremi da povuče jače... ali istoga trenutka nešto neobično grunu... zadimi se... gurnu je nekuda snažno, i ona se preturi...

Stojan se trže, oslušnu... i odjednom mu dođe pred oči cela užasna istina. Diže mu se kosa na glavi, pojuri preko kujne i otvori sobna vrata... Zadahnu ga dim od baruta... A dole na podu beli se unakaženo, slabo lice, iz usta teče krv...

— Bratiću... braćo!... Pomoć!... — dreknu on i istrča na sokak, vičući po selu iz svega glasa.

A sunce treperi i blista se... rumene se veselom čarobnom svetlošću njegovi zraci... ono se spušta veličanstveno i mirno, kao da ostavlja ceo svet u sreći, kao da nigde u svetu nema bola ni čemera.

Svetolik Ranković, jedan od najznačajnijh predstavnika realizma u srpskoj književnosti, rođen je 1863. godine u Velikoj Moštanici, nedaleko od Beograda. Osnovnu školu pohađao je u selu Garaši, pored Aranđelovca. U ovo selo u kragujevačkom okrugu, porodica se preselila pošto je Svetolikov otac Pavle postao sveštenik.

Nižu gimnaziju i bogosloviju završava 1884. godine u Beogradu. Oženivši se iste godine, zajedno sa suprugom odlazi u Kijev gde izučava bogoslovsko-filozofske nauke sa istorijom ruske i svetske književnosti na Duhovnoj akademiji.

Dok je sa ženom i detetom bio na školskom raspustu u roditeljskom domu u Garašima 1886. godine, razbojnici su napali kuću, ubili oca Pavla, a majku i sestre mučili. Svetolik je uspeo da pobegne i dovede pomoć. Ovaj nemio događaj Ranković nikada nije mogao da zaboravi, a sama hajdučija bila je čest motiv njegovih književnih dela.

U Kijevu se zadržao četiri godine. Pošto je 1888. godine završio Duhovnu akedemiju, vraća se u Srbiju i počinje da radi kao nastavnik veronauke u kragujevačkoj gimnaziji. Godine 1892. prelazi u nišku učiteljsku školu, a ubrzo zatim, 1893. godine, postavljen je za pro-fesora beogradske bogoslovije. Ponovo se vraća u Niš 1894. godine, ovaj put kao veroučitelj gimnazije. U Beograd definitivno prelazi tek 1897. godine, ali ne kao predavač na bogosloviji, kako je to želeo, nego kao gimnazijski veroučitelj. Na tom mestu ostaće do smrti.

Od tuberkuloze je oboleo 1897. godine. Tokom naredne dve godine pokušavao je da se oporavi od bolesti u rodnim Garašima, manastiru Bukovu i u Herceg Novom.

Preminuo je 1899. godine u Beogradu, u koji se nedugo pre toga vratio zbog smrti najmlađeg sina. Hroničari toga vremena zabeležili su da je „tog jutra poslednje godine prošloga veka, kada je po mrazu i cičoj zimi sahranjen Svetolik Ranković, sahranjen i devetnaesti vek u srpskoj književnosti".

Roman *Seoska učiteljica* (1898) hronološki je drugi od ukupno tri Rankovićeva objavljena romana. Delo je napisano u manastiru Bukovo gde se pisac lečio od tuberkuloze. Pripada poslednjoj fazi epohe realizma u književnosti, pa je u njemu stvarnost prikazana kao sumorna, pojednici su beskrupulozni, a selo lišeno svake idile. Kroz mnogobrojne opise složenih unutrašnjih monologa, pisac nam u ovom psihološkom romanu prikazuje tragičnu sudbinu mlade Ljubice kojoj susret sa seoskom sredinom, u kojoj ova učiteljica dobija svoje prvo zaposlenje, neočekivano donosi veliko razočaranje i patnju.

Svetolik Ranković
SEOSKA UČITELJICA

London, 2023

Izdavač
Globland Books
27 Old Gloucester Street
London, WC1N 3AX
United Kingdom
www.globlandbooks.com
info@globlandbooks.com

Naslovna fotografija
Viktor Smoliak
(https://unsplash.com/photos/0g7x-o_tfdc)

www.ingramcontent.com/pod-product-compliance
Lightning Source LLC
Chambersburg PA
CBHW070947180726
48291CB00004B/1181